杀死
柏拉图

苏瓷瓷 著

上海文艺出版社

目录 | Contents

3　亲爱的弟弟

103　不存在的斑马

123　李丽妮，快跑！

147　第九夜

165　伴娘

215　你到底想怎样

233　杀死柏拉图

253　囚

269　左右

287　绿肥红瘦

寡母

苏瓷瓷

你是第一个爱我的人,当我盗取了你的绯红
你让我独自留在春天开花
母亲 我忍了二十三年的风骚,因为你
郁郁而终

你关上了窗户,让我成为黑暗中的处女
那些男人将把我卖到何地?
我的血液可以覆盖九百六十万平方公里
而在你怀中,我只能积压骨头
成为一条苍老的蟒蛇

还有一个不曾谋面的男人
埋伏在另一个春天
他贩卖过很多女人,直至贩卖自己

等我们都不知去向后
母亲,土地里又长出新寡的蚯蚓

亲爱的弟弟

1

这是城市里千万个黑暗房间中的一间；

这是城市里千万个普通女人中的两人。

年轻的叫叶绿，年老的叫姜爱民。

叶绿正脱下蓝色的工作服问姜爱民，为什么要把他接到我们家来？

姜爱民望着手中的酒杯，里面悬浮着红色的颗粒，她摇一摇，颗粒沉入杯底，一片琥珀色的像尘土一样的杂质翻腾起来。

叶绿坐在姜爱民的对面看着她张开干瘪的嘴巴将手中的液体一饮而尽，那杯从盛装着各种动物尸体里倒出的酒很快随着姜爱民的口腔挥发出来，满屋都是腐烂的味道。叶绿皱了皱眉头说，一定要这样吗？

姜爱民端详着自己关节扭曲，像胡萝卜一样肿胀的手指说，那有什么办法呢？老方死了，没有人照顾他。

叶绿用毛巾使劲擦着手上的油渍说,他都十八岁了,还要人照顾啊!

姜爱民没有说话,叶绿明白这个事情已经定下来了。她环视了下周围,油漆脱落的墙壁,正在裂缝的旧家具,还有墙角一排落满灰尘的玻璃瓶,窗台上塑料花的枝干被一块肮脏的胶布包裹着摇摇欲坠。妈!家里这么小,怎么能再住进一个人啊!她冲着姜爱民大叫着。

姜爱民靠在破了洞的沙发上打了个嗝,酒气混合着口腔里的腐臭污浊地飘浮在空中,她抠了抠眼屎放了个惊天动地的响屁闭上了眼睛。

叶绿躺在床上却无法入睡,她坐起身盯着对面一张钢丝床,上面堆放着简单的床褥,这张床是为一个男孩准备的,一切都被安排好了,无可挽回。她重新在床上躺下,四周的景物陷入黑暗之中,只有月光在床上晃悠。叶绿无奈地闭上眼睛,把手放进裙子里在双腿之间摩挲,她集中精力想象一个赤身裸体的男人,指尖发烫,那个男人终于一丝不挂地出现了,但是他不在自己的上方,而是坐在铺设出一堆水银的钢丝床上,嘴角挂着嘲讽的笑容,让叶绿感到羞愧。叶绿试图打碎这个画面,但是那张像铁片一样发光的脸庞从对面的床上拉近又拉远,她摸了摸下身,干燥得让人绝望,叶绿知道她已经失去了对自己身体的控制能力,她愤怒地从床上跳起来,不知所措地站在两张床之间。这是她独自待在房间迎接亢奋的最后一个晚上,从明天起她将不再拥有任何秘密,虽然这秘密阴暗并充满腥味，那个男孩还没有到来，可是他的气息已经提前介入了叶绿的生活，他即将躺下的地方正散发着霉味，姜爱民从来不晒被子，那条滑溜溜布满她体液的毯子像堆盲肠丢在床上。这些破坏了叶绿储备下的亢奋情绪，她很尴尬，觉得愧对自己，今晚值得珍惜，可是她不能再让身体达到高潮，这使她比任何时候都仇恨这个男孩，叶绿索性放弃了最后的挣扎，她在钢丝床上躺下，在记忆中努力搜寻关于那个即将出现的男孩——丢丢的一切。

丢丢不是他的名字，他叫什么来着？或许他根本没有名字，任何一个私生子都不应该有名字，他们都是灰尘的孩子。叶绿之所以这样称呼他，是因为她一见到这个男孩的时候就想起了曾被自己拥有了八个小时的一条流浪狗，第九个小时的时候姜爱民要把它从六楼扔出去，它用湿漉漉的大眼睛看着叶绿，瞳孔里有片发光的玻璃，闪烁着生硬的光芒，它瘦小的身体被姜爱民卡在手掌中，它很镇定，它相信对面的那个女孩会不顾一切地救它。叶绿看了看姜爱民，她的脸上没有水分，干燥的皱纹像烧焦了的树叶蜷缩在一起，她没有立即把丢丢扔出去，而是努力睁大着眼睛注视着叶绿，丢丢终于忍耐不住长期悬空的状态，它撒娇般小声呜咽了起来，叶绿有点儿难受，她手捂着胸口往前走了一步，她准备伸手把丢丢接过来，这时她猛然发现姜爱民的三角眼瞪成了四边形，她的嘴角挂着一丝冷笑，这是一个等待被哀求的表情，姜爱民在她很小的时候就用这种表情让叶绿从她那里得到奶嘴、头花等东西。

叶绿把伸出一半的手移至额头，额头有细密的汗水，她的手掌放在眉毛上正好遮住了姜爱民的视线，叶绿用眼睛笑了一下，妈妈，你猜错了。

姜爱民捏着丢丢的那只手有些僵硬了，她竭尽全力把手臂端平，那条流浪狗已经被叶绿洗得像个雪球，捏在手中能感觉到它柔滑的毛发。现在它开始不安，叫声凄惨，她看出她的女儿手按着眉毛正在发抖，要不了多久她就会走过来温顺地抱着她的双腿说，哦，妈妈，求求你把它还给我！姜爱民瞪大了眼睛，她要看清楚叶绿是怎么怯生生地靠近自己，然后用她柔软的小身体蹭着自己的大腿说出这句话。她已经看见了，叶绿从黑暗的墙角走了过来，窗外的阳光一下子被她吸附在额前发黄的绒毛和苍白的皮肤上，她走得很慢，但最终还是停在了自己的身边。姜爱民看着她的眼睛，阳光投射在里面，又反射回来，那只是一块圆形的褐色的镜片。姜爱民在那里也发现了自己，一个头发花白，像侏儒般矮小的身影，叶绿的手已经搭在了自己手背上，姜爱民还在为叶绿眼中的影子发呆，在她的眼睛里自己衰老而又丑陋，姜爱民突然有点儿悲哀。

叶绿没有注意姜爱民的走神，她所有的注意力都放在姜爱民捏着丢丢的那只手上，手放在六楼的窗户外，丢丢立起的身体下是一段延伸到水泥地面漫长的空气，丢丢在这片空气中上下起伏，等它看到叶绿后它开始恢复平静，她来救我了，丢丢兴奋地摇了摇尾巴。叶绿仔细看了看那只手，因为风湿，手指关节已经变得僵硬肿胀，长长的指甲里满是污垢，皮肤上是一道道裂开的焦黄色的小嘴巴，青筋暴起，支撑着原本松弛的肌肉。叶绿的手却是白皙光洁的，她两只颀长的手指优美地捏住了姜爱民的中指，轻轻一提，露出了丢丢白色的长毛。

姜爱民感觉自己的中指不知去向，她惊醒过来缓缓注视着那只伸在窗外的手，中指被叶绿握在手指中，像两片嫩芽中冒出的干树枝，她要做什么？姜爱民呆滞地看着叶绿小心翼翼地又夹起了她的食指，她的手指在叶绿的拨弄下挨个抬起，终于像一个溺水者奋力张开了所有的手指，这时丢丢一下子就消失了，连声响都来不及发出。

叶绿看见丢丢从姜爱民的指尖滑落，它没有尖叫而是认可了这种命运，坠落的过程中它一直竭力仰着头，它把一双带有玻璃片的眼睛送给了自己。丢丢湿漉漉的眼睛落在她的瞳孔里，叶绿被胀得眼睛发疼，但是她忍住没有流出眼泪，丢丢最终明白了她，她不能让丢丢死得没有价值。

妈妈，你看！它的头被摔瘪了！

姜爱民顺着女儿的手指往下看，她根本看不清楚。

妈妈，你看！它流了很多血，眼睛都被摔出来了，肠子流了一地，白花花的，还有脑浆……女儿双手托腮盯着楼下一小块白斑兴致勃勃地说道。

姜爱民打量着叶绿，她确实是一个十二岁的小女孩，她的胸前隆起了两个小包，乳房正在悄悄发育。裙子下的两条细腿每天都会发出嘎巴嘎巴的声音，它们会越拉越长，延伸到姜爱民看不到的地方。叶绿的脸上有一层金黄色的小绒毛，但是姜爱民知道她被裙子所遮盖的一些部位已经长出了茂密的黑色毛发。叶绿在说话的时候脸上会泛起一团红晕,姜爱民认为那绝对不是羞涩的表现,她这个有着冷漠眼神的女儿是天生没有羞耻心的,这是亢奋的表现,是叶绿在逐渐洞悉成人世界的秘密中产生的兴奋。叶绿没有邀请她共同品尝这种兴奋,虽然她说话的时候,从粉嫩的舌尖还会传来阵阵奶香,可是她的态度已经表明姜爱民是多余的。姜爱民第一次发现这个女儿身上潜伏着某种让她恐惧的东西,这些东西是什么呢?

叶绿带着脸上两团红晕激动地说个不停,其实她什么都看不见,除了一片红色外,就是从楼下升腾出的一阵阵冷风。叶绿紧紧夹着双腿,她掩饰着颤抖,因为姜爱民在一边观察她。叶绿醉心于自己的天真之中,她露出无邪的笑容不断对母亲讲述着一条狗的死状。她用尽了自己所知道的所有血腥词语,最后她看见母亲缓缓收回放在窗外的胳膊,她的脸抽搐了一下,胳膊已经麻木了,一条肌肉凸起,打破了她脸上原有的和谐的冷酷。她表情复杂地注视着自己,沉默,乳房垂在腰间,身上散发着汗臭味,避开了阳光和墙壁粘在一起,陷入黑暗,脖子根的垢甲也看不见了。叶绿使劲地笑,直到双腿之间发热,母亲才匆忙跑出房间。叶绿马上把耳朵贴在门上,她听见母亲响亮的呕吐声,她被叶绿所描述的死狗的形状恶心到吐得撕心裂肺,叶绿得意地笑了笑,然后她从容不迫地掀开裙子查看,一条红色的液体正蜿蜒地从双腿之间流出。

如果丢丢那天不死,她会来月经吗?叶绿躺在钢丝床上咬着手指甲冥想，总之这是件有趣的事情，一个少女的初潮因一条被摔瘪的狗而充满血腥。丢丢死了就死了，还会有千万个丢丢在活着，叶绿没有哭，她只是在母亲冲出房间后躺在了地上，身下全是血液，我和丢丢一样在流血，我也要死了，当叶绿想到这里后她反而松了口气，她耐心地等待着密密麻麻的灰尘吸取着体内的血液，正是因为她这种平静的耐心让她没有死去，并且等到了第二个丢丢的到来。

2

叶绿还记得那是十年以前的事情，那年她十二岁，父亲刚死。这件事情对她并没有什么影响，因为那个人活着的时候和死去没有多大的区别，他总像个影子，不大说话，虽然他从来不像母亲一样打骂她，但是他老是弯着腰，身影稀薄，所以没有给孩子留下深刻的印象。从叶绿懂事开始，父亲就在无声无息地生病，最后无声无息地死去。她们家里堆满了厂里送丧的被面，母亲没有戴黑纱，她坐在一堆流光溢彩的绸缎里不停地缝缝补补，直到衣柜里再也塞不下那些充满富贵气的锦面棉被，她才肯躺下休息。母亲的身上盖满了父亲死后换来的锦面棉被，她像一个地主婆安逸地叫叶绿给她倒了杯药酒，她喝下一满杯酒就开始沉睡。叶绿那时候已经会做饭了，她端着一碗怎么也吃不完的面条像个守墓人一样坐在母亲的床边，这个女人也许已经死了，光线亮了又灭，叶绿没有听到母亲的呼吸声，彩色的锦面上有娇艳的牡丹，母亲的脸变成了一片枯叶镶嵌其中。叶绿在想，我要多吃几碗饭才能有力气把它们一起从窗户丢出去？还好这个难题因母亲突然醒来而不存在了，姜爱民睁开眼睛看见叶绿忠心耿耿地守在床边，她悠然长叹了一声，心里竟生出一丝感动，姜爱民难得地冲叶绿笑了笑，她想，还是没有白养这个女儿。叶绿也笑了笑，她想，我终于不用再费劲把它们给丢出去了。

姜爱民醒来后的第一件事就是吃光了锅里的面条，然后她用袖子擦了擦嘴巴说，绿啊，我带你出去玩。

就这样，叶绿被母亲带上了一辆破旧的汽车。开始她还新奇地打量着周围坐着的人们，人们的脸上本来有各式各样生动的表情，但是随着车厢无休止的颠簸，那些表情变得生硬，每个人的脸色像被刷了一层黑漆，整齐的肃穆，只有一双双呆滞的眼睛在发光。叶绿很快就兴致索然，窗外的山峦起伏，一浪接一浪往天边涌去，一大片绿过去又一大片黄过来，没有尽头。叶绿逐渐闭上了眼睛，她感觉母亲一直在耳边喋喋不休地说着什么，但是她已经没有耐性去琢磨了。

最后叶绿是被母亲掐醒的，她睁开睡眼迷蒙的眼睛还没来得及叫痛，母亲就推搡着她经过人群的包围跳下了车。这是一片金色的世界，叶绿一下车就被眼前的景色迷住了，脚下是大块坚实的泥黄色土壤，天空中流动着橘黄色的晚霞，而道路两侧的庄稼地里却是一排排金黄色的向日葵，它们硕大的脸庞迎着天空，滚动着金子般灼人的光芒。叶绿揉了揉眼睛，这里没有高楼和马路，没有汽车和灰蒙蒙的烟雾，只有宽阔的黄土地、广袤的天空和排列整齐比她还高的向日葵，不同层次的黄色从地面开始被一层层晕染，散发出不同质地的金属光芒，这些光芒比阳光还温暖，这些光芒很辉煌，对，是辉煌，叶绿兴奋地运用着这个自己刚学会没多久的词语。可是母亲却对这壮丽的景观视而不见，她挡在叶绿的视线中摇着她的肩膀说，绿啊，看着我，妈妈有话对你说！

叶绿被迫把目光从向日葵上收回，姜爱民表情严肃地看着她说，这是你爸爸的老家。

叶绿手捏着裙角点了点头。爸爸还有这么美丽的家乡，他竟然从来没有带自己来玩过。

我们要去见一个人。姜爱民眯着眼睛说道。

叶绿顿时高兴起来，这是第一次姜爱民用一种对待大人的语气和她讲话。我们要去见一个人，太激动了，访友见客，可是独属于大人的事情。叶绿马上扯了扯身上的小花裙，她有些迫不及待地想见到她们要见的人，然后她将拿出城市女孩特有的不过分的矜持对那个人说，你好！很高兴认识你！

可是姜爱民接下来的话却让她很失望。

你应该叫他"弟弟"，他比你小四岁。姜爱民的脸上挂着冷笑。

弟弟？叶绿没精打采地撇了撇嘴巴，原来是个小孩子，为什么大老远来看一个小屁孩儿呢？真是无聊。

姜爱民没有说话，虽然她说完这句话后还张着嘴巴，她认定叶绿一定会大吃一惊并追问她，我什么时候有个弟弟？她将把郁积在心中的所有事情都告诉叶绿，可是叶绿并没有问她，叶绿只是耷拉着眼皮看着自己的红皮鞋，她额头上的蓝色血管在光洁的皮肤下跳动，姜爱民能听到血液在血管中流动的声音，她还是没有开口问自己。

"他是一个私生子！"姜爱民突然大声叫道。

她终于引起了叶绿的注意，叶绿迅速抬起了头好奇地看着她。私生子？这个词语叶绿有些生疏，不过她确定自己曾经从某种渠道听说过这个称呼，但是她还不能完全理解其中的意思，只知道这个词语总是和隐晦肮脏的事物联系在一起。

姜爱民看出了叶绿眼中的困惑，她心中有几分得意。姜爱民想起前几日叶绿掰开她的手指使那只流浪狗摔得粉身碎骨的时候，她以为叶绿早就长大了，不过现在看来她终究还是个孩子，对很多事情一无所知。姜爱民语气变得和蔼，她同情这个孩子的无知。

私生子你知道是什么吗？就是说他是你爸爸的孩子，但不是我的孩子。

叶绿觉得很可笑，爸爸的孩子怎么会不是妈妈的孩子呢？难道爸爸自己会生孩子吗？她想姜爱民可能又在欺骗自己，她总是喜欢欺骗自己。叶绿摇摇头叹了口气。

你不相信吗？姜爱民看出叶绿还是没有领悟自己的意思，她耐心地弯下腰对叶绿说，那个男孩是你爸爸和别的女人生的，我是你爸爸的妻子，那个女人不是，她是野女人，所以他们偷偷生下来的这个孩子就是私生子。

姜爱民的诉说重新引发了叶绿的好奇心，叶绿看着姜爱民扭曲的面部肌肉，她突然意识到父亲的另外一个孩子之于母亲的意义是隐秘而又巨大的。当姜爱民说出这番话的时候，她并没有感觉到不由自主流露出的恶狠狠的表情，相反她轻轻吐了一口气，这件曾经盘踞在她心头沉重的秘密，终于在丈夫死后的一个夏日午后，在一个十二岁乳房刚刚开始发育的女孩面前变成了一股白烟，轻盈地从嘴边飘了出来，最终会烟消云散。姜爱民捕捉到叶绿眼中转瞬即逝的惊奇，只能是惊奇，你还能指望一个小女孩明白更多吗？她心中油然而生一种强烈的自怜之情，这种珍贵的脆弱情绪促使她紧紧握住了叶绿热乎乎的小手。她说，走吧！叶绿点了点头，她们重新迈出了步伐，在一片让人不安的璀璨的金黄色天幕下，两个女子怀揣着难得一见的默契小心翼翼地低头行走着。

　　大片的向日葵消失后，四周的景色立刻变得尴尬起来，一两棵绿树力不从心地掩盖着裸露的青色岩石，好在叶绿已经视若无睹，那个即将出现的小男孩吸引了她所有的注意力。一条被踩得光秃秃的小路横插在怪石嶙峋的山间，空中的云朵在下降，它已经失去了光泽，阴险的黑色重重地压在杂草和石缝之中。叶绿开始感到害怕，她偷偷打量着母亲，母亲心无旁骛地赶着路，没有表情。叶绿低头看见红皮鞋旁边已经出现了灰色的阴影，那个还没有出现的弟弟已经错过了最美好的时光，他现在必须包裹着一片阴影准备迎接她们的到来。叶绿的兴趣一点点被消磨，她开始不停地打哈欠，终于等她张大嘴巴打完第十个哈欠的时候,姜爱民一边紧握着她的手,一边指向前方说道,绿啊,我们快到了!

叶绿迅速闭上嘴巴望去,在不远处的山脚下有一间轮廓模糊的房子,黄色的墙壁、黑色的屋顶,孤零零地匍匐在一片荒草之中。叶绿和姜爱民加快步伐靠近了这间房子。等叶绿终于站在那扇红漆斑驳的木门前时,她却不想进去,这扇敞开着的门内散发出一股霉味,让人联想到雨后滋生的毒蘑菇,白色的连绵不断的糜烂味道。房间里面一片漆黑,叶绿猜测屋梁上一定蛰伏着一条花纹鲜艳的蟒蛇,它正吐着血红的信子耐心等待着即将进入的食物。叶绿使劲往姜爱民身后躲,可是姜爱民迅速把她扯到面前推搡着她说,快进去!叶绿佝偻着身体闭上眼睛被姜爱民强行推进了屋里。房间里一片寂静,叶绿站在原地,周身是潮湿和腥臭的气味,她如同陷入了泥沼之中,四肢僵硬不敢动弹也不敢睁眼,直到她听到一阵脚步声,可是依旧没有人说话,那些杂乱的脚步声离她时近时远。叶绿终于忍不住胆怯地慢慢睁开了眼睛,她看见母亲已经坐在了炕上,桌上点着一盏煤油灯,摇摆不定的微弱灯火映照在另一个人身上,那个人坐在母亲的身边,戴着一顶黑色的绒帽。他正打量着自己,帽子下一双像耗子般细小的眼睛闪烁着绿色的光芒,叶绿畏惧地跑到母亲的身边,而母亲厌恶地推了她一把说,躲什么啊?还不快叫方爷爷。

叶绿小心地抬起头嘟噜着叫了一声,那个男人笑了起来,尖尖的下巴缩向腮边干巴巴的肌肉里,黑洞洞的嘴巴里发出乌拉乌拉的声音，叶绿惊恐地向后跳了一步，那个老男人笑得更加开心，他张开手指不断比画着。

"别怕，方爷爷是个哑巴。"姜爱民也被叶绿的样子逗乐了，她笑着对女儿说道。

叶绿涨红了脸看着他们两个人没完没了地笑着，她暗暗攥紧了拳头，被嘲笑的愤怒让她全身发抖。好在这时母亲停止了微笑，她恢复了像审判员一样严厉的表情说道，"老方，你现在把那个孩子带过来！"老方点点头，脸上还挂着古怪的笑容慢慢从房间里退了出去。叶绿暂时忘记了羞辱的处境，她睁大眼睛望着门口，等待着弟弟的到来。

一个小黑点在门口出现，静止缓慢移动又静止，直到老方从后面使劲一挥手，那个小身影才猛然从黑暗中跳了出来。叶绿看到了，那是个皮肤蜡黄的小男孩，他和房间里的空气混合在一起，破旧的衣服上散发着陈年的馊味。叶绿下意识地捂住了鼻子，小男孩迅速瞟了她一眼，然后低下了头。

"把头抬起来，我看看！"姜爱民命令道。

男孩毫不理会，他长长的睫毛遮蔽了脸上的表情，一双破了洞的旧球鞋来回蹭着地面。

"老方，他是不是个聋子啊？"姜爱民不满地说道。

老方慌忙摆了摆手，然后冲上前一把揪住男孩的耳朵准备迫使他抬头。瘦小的男孩此刻却像野兽般蹿了起来，他手脚并用向老方发起攻击，姜爱民纹丝不动地看着年迈的老方和男孩厮打在一起，他们的拳头不断落在对方身上，好像都受了伤，老方乌乌拉拉地叫起来，而男孩却一声不吭，埋头挥动着拳头。叶绿站在一边吓呆了，这就是我的弟弟吗？一个年仅八岁的小孩，他的脑袋很大，可四肢瘦小，像只发育畸形的猴子，但是他的体内却蕴藏着惊人的力量。终于老方喘着粗气停了手，男孩趁这个机会迅速转身冲出了房间，消失在已经漆黑的夜幕中。老方没有追赶他，而是一屁股跌坐在炕上不停喘气。叶绿注意到男孩刚站着的地方出现了几滴鲜血，它们断断续续地延伸至门口，一定是从弟弟身上流出来的，叶绿想到这里突然心里一酸，这是她初次通过鲜血意识到这个弟弟和她血源上的亲近。叶绿恶狠狠地瞪着老方，母亲在一旁说道，"老方，你已经老了！"

老方一阵剧烈的咳嗽，他一边抚着胸口一边摇头。

姜爱民饶有兴趣地说，没想到这个孩子这么倔强，倒是一点儿不像我们家那个死鬼。

一直到吃晚饭的时候，那个男孩也没有出现。叶绿心不在焉地拨弄着碗里的饭，一边不时抬头望向门外。天已经完全黑了，窗外的树叶窸窣作响，煤油灯上缭绕着青烟，黄泥糊成的墙壁上摇曳着三个人被拉长的黑色影子，屋顶像被揭去盖子的黑洞，变得深不可测。桌上的饭菜已呈现出污浊不清的颜色，那种让人难耐的腐臭味再次从叶绿的胃里翻腾出来，对于自己目前置身的阴冷环境，她厌恶不已，叶绿怀疑自己的皮肤上已经生出了发霉的斑点，可是除了一贯的忍耐，她不可能有其他选择。

漫长的晚饭时间结束。老方跟跟跄跄地举着煤油灯把她们带到了另外一个房间，门被关上，老方带走了唯一的光源，透着窗外的月色，叶绿依稀看到这个房间和刚才的房间一样，除了两个方位不同的土炕以外，什么摆设都没有。姜爱民早就一头扎进了炕上的麦穗之中，叶绿只有在另一个炕上百无聊赖地躺了下来。她仔细地把身上的裙子扯平，虽然炕上坚硬的麦秸秆戳得她浑身不舒服，但是枕边恬淡的青草味却逐渐驱赶了她的恶劣情绪。叶绿一直无法入睡，她的脑海里不断闪现出男孩的身影，她张开嘴巴试探地叫了几声"弟弟"，可惜今天见面的时候，她没有机会叫出来，也不知道男孩注意到她没有，他知不知道自己是他的姐姐呢？叶绿实在想象不出这个弟弟怎么能在这个地狱般的地方和像魔鬼一样的老头生活了八年之久，她又想到了自己的父亲，那个一辈子腰都没有直过不断向人点头的男人，母亲说得对，弟弟真的一点儿都不像他，可是他该像谁呢？应该是像他的母亲吧？他的母亲又是谁？为什么不在他身边呢？叶绿瞪着眼睛盯着屋梁给自己提了一堆问题。没有答案，这些都不重要，叶绿自己也曾遭遇过这些，从小就有人对她说，她既不像母亲也不像父亲，还说她是捡来的，为此姜爱民还和那些人大吵一架，而事实是每个人都有可能身世不明，叶绿目前简单的小脑袋是无法明白这个真理的。

她所有的心思都放在这个弟弟身上，这个倔强野蛮的小家伙是她和母亲以及死去的父亲共有的秘密，这是一个匪夷所思的丑闻，看起来老实巴交的父亲居然还有一个私生子，这真让人激动,小孩子对掌控秘密都有着贪婪的心情,无论这是一个多么令人不齿的秘密,但正是这些角落中不见天日的细菌让孩子们得以迅速成长。叶绿此刻无比期盼弟弟的再次出现,她听着窗外呼啸的晚风掠过树梢,心里有些担心,弟弟跑到哪里去了?他会不会被野兽吃掉了?叶绿不断地翻身,身下传来麦穗欢快的叫声,她已经完全忽略了屋梁上盘踞的一条庞大的蟒蛇或者墙角处慢慢向她爬来的蜈蚣。

不知过了多久,叶绿被轻微的推门声所惊醒,有人进来了。叶绿屏住呼吸悄悄侧着头注视着门口,一个瘦小的黑影在向她们靠近,他蹑手蹑脚地走到房间中央,一束月光正好从屋顶的漏洞处投射下来,叶绿看见了一张苍白的小脸和一双雪亮的眼睛,是弟弟。叶绿正想从炕上跳起来拉住他,但是弟弟突然从怀里掏出一把草,叶绿很好奇,她耐着性子让自己不要动弹,她想看看弟弟将要做什么。弟弟慢慢从黑暗中摸索过来,他离自己越来越近了,终于他走到了叶绿的炕边,当他凑近叶绿的脸猛然发现叶绿竟瞪大着眼睛的时候,他的嘴下意识地张开了,这时叶绿迅速翻身坐起一把捂住了弟弟的嘴巴。弟弟的惊呼被咽进了喉咙里,他的眼睛睁得浑圆,湿润得像要滴出水来,叶绿脑海里马上跳出一双同样的眼睛,丢丢,一条死于非命的小狗。她凝视着弟弟,开始伤感起来,这个小孩子有双清澈的眼睛,除此之外,他和父亲简直长得一模一样,但是因为这一点他又和丢丢一模一样,而无论是前者还是后者,他们都已经不存在了。弟弟也注视着她,他隐隐觉得这个长着一双狐狸眼睛的女孩没有敌意，于是他慢慢把她冰冷的手从自己的嘴巴上拿开了。弟弟转了一个身，他摸索到另一个炕边，姜爱民睡在那里正在打鼾，弟弟小心端起了炕头的水杯，他把手中的草放在里面涮了涮又拿了出来，然后他扭头对着叶绿竖起一个手指在嘴边做了个"不要出声"的暗示，叶绿也回应了他相同的手势，弟弟突然甜甜地冲她笑了笑，然后轻轻走出了房间。

等弟弟走后，叶绿还坐在炕上发呆，无数只耗子竖起尾巴从脚下爬过，一切像是梦境，蟒蛇依旧蜷缩在屋梁之上，蜈蚣还在墙角蠢蠢欲动，坑坑洼洼的地面上盛装着不同形状的月光，一丝白光强行挤入浓墨渲染的天边，偶尔有几只布谷鸟没心没肺地尖叫着飞过窗边。麦秸秆在睡梦中长出锋芒，它们一点点挑开叶绿柔软的皮肤。那杯水已经看不见了，那里面荡漾着的某种让人好奇和恐惧的东西会是什么呢？叶绿带着不安的心情闭上眼睛，她原本认为自己会整晚都无法入睡，她将在猜测中度过人生中第一个不眠之夜，可是她错了，她甚至还没有来得及回味弟弟最后呈现的笑容就已经被抛入了慢慢搅动的黑夜之中。

3

第二天早上醒来，空气里弥漫着新鲜的土腥气，叶绿看见母亲一睁开布满血丝的眼睛就拿起了炕头上的杯子。姜爱民舔了舔干裂的嘴唇，昨晚的酒精已在体内凝结成干燥的颗粒，她看见女儿坐在对面的炕头注视着自己,她的头发上粘着几根麦秆,似笑非笑的表情透过杯中的水被扭扯放大,姜爱民没有多想,她举起杯子一饮而尽,当液体通过她扬起的喉咙进入体内时,她仿佛听到叶绿发出的微弱叹息,也许什么都没有,她放下杯子的时候,女儿已经爬下床开始梳头。

吃早饭的时候弟弟依然没有出现,但是叶绿已经证实了他就是一个幽灵,无所不在。他现在一定躲在某个角落窥视着她们,叶绿异常谨慎地吃着饭,一边用眼角扫射着四周,一边听母亲说话。

"老方,那孩子呢?怎么不叫他来吃饭?"

老方马上放下手中的筷子,开始比画起来。他的表情丰富,一会儿咬牙切齿,一会儿兴高采烈,一会儿面带悲戚,手指也非常灵活,让人眼花缭乱的各种姿态瞬息万变,叶绿根本看不懂,老方徒劳地张着嘴巴发出像咒语般难解的声音,姜爱民好像都明白了,她不时点着头应和着说,"哦、原来如此、真是的、怎么这样呢……"最后她放下碗总结性地说了句,"野种就是野种,造孽啊!"一直等到吃完饭,母亲身上也没有发生任何变化,那杯水仿佛只是杯水,但是她明明看见弟弟曾经把一些奇怪的植物浸泡在里面啊,难道这只是她昨晚的一个梦吗?叶绿急切地想看到母亲即将出现的症状,比如口吐白沫、四肢抽搐、双眼上翻,可是母亲却起身要把她赶走,"绿啊,你到后面的树林去找你弟弟玩,老方说他在那里。"叶绿极不情愿地站了起来,她并不是担心自己会错过什么,而是让她一个人去面对弟弟，确实有些让人恐惧。

叶绿最终还是站在了那片树林前，一排排整齐的绿树后仿佛隐藏着千军万马，风一吹过，巴掌大的树叶就开始癫狂地抖动。只见无数只麻雀扇动着翅膀没头没脑地撞进这幽绿的陷阱，却没有一只能再飞出来，地面上杂草丛生，鲜红的蛇果带着露珠，蒲公英扬着白色的圆脸瞬间破碎。叶绿鼓足勇气慢慢走进了树林，林中笼罩着薄白的沼气，周围的一切变得模糊不清，潮湿的地上爬满了蘑菇，顶着黑白相间的小帽子不怀好意地打量着闯入它们禁地的小女孩。一股凉气从脚趾缠绕上来，叶绿仰着硬邦邦的脖子费力地寻找着弟弟的踪影。可是这里哪有什么人呢？除了各种昆虫的鸣叫和不时滴落在叶绿脸上的露水，她只听到自己的脚步声踏在苔藓上发出的回声。她不得不怀疑母亲再次欺骗了自己，虽然有依稀的阳光，但是这像白内障病人眼中的阴霾却和黑暗一样密不透风，她有无数次被姜爱民关在漆黑厕所里的经历，但是这次尤为惊恐，因为这个环境对她来说是陌生的，那些树木后隐藏的未知事物时刻威胁着她。叶绿撒腿就跑，但是她没有找到出口，她没头没脑拼命地奔跑，不顾脸上被垂落的荆棘划破的疼痛，她心怀绝望地任由风声呼啸而过，她想，母亲终于如愿以偿地让她在这片树林永久地消失了。

叶绿流着眼泪跑着跑着，突然有个东西从树上掉了下来，重重地落在她脚边，叶绿吓得一屁股坐在地上。等她回过神才发现原来这个东西就是她的弟弟。弟弟的猝然降临带给她绝处逢生的感动和惊喜,叶绿本想站起来一把搂住他,可是全身瘫软,只能喘着气滑稽地坐在地上看着弟弟。弟弟围着她转了一圈,然后停在她面前。弟弟依旧用那双湿漉漉的大眼睛盯着她,瞳孔像黑色的岩石,眼白像透明的玻璃,他嘴里叼着一棵草根眼珠一动不动。叶绿慢慢从地上爬起来,她并不是个善于和人搭腔的女孩,特别是面对这个身份暧昧的弟弟,他虽然是个比自己还小的家伙,但是浑身散发着原始的野蛮气息,让叶绿备感压抑,她只能按捺住心中数次涌动的拥抱他的冲动,被迫用相同的冷漠方式与他对视起来。最终,叶绿败下阵来,她假装咳嗽了一下打破了难堪的沉默局面。

"嗯,你好!"叶绿对弟弟说道。

弟弟扯了扯身上露出一截肚皮的旧衣服傲慢地白了她一眼。叶绿没有想到弟弟用敌意的态度回应自己,她窘迫地捋了捋刘海突然想到一个问题,"你是不是和老方一样,是个哑巴?"

"你才是个哑巴呢!"弟弟用一种古怪的当地口音快速回击道。

叶绿笑了起来,她并不介意弟弟的态度,弟弟终于对她说话了。

"那你叫什么名字?"叶绿的语调变得轻松起来。

弟弟的眼睛滴溜溜地转了一圈,然后用袖子擦着鼻涕没有回答她。

叶绿向前走了一步说道,"可以告诉我你的名字吗?"

弟弟迅速后退一步，然后用审视的目光看了她半天才说，"我没有名字。"

"你怎么可能没有名字？每个人一出生都有名字的啊！"叶绿的话一说完就开始后悔了，因为她看见弟弟使劲吐出已经滑进嘴巴里的草根，重新变成了一个神情呆滞的木偶。叶绿不知道这句话怎么会惹弟弟生气，但是弟弟站了一会儿，就握起拳头转身走了。叶绿马上脚步匆忙地跟在弟弟后面，弟弟像一只瘸腿的小鸭子，伸长着脖子，肩膀右倾一颠一颠地往前走着。叶绿不敢再说话，直到弟弟不时停下来从地上拔起一根白色的草茎放在手里把玩时，她才禁不住问道，"这是什么啊？"

弟弟听到这句话转过身带着鄙夷的语气对她说，"你连这都不知道？笨蛋！"

叶绿低三下四讨好地凑近弟弟说，"那你告诉我吧。"

弟弟弯下腰从地上扯起一把，眼珠子转了转然后递给她说，"你吃了我就告诉你。"

叶绿缩了缩脖子，她想起昨晚在姜爱民杯子中搅动的植物，直觉告诉她，那是个可能制造凶杀的工具，现在从弟弟的表情中她无法断定自己是否在遭遇同一件事情，但是弟弟执拗的目光分明在告诉她，只有你吃下这把草，才能成为我的同伴。叶绿想了想，有很多支离破碎的画面涌现了出来：母亲手中的竹板落在脸颊上的火辣、丢丢从六楼坠落的瞬间以及孩子们扯着她的小辫子叫她"野种"……叶绿不知道这些片断为什么会不合时宜地闪现出来，她一把夺过弟弟手中的草茎迫不及待地咀嚼起来，口腔里瞬间充斥着奇怪的味道，让人难以忍受的辛辣让叶绿弯下腰流出眼泪，但是她并没有吐出口里的植物，她恶狠狠地强迫自己咽下去，直到牙床都被腐蚀，整个口腔都发臭，她才抬起头。弟弟有些惊慌失措地看着她，吃下一把植物的叶绿顿时充满了力量，她粗声粗气地对弟弟说，"我已经把它们都吃到肚子里去了！"

弟弟钦佩地点点头。

"我是你的姐姐，你给我记住！"

弟弟惶恐地点点头。

"现在我要给你起个名字叫'丢丢'！"

弟弟卑微地点点头。

"那你现在告诉我，我吃的这是什么东西？"

"是，是毒草。"

"那，那我会不会死？"

"我，我也不知道啊！"

叶绿和弟弟相互凝视着对方煞白的脸，片刻，叶绿拉起弟弟的手，弟弟异常乖巧地低下头默默地被她牵引着往茂林深处走去。

等到中午他们从树林中走出来的时候，两个人就有了些亲密无间的味道，弟弟一直小心翼翼地观察着她的反应，而叶绿自己反倒坦然起来，她的身边终于出现了一个玩伴，这是件让人感到幸福的事情。当姜爱民看见叶绿和那个野种手拉手出现在饭桌前的时候，她有些惊奇，但是她很快注意力就分散了，因为她被自己突如其来的不断打嗝、放屁的状况弄得苦不堪言。就在叶绿刚被她赶走没多久,她突然就腹痛起来,肚子里像装满移动的空气,坠重感来回飘荡,然后她就开始不停地打嗝放屁,她本来想问问老方是不是饭菜里面有什么不干净的东西,可是老方也出现和她一样的情况,他们俩在惊愕之中不断打嗝放屁,等叶绿和弟弟一起出现在他们面前的时候,房间里已经布满他们排泄出的污浊的气息。姜爱民对这个男孩不再感兴趣,她不断要求老方给她端水来,老方打着嗝把水递给她的时候,水已经泼洒了一半,姜爱民一饮而尽,然后她憋足一口气脸色涨红使劲捶打着胸部,等她一松手张开嘴巴,那个该死的嗝又冒了出来。弟弟看着这个滑稽的场面暗暗捏紧了叶绿的手,叶绿强忍笑意,她终于知道了弟弟送给母亲的是件多么羞耻的见面礼。

还没有等吃中午饭,姜爱民就匆匆提出回家,叶绿和弟弟趴在窗台上看着不远处的两个人,身体不时抖动的母亲把几张钞票递给同样抖动着的老方,老方数着钞票打着嗝,母亲站在一边放屁。叶绿和弟弟两个人相视一笑后又备感不舍,叶绿在兜里使劲摸索,最后她摸出仅有的一颗水果糖放在弟弟的手心里。弟弟的眼睛里蒙上了一层水雾,但是他固执地仰着头不说话。叶绿摸了摸他的头说,"丢丢,等你长大了你就去看姐姐,好吗?"弟弟突然转身冲出了房间,"丢丢!"叶绿追到门口只看见弟弟的背影逐渐消失在树林中,一直到她们坐上一辆过路车弟弟也没有再出现。叶绿靠在车窗边,心不在焉地望着窗外，母亲在一边惴惴不安地打嗝放屁。叶绿在想弟弟最后的身影，她相信弟弟那刻的心情和她一样难过，可是又能如何呢？虽然他们都是父亲的孩子，但是天生注定要被阻隔。

汽车在叶绿忧伤的思绪中慢慢启动了，突然在对面的山梁上出现了一个矮小的身影，那个人拼命挥着手，叶绿马上把身子探出窗外，"丢丢！丢丢！"她认出了那个人，激动地也摇晃起了手臂，弟弟像山崖中一棵孤独的植物，在风中瑟瑟摆动。车已经加速，弟弟在山崖上追赶着。

"弟弟！你一定要去找我啊！"叶绿冲着山上那个狂奔的黑点儿大声叫着。

"姐姐！"她听到弟弟撕心裂肺的呼喊声在山梁之中爆炸，她使劲探着身体寻找着弟弟的身影，如果不是姜爱民拽着她，她险些从窗户翻落出去。可是终于什么都消失了，车轮卷起的厚厚黄土铺天盖地地阻隔了一切，向日葵不见了、太阳不见了、布谷鸟不见了、弟弟不见了，连自己都不见了。但是还有一个问题永远存在，就是她最后一直想问弟弟却没能得到答案的，那就是——弟弟，我会不会死去？

4

但是现在当叶绿独自在房间里回忆这些时，却不带有任何感情，关于沉闷的童年几乎被她全部抹杀，而丢丢——那个曾经带给她仅有温暖的弟弟，现在已经十八岁了，他要作为一个陌生的男人侵入自己的领域。叶绿为此焦躁，虽然她并不是对弟弟有敌意，而是她目前急需要孤独地思索一些问题，这些问题关系着她从一个女孩变成一个女人的意义，只有她能破译，她的牺牲才会有价值。是的，牺牲，叶绿是这样固执地认为，每一步蜕变都应该换取相同的价值，就如同她现在想牢牢掌握把她变成女人的男人，她希望这个男人能把她从家里带走，她应该拥有女人应得的宠爱、虚荣和胡作非为。叶绿苦恼地想起周响似笑非笑的表情，他仿佛对什么都毫不在乎，眼神总是飘在某处倾斜的上方，这是个很难被打动的男人，叶绿早就知道。她不能眼睁睁地看着周响消失，他应该为自己负责，叶绿打定主意要抓住这棵救命草，如果错过了机会，她只能成为过期的货物，青春总会流逝，而占有过青春的男人总想逃之夭夭，因此他们活力永驻。客观地说叶绿并没有胜利的资本，她既不妖艳也不迷人，但是她信心百倍地认为自己能如愿以偿，高人一等的偏执让她无所畏惧。叶绿陷入无数个假设的阴谋之中，这些阴谋排列整齐日渐壮大，它们会让周响遍体鳞伤，只有他先成为和我一样的人，他才能被我所控制，叶绿此刻早就遗忘了弟弟和过去的一切，她只看见自己的未来在月光的照射下泛起一层闪亮的波光，它动荡不安却又势不可挡地越过黑夜前进。

随着一下响亮的关门声，姜爱民睁开了眼睛，然后她缓慢地从床上爬起来走到窗户边，她看见女儿穿着蓝色的工作服走在晨光之中。她盯着女儿的背影，确切地说是盯着她的屁股，她觉得那里早就已经变得硕大无比，可耻的是叶绿自己竟然不知道，她还若无其事悠然摇摆着屁股混入人群之中。姜爱民悲痛地闭上了眼睛，这个贱货，居然在自己眼皮子底下不动声色地变成了个女人。这是两年前的事情了，那个叫周响的男人早就大学毕业不知道跑到哪里去了，他还带上了他的父母，一家人从这个城市彻底蒸发了，但是对姜爱民和叶绿来说，这就像是昨天发生的事情。叶绿在她身边度过了两年貌似处女的生活，其实母亲早就窥探出了她的秘密，所以周响走后没有多久她就让老方帮叶绿找了一个乡下的男人，那个男人在城里做包工头，除了是乡下户口和离过婚以外在姜爱民眼中完美得一塌糊涂。包工头很会察言观色，初次上门就给姜爱民带了一大包人参，可恨的是居然被叶绿毫不留情地赶了出去，好在姜爱民迅速把人参塞在了床底下，才不至于一无所获。她现在已经衰弱得没有力气举起竹板，所以只能眼睁睁地看着叶绿轰走一个又一个求婚者。做母亲的开始很气愤，总是阴阳怪气含沙射影地提醒女儿已经是残花败柳，没有资格挑三拣四，可是后来她就习惯了，因为求婚者虽多，但全是些穷光蛋或者残障人士，没有什么值得惋惜的，这个和叶绿是不是处女一点儿关系都没有，依照她们的家境和叶绿毫无姿色可言的容貌，就是守身如玉也不可能找到更好的结婚对象，这点让姜爱民反过来怀疑周响当年怎么会和自己的女儿搞上的。

男人的心思捉摸不透。姜爱民抬头盯着墙壁上的镜框，里面的男人努力瞪着小眼睛强打精神地看着镜头，一张黝黑的瘦脸像被折皱的旧纸片，虽然穿着西装，但是更像身戴枷锁般的不自在，半边脸上的肌肉紧抽着，看起来有些龇牙咧嘴的猥琐，这就是她的丈夫，姜爱民面对着他的遗像，感觉这个男人十分遥远，她竟然不能确定自己就和他生活了二十年，真让人害臊，相比起周响英俊的面孔，女儿确实应该比母亲更加傲慢和得意。但是也不要高兴得太早，叶绿并不知道母亲的第一个男人其实胜过周响，那真是个出色的男人啊，只是除了姜爱民自己以外，没有人知道这件事情，姜爱民从来不炫耀这份财富，因为它是姜爱民心中最鲜艳的伤疤，不过无论如何这些男人终究都是过客，姜爱民现在可以心平气和地看待已经过去和即将到来的所有男人，她已经习惯了和女儿相伴的生活，虽然家里阴气沉沉，但是这和她们内心息息相通的气质让人安心。

她给丈夫上了一炷香，丈夫的面孔在烟火之中光泽起来，那双小眼睛汇聚着惊人的光亮，他说，你一定要替我照顾好我的儿子！姜爱民点点头，那光亮迅速凝固，不可复生，现在成为镜框中的灰尘。姜爱民想到那个即将进入她们家庭的野种，她既不欢喜也不厌恶，这是丈夫和另一个女人孕育的孩子，现在她并不恨这一家三口，甚至因为这点使她不至于彻底藐视丈夫，他居然能在自己的威严之下和一个女人生了孩子，到底还算是个男人啊！

而叶绿此刻已经站在了轰轰作响的机床前，绿色的铁皮机器伫立在厂房中。又粗又黑的皮带裹挟着巨大的轮子，叶绿戴着帆布手套把一块沉甸甸的铁皮从身边搬上机床，方大的冲头从上方砸下来，随着一声巨响，铁皮被打成一块中间凹下去的模具，叶绿迅速把它抬出来放到一边再去搬另一块。这里没有人说话，机器的转动声垄断了一切，每个人都穿着统一的蓝色工作服，带着白色的手套，顶着油腻腻的头发站在机床边像个饲养员，准确无误地把一块块铁皮放在不断闭张的机床上，必须沉默寡言专心致志，否则被砸断的就不仅仅是铁皮还包括自己的手臂。这里只剩下了叶绿一个女工，其余的女性有本事的就调走了，没有本事的也已下岗，只有叶绿成为冲压车间不倒的丰碑，全厂的人都怀着复杂的心情议论她。这起源于一次事故，当时叶绿上班还没有多久，一天正值大家都在小心工作的时候，突然车间上空响起一声惨叫，站在叶绿旁边机器前的女孩被下落的冲头轧断了手指，人们纷纷关掉自己的机器冲到女孩身边慌里慌张地把女孩抬了起来，女孩的尖叫和哭泣声惊动了旁边车间的人，一大群人手忙脚乱地把伤者往医院送，这种场面对大家来说是司空见惯的事情，而叶绿就在这时横空出世成为人们的焦点，因为全车间就她一个人没有关机器，不仅如此，她甚至连头都没有抬一下，仿佛什么都没有发生过一样，依然不断抬起铁皮、放下、再抬起。车间里很空旷，窗户上趴满了人，他们好奇地注视着里面的女孩，那个女孩的工作服右侧溅满伤者的鲜血，还有一两滴落在她的脸上，可是她连眼睛都不眨，专注地工作着，车间里唯一转动着的机器发出的声音让人毛骨悚然，站在外面的人大气都不敢出，他们所看到的血液在阳光的照射下渐渐凝固在女孩的衣服上。

自从这起事故之后，全厂的人都知道了叶绿的名字。她让人敬畏，因为没有一个女人能如此镇定自如；她让人害怕，因为没有一个女人能如此无动于衷。总之，叶绿成为了人们心中的谜，由此她的沉默少语，她的黑色衣服，她像圣女一样矜持的神情，包括她父亲早死、母亲寡居的身世都成为了让人津津乐道的话题。其实叶绿觉得自己并非与众不同，只是没有人会相信她，因此她索性疏远了所有的同事。

现在下班时间到了，叶绿拿着饭盒坐在角落里吃饭，她想起母亲昨天晚上嘱咐过让她今天中午去接弟弟，可是她并没有去。叶绿挑起了一根青菜，这使她联想到多年前曾吃过的毒草，她为什么要去接弟弟呢？那个人让她在对死亡的恐惧中度过了漫长的青春期，她随时准备死去，可是那把草并没有夺走自己的性命，这并不表示她在记恨弟弟，而是有关过去的恐惧和其他情绪让叶绿现在想起备感荒谬。她吃完饭起身涮洗，然后托着手里亮铮铮的铝盒轻轻穿过了人声鼎沸的食堂。

走在通往车间的绿荫道时，叶绿又看见了那个手舞足蹈的女疯子，她总是趁门卫不注意偷偷溜进来，她现在站在一棵大树下已经脱得精光，叶绿看了看周围，没有人，然后她迅速放下饭盒跑过去捡起地上的衣服试图给疯子穿上。疯子甩动着下垂的乳房拼命反抗着，叶绿好不容易给她穿上内裤却又被她一把扯了下来，来回几次，叶绿的脸已经被抓破了，可是疯子依旧毫不配合并啐了她一脸唾液，叶绿被激怒了，她站起身使劲扇了疯子一巴掌，耳光响亮，她和疯子都愣住了，她看见和自己一样年轻的脸庞慢慢红肿起来，疯子呆呆地看着她，叶绿突然一阵窝心的难受,她重新默默地弯下腰给女人穿上了内裤,正当她捡起内衣的时候,远处传来了一阵脚步声,叶绿迅速丢下衣服跑到对面墙后躲了起来。一群刚吃完饭打着饱嗝的青工走了过来,疯子还怔怔地望向叶绿消失的地方,男人们看见这个半裸的女人迅速嬉皮笑脸地围了上去,叶绿看见女人裸露着肮脏的乳房孤独地站在一堆嬉皮笑脸的男人中,她的手指紧紧抠进了墙缝里。男人们一边说着下流话,一边用树枝拨弄着女人的内裤,最后内裤重新被褪到脚下,当女人黑乎乎的下身暴露在叶绿视线中时,叶绿猛然转身飞奔,身后有庞大的笑声压来,有男人们的,也有那个女疯子的,有旁观者的,也有隐身人的,叶绿一直跑一直跑,目睹的人心中窃笑,那女孩终究发疯了!是的,她早该发疯了,为什么不疯呢?

那个女疯子是和她一起进厂的工友,当一个男工人被冲床轧断手臂倒下时,那个女孩也倒下了,叶绿看着血泊中躺着的两个人,她的脚边流淌着相互交错的红色液体,她不知道这些血液来自谁的身体,最后男的成了断臂人办了病退,整天晃悠着空荡荡的袖管在街上闲逛,而女的被吓出神经病,终生不愈。所以当三个月后另一个女孩在叶绿身边倒下时,她奋力克制自己不要回头,她没有把握当面对一地血腥的时候,自己会不会也疯掉,最终她挺了过来,在人们的窥视之中,在弥漫着血腥味的已变得空荡的车间里,纹丝不动地站在鲜血中成功地完成了对自身脆弱的挑战,同时也完成了和周遭人群彻底的决裂。

5

叶绿并不在乎,就像她现在行走在熙攘的人流中,人们都脚步匆匆地往家赶,只有她一个人慢吞吞地走在街上,她不避让任何与她迎面而来的人,强硬地横插在人群中,那些人如同沙砾涌至她面前的时候被迫分成两股从她身边寂静地流过。还有莫名其妙的咒骂,对叶绿不能造成任何伤害,她专心致志地一直走到一栋年代悠久的楼房前,这栋楼房保留着殖民时期的痕迹,拙劣的外国式造型,每块青砖排列有序,圆圆的屋顶,铁栅栏上的雕花,还有窗檐边大理石雕刻的小天使,像玩具房子一样小巧而优美。因为有浓密的爬山虎的遮盖,每扇掩隐在绿色缝隙中的窗户都显得格外寂静,叶绿盯着三楼第四个窗户,只有灰白色的窗棂隐隐可见,她很想知道被植物遮蔽的窗户里的情景,每当她站在楼下的时候都涌动着折断这些绿色伪装的冲动,今天尤为强烈,因此她不假思索地伸出了手,开始使劲撕扯墙壁上的爬山虎。这显然是徒劳的,最后的结局只能有一种——她没能使那扇窗户暴露在光天化日之下,而是被一群戴红袖头的老太婆恶狠狠地赶走了。

叶绿并没有沮丧,她对自己的这种遭遇泰然处之,就算自己拔掉所有的植物又能如何呢?她还能期待那个男人重新出现在窗口吗?这时叶绿已经站在了家门口,她掏出钥匙平静地打开门走了进去。

"你非得这么晚回来吗?你是不是又去找周响了?我给你

说过多少次，他早就搬走了，你永远找不到他的!"从昏暗的角落里响起母亲的声音。

叶绿垂下眼皮从母亲身边走过，她克制着自己心中的战栗。快走到房间门口的时候，突然一个人从里面蹿了出来。叶绿迅速往后退了一步抬起了头，那是个比她高大许多的男孩，他凸起的喉结正对着叶绿的眉毛，嘴唇边长着一圈稀疏的黑色绒毛。

"姐姐!"男孩仓促地叫了一声低下头。

叶绿一时不知所措，她盯着陌生男子的脸看了半天，这是一张很漂亮的脸蛋，眼睛细长，皮肤白皙，有着女性般的阴柔和妩媚，这张脸既不像父亲，也不像自己，这是他们家族所没有的标致容貌，这让叶绿生出本能的排斥感，她冷冷地站在男孩面前，手扶着门框没有说话。

男孩窘迫地涨红了脸，纯洁的神情更让叶绿反感。"姐姐!"他又叫了一声。叶绿心想，谁是你的姐姐？然后她擦着男孩的胸膛挤进了房间重重关上了门。

房间的地上放着一个大包裹，钢丝床上的被褥叠得整整齐齐，弟弟已经住进了叶绿的房间。但是他真的是自己的弟弟吗？叶绿回想起十年前弟弟湿漉漉的大眼睛，她无法将现在那个腼腆羞涩的陌生男子与野性十足的弟弟联系起来，叶绿带着恍若隔世的距离感重重地倒在床上，一个全新的，她对其所知甚少的男人将破坏家庭中固有的某种气息。

直到吃晚饭的时候，叶绿才从房间走了出来。他们三个人围坐在饭桌前,姜爱民自顾自地闷头喝酒,弟弟坐在叶绿的对面,她竭力不让目光投向那个位置,但是她疑心弟弟一直在悄悄注视着自己。叶绿惴惴不安,她猛然抬起头想当场捉住弟弟的偷窥,但是她所看到的,是一颗低垂下的脑袋,弟弟只盯着手中的饭碗,他对这沉闷的气氛好像完全习惯。叶绿正在嘲笑自己的神经过敏,这时姜爱民放了个响屁,母亲保持着面不改色的本性,弟弟却异常敏捷地抬起头,他正好迎上了叶绿的目光,叶绿看见弟弟愣了一下然后冲她暧昧地笑了笑,叶绿明白这个暗示,那把在水杯中漂荡的植物把他们密切联系在了一起,就算无数个十年过去,她还要被母亲放的这个屁强行拉到弟弟的身边,成为他的同谋。弟弟的想法是和她一样的,不然他也不会这么亲昵地对自己微笑,可是叶绿心里却涌动着憎恶,她甚至无法掩饰,带着愤怒重重地放下碗筷走进了房间。

母亲在门外喊着,"你发什么神经啊?一天到晚阴丧个脸,摔摔打打的,我还没死呢!"

叶绿没有像以前那样保持沉默,她站在门后咆哮道,"你当然不会死,你是个老不死的东西!"

母亲在外面愕然了片刻,她没有想到女儿会一反常态地回嘴,并且言语恶毒流畅,像是已经背得滚瓜烂熟。于是她冲进了叶绿的房间,使劲揪住了她的头发。叶绿并没有还手,她任凭愤怒的母亲扑在她身上用那只苍老的手揪扯着自己,在舞动的手臂之下她看见弟弟站在一边,带着惊愕、茫然、不安和悲悯混杂的表情,这种表情让她难以忍受,她果断地举起手,一掌推开了纠缠不休的母亲。母亲猝不及防，她瘦小的身体撞向门框，然后重重地倒在地上。母亲开始歇斯底里地痛哭，她深知自己已经不是女儿的对手，只能赖在地上捶打着胸脯，一把鼻涕一把泪地痛诉女儿的大逆不道。头顶上的灯泡摇摆不定，房间里一片浅黄色的光线又衔接着另一片昏黄，所有景物像逐渐曝光的底片，慢慢蜷缩在一起，三个人被紧紧包裹在里面，神情各异。终于弟弟打破僵局，他走上前来扶起姜爱民，母亲惺惺作态而又顺水推舟地倒在他身上，两个人离开了房间。灯泡熄灭了，卷心菜的叶子一瓣瓣展开，你将看到核心，那是被严密储存着的黑暗。叶绿躺在黑暗里，她不愿意回想刚才所发生的事情，或者更久以前发生的事情，她的心已经被蛀虫掏空，什么都不会留下。

过了很久，对面楼上的灯火全部熄灭了，弟弟才回到房间里。真不知道他怎么有耐性和母亲在一起待那么久，姜爱民一定对他倾诉了关于女儿的所有秘密，这是做母亲的特权，她可以在被女儿冒犯的情况下毫不留情地出卖自己和散布自己的丑闻，叶绿对此毫无兴趣，她不在乎弟弟都知道了些什么，她只是专心聆听着弟弟洗脚、倒水、脱衣服直到上床睡觉，这些窸窸窣窣的声音都停止后，叶绿才松了口气。她以为一切就此结束，自己可以安然入睡的时候，她又听到了另一种声音——弟弟深厚的呼吸，这是男人才具有的呼吸，烈性、粗野，叶绿捂住了耳朵，可是那声音依旧透过指缝顽固地潜入自己的大脑里，她为之担忧和恐惧的事情终于来临，她将永无安宁，因为弟弟的存在牵扯出了另一个她奢求遗忘的男人。

认识周响,是两年前的一个星期天。母亲从菜场回来,叶绿发现她后面跟着两个人,一个妇女和一个青年男子。姜爱民热情地为他们做了相互介绍,叶绿才知道那个妇人是母亲多年前的工友,今天在街上偶然碰到。而那个戴着墨镜、穿着时髦的男子是她的儿子,叫周响,刚刚大学毕业。介绍完后,母亲很快和她的朋友欢喜地钻进了厨房,留下叶绿和周响待在客厅。周响从进屋起就一直戴着他古怪的墨镜,叶绿看不清他的眼睛,但是从周响放在膝盖上不断叩击的手指,她能感觉周响对这次的拜访很不耐烦,叶绿也是这样认为的,她不能理解那两个人老珠黄的妇女为什么会如此欣喜地聚在一起交头接耳,而她自己打定主意不理睬这个陌生的男人。

周响环顾完四周后陷入了百无聊赖之中,但很快叶绿就引起了他的注意,他从来没有见过这么没有礼貌的女孩,脸上还带着别扭的矜持表情,她仿佛赌气般地冷落着自己。周响第一反应就是应该摘下墨镜,也许是因为这个,女孩才认为他是个不懂规矩的人,所以不愿意搭理他。可是摘下墨镜后,周响发现叶绿依旧盯着地面,他只好主动对她说话。

"叶绿,你现在还在上学吗?"这句话说完,女孩终于抬起头看了看自己,然后脸变得通红。周响对这个效果很满意,因为他取掉墨镜以后,对方就能看见他完整的英俊面孔。可是他又有些拿不准,他看到女孩又漫不经心地低下头,一副不愿再看他第二眼的样子。

"嗯，我没有上学。"她懒懒地回答道。

这算是什么答复呢？显然她对周响的主动搭讪一点儿兴趣都没有。周响有些恼怒，在他和异性的交往史上还没有遇到过这样的挫折。叶绿激起了他的好胜心，周响马上换了一种方式说道，"你和你妈妈长得一点儿都不像呢。"

这次叶绿才认真地注视起他。周响知道这句话很唐突，他是要为下一句做铺垫，"你比你妈妈漂亮多了！"我们以为周响是情场高手，他也是这么自负的认为，然而这句话却暴露出他的稚嫩。

我当然比母亲漂亮，叶绿心里冷笑。年轻就是资本，就算是绝世美女等她迟暮后也会沦为最普通的妇女，况且姜爱民还不是个美女呢。但是周响的话还是让叶绿激动起来，一个英俊的男子用拙劣的话来取悦自己，显露出他的可爱。这使得叶绿的神情更加紧张，而在周响看来她似乎变得更冷漠了。

周响站了起来，他在仄小的房子里走了几个来回，他为自己没能立刻获得女孩的青睐感到沮丧和懊恼，但是他又安慰起自己来，我为什么要去招惹这个毫无姿色，不解风情的怪人呢？完全没有必要。于是他深吸了一口气又坐下，跷起二郎腿，点上一支烟不再说话。

他们之间笼罩着一团烟雾，让叶绿能够稍许安心地打量起周响，她多希望周响能继续和她聊下去，他实在是个无法让女孩讨厌的人，但是也许是自己刚才生硬的回答让他失望了，所以他现在无所事事地吸起烟来。叶绿痛恨自己的笨拙，她盯着周响弹烟灰的颀长手指,恨不得从他手上抢过香烟来吸一口,感觉他嘴唇上的温度。一直到两位母亲从厨房里走出来,他们还保持着奇特的僵持。

周响对这样的安排很反感,他一边心不在焉地拿着筷子,一边偷偷看时间,再过三个小时他就要去赴约了,和一个昨天才认识的少女,模样让周响挺满意。时间过得如此漫长,两个老女人喋喋不休谈起了种种往事,周响放下筷子,他现在就想起身告辞,然后回到家中梳洗一番,再慢慢溜达到公园去迎接女孩的到来。叶绿看出周响面露焦灼,她在心里抱怨起母亲,一定是姜爱民唠唠叨叨的样子让周响不耐烦,所以他不想在家里多停留一秒。叶绿准备打断母亲的话,可她抬起头的瞬间,姜爱民毫无征兆地放了个响屁,叶绿为母亲感到羞愧,因为周响的存在,这种羞愧比以往更加强烈,让她的脸顿时变得滚烫。叶绿恶狠狠地看着母亲,这个响亮的声音让所有的人都安静下来,母亲也看着她,一副无辜的神情,她觉得很可笑,为母亲此时表现出的恬不知耻。但是很快叶绿意识到了事情的严重性,因为除了母亲,周响和他的母亲都看着自己,虽然他们很快察觉自己的失态继续埋头吃饭,但从周响不时抬头似笑非笑地瞟自己一眼的动作里,让她顿然醒悟,他们居然认为这个响屁是叶绿放的。

在这个响屁被放出来的时候,周响的思绪被打乱,他愣了一下,然后就看见对面仰着头的叶绿满脸通红,女孩的母亲随即对她投来谴责和厌恶的目光,是为了她在客人面前做了失礼的事情吧？叶绿咬着牙关身体微微颤抖的样子让周响觉得可怜又可笑，不过他觉得叶绿的母亲也太严厉了，不就是不小心放了个屁嘛，没有必要这样瞪着女儿，看把叶绿吓得惊慌失措的样子，刚才潮红的脸庞都变得灰白了。所以他本能地在吃饭中几次对叶绿投以同情的目光，然而叶绿的脸变得一次比一次苍白。

终于这顿无聊的午饭结束了，周响的母亲和姜爱民又聊了两句才离开。姜爱民在收拾碗筷，叶绿悄悄跑到阳台上，等了一会儿周响才出现，他背对着自己走在一片树阴下，微风轻轻抚弄着他乌黑柔软的头发，他挺拔的身姿被阳光镀上一层金黄色的光芒，显得优雅高贵。直到周响那件白衬衣像只扑闪着翅膀的鸽子飞入人群变成一个黑点后，叶绿才惆怅地回到客厅。姜爱民正坐在沙发上悠闲地打着饱嗝，叶绿顿时火冒三丈冲到她面前。

"你什么意思啊？"叶绿双手叉腰直奔主题。

姜爱民挺了挺腰板奇怪地问道，"什么什么意思啊？"

叶绿露出冷笑，"你别装蒜了，明明是你放的屁，你刚看我做什么？"

姜爱民嘘了一声，重新放松下来。"我又没说那个屁是你放的，你激动什么啊！"

叶绿摆摆手说，"你少来这一套，这是你惯用的鬼把戏，以前我就不和你计较了，可是你今天太过分了！"

姜爱民浑浊的眼珠转了转，虽然叶绿不是第一次为此背黑锅，但是她从来没有像今天这么愤怒过，母亲很快就明白了原因，她用怜悯的眼光看着女儿。

叶绿被她盯得浑身不自在，她竟然没有勇气再指责母亲，而是像泄了气的皮球，张着嘴巴呼哧呼哧地喘气。

姜爱民宽容地笑了笑，闭上眼睛不再理会叶绿。叶绿拿母亲一点儿办法都没有，她想起临走时周响急匆匆的样子，仿佛再待一会儿自己就被房间里污浊的空气所玷污，他看都没看叶绿一眼。叶绿真想当场揭穿真相，但这徒劳而又疯狂的行为只能是种想象。她无力地靠在墙上，心如刀割。叶绿注视着置身事外的母亲，她相信自己方才的行为一定让她察觉到了什么，也许她应该克制自己，那样她才是无懈可击的。好在姜爱民什么都没有说，如同一个打坐的巫婆，陷入了持久的冥想之中。叶绿转过身，一切都成定局，无论她现在如何谴责母亲都没有用，周响不会知道事情的真相，而他对于自己来说，原本就是一个稍纵即逝的过客。

可是姜爱民这个时候却说了一句非常文绉绉的话，"多情自古空遗恨。"叶绿背对着母亲像被点中了死穴，连动都不会动了。

6

叶绿开始寻找周响，她屡次出没在姜爱民偶然遇见他们的菜场，她无法停止这疯狂的行为，周响已经占据了她所有不眠的夜晚。苍天有眼，终于让叶绿在一个清晨发现了他们的踪影。周响陪着母亲一起买菜，这个孝顺的男孩做梦都不会想到自己已经进入了叶绿的视野。叶绿一路跟踪，直到他们消失在一栋带有欧式风格的陈旧建筑里，叶绿不敢跟进去，她躲在楼下的树后仰望着密密麻麻的窗户，终于在三楼第四个窗户里她看见了那张脸，周响站在窗前发呆，那时他正在为被一个姑娘抛弃所忧愁，而此刻叶绿的眼中所看到的，是一个拜伦式忧郁孤独的侧影，它在昏暗的背景中被孕育得生动、凄婉，让人心碎。叶绿无意中窥见了周响的另一面，这时的周响距离她更近，叶绿禁不住从树后跑了出来，而周响却向大地投掷了忧伤的一眼，然后放下了窗帘。

叶绿心事重重地走在回家的路上，路人的面孔都是一样的，一张英俊苍白，沉痛忧郁的男人的脸。走到楼下，叶绿远远地看见母亲和邻居老太婆在窃窃私语，等她走近后，姜爱民马上闭上了嘴巴，讪讪地对她笑了笑。老太婆热情地和她搭讪，"呦，叶绿回来了！"叶绿点点头经过她们，她听到母亲的声音重新在后面响起，"哎，太婆，你可不知道这女儿一长大就捉摸不透了……"

叶绿回到家没多久，母亲就跟了回来。她看出叶绿这段时间行踪可疑，心神不宁，不用说这些反常一定是和某个男人有关系，姜爱民四处打听，时时留意，也没有发现那个和叶绿会产生关联的男人。母女两个各怀心事，默默无语地吃完了饭，叶绿就进了自己的房间。客厅里的电视声音吵得叶绿心烦意乱，她走到窗户边，楼下聚集着一群乘凉的人们，高谈阔论，笑语盈盈，这空洞肤浅的快乐，叶绿鄙夷地撇了撇嘴，她想起了远方周响愁苦的面孔，这让叶绿不安起来，仿佛是自己造成周响的不幸，她恨不得立即飞到周响的身边替他分担。叶绿躺在床上耐心等待着，流走的时间在皮肤上擦出一道道炙热的痕迹，四周安静下来，母亲房间的灯也熄灭了，叶绿全身都汗湿了，她跑到卫生间洗了一个凉水澡回到窗前。楼下已经空无一人，只有滚滚袭来的蝉鸣，一滴滴水珠顺着湿漉漉的长发跌落在地板上，叶绿抬起头，皓月当空，适合夜行，她把梳子丢在床上做了一个决定——去找周响。

叶绿蹑手蹑脚地打开门走下楼，一直到站在空旷的马路上时，她才轻松地伸展了下四肢。沿着这条路走下去就能到周响家，周响、周响，正陷入痛苦中的周响绝对不会想到有个女孩正在关心着他，并且那个女孩已经走在了通往他家的路上。

周响现在确实很痛苦，父母去了亲戚家，只剩他一人待在寂静的房间里，他太痛苦了，因为在这难得的自由时间他居然找不到一个女孩来驱赶寂寞。他众多的女朋友分散在全国各地，而在这个城市里唯一和他有过密切往来的女孩却在不久之前抛弃了自己。周响不会因为一个女孩的离去而苦恼，他只是愧对这个被虚度的美好夜晚。正在这时，周响好像听到了一阵细小的敲门声，这么晚了会是谁呢？等他犹豫片刻跑过去时，声音消失，周响耐心地站在门后等了一会儿，敲门声终于再次响起，周响马上拉开门把，他看见外面站着一个身材纤细的女孩。

周响愣了一会儿问道,"你找谁?"

女孩飞快看了他一眼,然后低下头局促不安地绞着发梢说,"我就找你。"

"找我?"周响上下打量了她一番,女孩站在微弱的灯光下面貌不清,"你是?"

女孩此刻好像不耐烦了,她突然昂首挤进了房间里。周响只得关上门跟在女孩的身后又问了一遍,"你是哪位啊?"

女孩缓缓转过身表情冷傲,却言语亲昵地对他说,"怎么你不记得我了?"

周响迟疑地盯着这个眼角上挑像狐狸一样的女孩,突然灵光一闪,"你是那个叶什么?"

"是啊,我就是叶绿!"女孩对他的答复相当不满意,她气冲冲地接过话来。

"你,你怎么知道我住在这里?"周响吃惊地张着嘴巴问道。

叶绿没有回答,她环顾了下四周然后对周响说,"带我到你的房间去。"

周响很讨厌她命令性的口吻,但是出于礼貌,他还是把叶绿带到了自己的房间。房间里灯光明亮,叶绿本能地用手遮在眉毛上然后走到床边的台灯前。

"你这么晚来找我有什么事吗?"当看清楚她是叶绿后,周响没有了方才的激动,他有些疲倦地问道。

叶绿手指一动,台灯熄灭,整个房间里只剩下清淡的月色。周响并没有抗议,他也不愿意清楚地看见叶绿的脸在自己面前晃来晃去。叶绿对他的问题置之不理,她靠在桌边直截了当地对周响说,"发生了什么事?我知道你很痛苦。"

周响恨不得放声大笑起来,他觉得叶绿这句话太荒诞了。他嗖的一声冲到叶绿面前说,"你不觉得你很莫名其妙吗?你怎么知道我很痛苦?你对我了解多少啊?"

叶绿自负地笑笑,然后平静地说道,"我对你的了解比任何人都多,甚至超过了你自己。你不用掩饰,我知道你很痛苦,为什么你不能像一个真正的男子汉一样勇敢地承认呢?"

周响目瞪口呆地盯着叶绿,叶绿此刻是那么镇定地和他对视着,全然一扫平日羞涩惊惶的姿态。这使得周响几乎怀疑起自己,也许她真的非常了解自己。但是他又理智地认为这是不可能的,可他现在却没有把握继续嘲笑叶绿说的话,并且他悲哀地发现自己没有了退路,按照叶绿所说,要么他被迫承认自己现在很痛苦,要么他就坦白自己不是真正的男子汉,这样一想,周响确实觉得痛苦万分了,他竟然不由自主地叹了口气。

"不要叹气,"叶绿以示安慰般地拍了拍周响的肩膀说,"其实我也很痛苦,我也和你一样试图把这种痛苦深藏在心里……"月光为叶绿蒙上一层缥缈的白纱,使她的五官变得柔美起来,她脸上呈现出怜惜和悲悯的神情,可以和圣母玛利亚媲美。叶绿喋喋不休,像是在对周响传教,而周响毫不为这圣洁的气氛打动,他竭力克制着要把叶绿从窗口丢出去的冲动。

等到叶绿说得口干舌燥的时候,她停了下来。周响准备趁这个空隙把叶绿赶出去，下逐客令之前，他还是礼貌性地问了句，"你还有什么别的事吗？如果没有的话……"他还没说完，叶绿就猛然往他面前走了一步，他们现在几乎是鼻子挨鼻子了，周响心里一惊，紧张地注视着叶绿，不知道她将要做什么，叶绿怔怔地看着周响，慢慢眼眶里蓄满了泪水，周响满腹疑问不敢开口。

"我，我还想告诉你一件事情，请你一定要相信我！"叶绿终于嘴唇哆嗦地说道。她泪汪汪的眼睛里透露着凄凉和哀求。

周响下意识地点点头，任何人面对这种目光也会心怀不忍。他做好充足的心理准备等待叶绿告诉他这件重大隐秘。

"那天那个屁真的不是我放的！"

不知道是不是两个人挨得太近，或者是今晚的气温格外高，总之叶绿说完这句话后，周响额头上的汗水就开始刷刷往下流。如果这个和他只有一面之缘的女孩，在漆黑的深夜赶来只是为了对他声明这个问题，那么周响必须感到恐惧和可笑，可是周响不愿意颤抖，也不愿意讥笑，叶绿一直在埋头哭泣，她像是无力承担这悲痛，把头靠在周响的胸前。

至于吗？不就是一个屁的问题吗？可是又不仅仅是一个屁的问题，那是什么问题呢？周响的思维一片混乱，叶绿潮湿的头发上涌动着幽幽的香气，她柔软抖动的身体让房间里的空气都变得温暖起来，在巨大的悲伤面前，谁都不能无动于衷，所以周响慢慢展开僵硬的双臂拥抱住了叶绿。接下来的事情既顺其自然又荒唐透顶，他们躺在了一张床上，过程很短暂，在周响即将抵达高潮的时候，叶绿放了个响屁，这次已经不用再解释了，叶绿脸色煞白，她完全被自己因为过于紧张而出现的这个生理反应所击垮，她认为周响已经看透了自己——一个彻头彻尾的骗子。无论周响是不是这样认为的，实际上他已经停了下来，然后从床上站了起来开始穿衣服。叶绿现在无话可说，她只能流着羞耻的泪水，目睹穿戴整齐的周响拿着自己的衣服不耐烦地等待着。于是，她接过衣服，一件件地穿好。周响站在打开的门前，叶绿缓缓从房间走了出来，她多期望周响此刻能安慰一下自己，她愿意跪在这个男人的面前忏悔这突如其来的失态，她将向他解释这次的事情和上次决不能混为一谈，可是没有用，谁都不能救赎叶绿，包括她自己。

脚下是昏黄的路灯，路边的建筑和叶绿孤独的身影投射在上面，一些浅小的水洼里晃动着模糊的光线，远处的山脉，像褪了毛的野兽，暗淡无光。她的血液一下下地冲击着血管，体内发出钟摆样的声响，当叶绿把处女膜被撕裂时的痛觉和那股充盈的气体无法抑制地一同排出体外时，她看见周响在她上方鄙夷地冷笑，这个残酷的表情在叶绿脑海里一遍遍地重放，此刻她像走上了一片荒凉广袤的原野，急流冲向黑得发亮的岩石上的咆哮声让她不停地颤抖。在一个街道的拐角处，一条黑影突然撞在叶绿的脚上，她大叫一声跳出灰白色的光线，一只野猫从脚边跑开。叶绿紧紧地贴着墙壁，然后慢慢蹲下抱住膝盖，没有人知道发生了什么，叶绿像一个被月光复制出的幽灵,在城市最深邃的黑暗中低下了银白色的头颅。

7

叶绿很羡慕弟弟,他像一个没心没肺的小宠物,不仅仅属于母亲,也属于所有人。弟弟已经和厂里的人打成一片,因为我们都能理解的原因,他是以叶绿远方亲戚的身份进入工厂的。人们开始是带着好奇心凑近他,但是他们很快发现这个男孩和叶绿完全不同,他热情友善、活力四射……总之,他是个非常惹人喜爱的小伙子,叶绿觉得不可思议,她躲在角落里看着弟弟站在一群工人之间眉飞色舞,人们都乐于和他亲近。她不由想起十年前的弟弟,是什么魔力让他从一个野蛮孤僻的家伙变成了会察言观色、博人欢心的少年?他的成长过程并不比自己幸福,然而耻辱的岁月却没有在他身上留下一丝痕迹。他的这种愈合能力让叶绿鄙视又嫉妒,毫无道理的快乐,弟弟根本没有资格获得这些。

弟弟的到来让叶绿的生活也发生了变化,一些女孩开始向她靠拢。起初叶绿并不知道她们为什么会对自己友善起来,这帮喜欢说闲话的女孩经常背地里嘲笑叶绿,后来叶绿才知道她们都是冲着弟弟来的,她们主动和自己攀谈、抢着帮她打饭、争先恐后地想成为她亲密的女伴都是为了从她嘴里探听弟弟的一切,他的喜好、家庭情况以及有没有女朋友等等。叶绿冷冷地看着她们徒劳地讨好自己,她打定主意什么都不说,她要让这帮人一无所获,但有时候她也会设想,如果她们知道那个少年是我的亲弟弟,他是个私生子的时候,她们还会继续神魂颠倒吗?

和叶绿相比,弟弟更像是姜爱民的亲生孩子。姜爱民毫不掩饰她对这个野种的偏爱,当叶绿每次听到母亲饱含深情地喊着"我的儿"时,她就忍不住想呕吐。当叶绿还是个婴儿的时候,她就知道母亲从来就不爱自己,但是姜爱民可不这么认为,她觉得是叶绿先背叛的自己,在叶绿漫长的青春期里,她的自作主张、她的反叛,包括她公开和母亲作对,还有对母亲冷漠和嘲弄的态度,让姜爱民仅有的母性消失殆尽。对于身边突然冒出来的少年,虽然姜爱民厌恶他的父亲和母亲,但是他温顺乖巧,给姜爱民带来了新的希望,她愿意为这个野种奉献母爱,借以驯化和塑造他。现在叶绿成了一个旁观者,她和母亲不再维持势均力敌的局面,弟弟成了女性世界里唯一的砝码,重心向母亲倾斜。来看看眼下发生的事情吧,在餐桌上姜爱民为叶绿安排了一次相亲,被叶绿果断地拒绝了。

母亲把酒杯重重地搁下,对叶绿说,"难道你要做一辈子的老姑娘吗?永远待在这个家里不嫁人,成为别人的笑柄?"

叶绿毫不在意地回答道,"我现在不想谈论这些问题。"

姜爱民像只乌鸦般笑了两声,然后用尖锐的声音说,"你并不是一个小女孩了,你没有多少青春可以浪费了,为什么不趁自己还能找到男人的时候就结婚呢?你还在等什么?在等周响吗?你明知道就算你找到他,他也不可能娶你的,我劝你还是现实点儿好!"

听到"周响"这个名字，叶绿马上面如死灰，全身发抖，她看了看弟弟，弟弟低着头手里捏着酒杯，显然周响对他来说并不陌生，他已经知道了一切，想到这里，叶绿反而镇定下来，她微笑着对母亲说，"我看你就别为我操心了，你还是多花点儿心思想想你未来儿媳妇的事情吧！"

弟弟马上抬起头，他眉头紧皱，一副无辜者应有的受伤表情。叶绿瞟了他一眼，起身离去。

叶绿反锁着门待在房间里，外面的声响属于母亲和弟弟，与她无关。她坐在椅子上看着天花板，远处高楼上的霓虹灯反射在上面，像鬼魅般飘动。叶绿像是坐在光怪陆离的海底，房间里荡漾着水草般暧昧的水腥气，叶绿不安地来回走动着，她看见弟弟的床上放着油腻腻的工作服，叶绿拿起衣服埋头使劲嗅着，衣服上有股汗味，醇厚却不让人发腻，那是男人特有的气味，火辣、水腥、粗粝，叶绿贴着衣服的脸庞开始发热，她心里没由来地蹿起一股冲动。叶绿看了看门上的天窗，客厅的灯熄灭了，弟弟和母亲在看电视，他们窃窃私语，没有人关注自己。叶绿放心地在弟弟的床上躺下，她把弟弟的衣服包裹在头上，衣服盖住了眼睛，光明被夺取，窄小的黑暗中只有弟弟的体味在流动。叶绿的右手熟练地伸在两腿之间，一个男人的裸体慢慢浮现，他一会儿是周响，一会儿是弟弟，无论是谁，都让她亢奋不已，叶绿的身体不停抖动着，直到有潮湿的液体从双腿间流出，她满头大汗咬着牙齿在衣服下发出了压抑的呻吟。这时，弟弟在外面敲门，"姐，开开门。"

叶绿迅速从床上跳起,她飞快地把床单拉平,然后理了理头发打开了门。弟弟站在门口拉着了灯绳,房间里瞬间大亮,叶绿惊恐地往后一跳,背紧紧贴在了墙上。弟弟走进房间,有些奇怪地看了看她,叶绿下意识地摸了摸自己滚烫的脸颊。她看见弟弟用力吸了一口气,她疑心弟弟已经闻到了房间里特别的气味,这淫秽的气味能瞒过弟弟吗?叶绿夹紧双腿,大腿内侧已经湿了,让她不敢挪动身体。还好,也许是弟弟已经习惯了她的某些怪异行为,他不再关注靠墙而立的姐姐,开始收拾自己的衣物。等弟弟拿着换洗的衣服走出房间后,叶绿才松了口气,她小心翼翼地走到自己的床前,摊开手掌,掌中仿佛蓄积着一泓潭水。

关门声响起,叶绿站在窗帘后,过了一会儿,母亲的身影出现在楼下。有几个老女人向她靠拢,母亲沙哑的声音响起,转眼这群人就消失在了树下的阴影之中。叶绿这才从房间里走了出来,卫生间里传来哗哗的流水声,叶绿走到门边一看,弟弟正打着赤膊在洗衣服。卫生间里氤氲着水雾,一波波热浪涌出,弟弟刚洗完澡,他背对着叶绿,古铜色的脊梁上挂满水珠,水珠从弟弟结实的肌肉上滑落,每一块皮肤都富有弹性,它们像音符一样在欢快地跳跃,叶绿一直在偷窥,心中的暖流随着弟弟抖动的背部翻涌。灯光洒落在弟弟隆起的肌肉上,发出金黄色光芒的皮肤光亮而有质感,叶绿情不自禁轻轻走到了弟弟身后,她伸出手掌,隔着白雾一寸寸抚摸着他的皮肤。弟弟拧起衣服转过身,叶绿迅速把手藏在背后,他们的距离很近，弟弟下意识地用湿衣服遮住了胸膛，他的脸红润得可爱。

"姐，你，你是不是要洗澡？"

叶绿连忙点点头。

弟弟马上端着盆子走出了卫生间。

叶绿一个人站在没有散尽的水汽之中，她看见弟弟走到了阳台上，身影变得模糊。叶绿若有所失地关上了卫生间的门，她脱光了衣服站在水龙头底下，温暖的水流淌过她的身体，叶绿盯着身上白花花的皮肤突然厌恶起来，她拿着毛巾使劲揉搓着自己，直到身上布满红色的印痕。叶绿关了水，她蹲了下来，上方的水龙头滴滴答答地掉下水珠，水珠打在她的背上麻嗖嗖地下滑，瞬间变得冰冷。卫生间里一片寂静，叶绿盯着门上的插销，门没有锁，她期望有人能推开门，可是什么人都没有，一个寂寞的身体被虚掷在一堆白瓷砖中。

等叶绿从卫生间出来的时候，姜爱民已经坐在了客厅的沙发里，弟弟像一只小狗依偎在她身边，帮她捶着腿。电视里的反光把姜爱民的脸划成破损、光鲜的碎片，弟弟的脸上也是光彩熠熠。他们莫名其妙地不时发笑，姜爱民的笑声像只老母鸡，弟弟则像小公鸡，叶绿板着脸经过他们走出家门。

叶绿坐在周响家楼下凝视着那扇窗户，除了那扇窗户以外，所有的窗户都在亮着，里面飘出饭菜的香气和热闹的说话声，橘红色的灯光属于完整的家庭，明亮的房间里坐着父亲母亲和子女。如果叶绿当初能像现在一样聪明而又勇敢，她能够自如地运用两年中蕴蓄出的种种阴谋，比如死缠着周响不放，再苦苦哀求、持续跟踪、用反复自杀来威胁，或者直接找周响的父母谈谈，那么她也能得到这扇明亮的窗户。可是已经晚了，因为一个响屁而毁灭的幸福，永远抛弃了她。叶绿痛恨自己两年前的束手无策，她本以为可以为自己负责，但现在她恨不得全世界的人都来为自己的痛苦负责，这就是一个人为曾经的单纯和隐忍付出的代价，这就是一个矜持的理想主义者的幻灭。叶绿带着仇恨的心情站了起来，走过一条街的时候她发现有人在跟踪自己。叶绿机智地使了个幌子，等她从一堵废弃的墙后走出来的时候，她看清了那个跟踪自己的人是弟弟。

叶绿站在他身后问道，"你是在跟踪我吗？"

弟弟转过身没有说话。

"是姜爱民让你来的吧？"

弟弟马上抬起头说，"不！不是……"

叶绿挥挥手打断他，"那么你跟着我做什么？你有什么目的？"

弟弟仰起头注视着夜空，然后他缓缓说道，"姐，我觉得妈说的没错，你应该去见见那个男人，你不该那么武断地拒绝了，也许你会对他很满意呢？"

叶绿听到这里已经火冒三丈，她冲到弟弟面前大声喊着，"妈？据我所知，她好像不是你妈妈啊！你是不是都忘记了？你是个私生子，你妈妈是另外一个女人，也许你还不知道你亲妈是怎么死的吧？那么让我来告诉你。她就是被姜爱民害死的，你那个窝囊老爹一辈子都在她掌控之中，他做的唯一让人瞧得起的事情就是背着老婆和另一个女人生下了你!可是在你妈得重病的时候他却不敢问自己老婆要钱,他眼睁睁看着你亲妈病死了。你应该明白我是怎么知道这些事情的吧?都是姜爱民亲口告诉我的,她早就知道你和你亲妈的存在,但是她没有戳破,她操纵着你们的命运。是她把你亲妈逼死的,你知道吗?"

弟弟被叶绿逼得步步后退,他的身影蜷缩成一团,但却用同情的目光看着叶绿。

叶绿被深深地刺痛了,她任由自己说个不停,"你有什么资格管我的事情?你少拿这种目光看我,你在可怜我是不是?其实你比我更可怜!你现在居然和她一个鼻孔出气,你们都对付我起来了。如果你的亲妈在天有灵,她永远不会原谅你的!你这个叛徒!"叶绿用指头顶着弟弟的胸膛。

弟弟的脸一半暴露在月光下,一半陷入黑暗中。他的表情很奇特,好像叶绿的指责让他释然了,也像是让他更加痛苦了,眉毛和眼睛缩在一起,神经质地抖动着,而嘴角却向两边舒展,仿佛在微笑,眼睛里泛起凛洌的寒光,这张面孔不再俊美,被光线打破的五官异常狰狞。叶绿突然胆怯,她听见弟弟的骨骼隆起的声音,他被激怒了,他会像一头狮子般冲上前,愤怒地把眼前的女人撕成碎片。叶绿悄悄往后退了一步,她预备着马上逃跑,这时弟弟说话了,"这一切我都知道,我知道得并不比你少!"说完弟弟就扭身跑掉了,他跑得那么仓皇,像是正被缉拿的逃犯。

叶绿一个人站在路灯下，她已经慢慢平静了下来。这一切他都知道了！弟弟知道了什么？关于他身世的所有秘密？我都说了些什么？我是不是发疯了？他会恨我吗？叶绿失魂落魄地在街上游荡。

回到家里的时候，弟弟已经睡着了。叶绿在月光下凝视弟弟，他的胸膛微微起伏着，端正的五官在沉睡中透露着稚气。叶绿轻轻撩起弟弟额前的头发，这张像婴儿般纯洁的脸庞让她震撼，叶绿慢慢在弟弟床边跪下，她被一种美好的事物所打动，也许是这陷入睡梦中的纯净神情、也许是弟弟身上所呈现的新鲜娇嫩的青春。叶绿的心里涌动着一股柔情，她很想把弟弟紧紧搂在怀里就像小时候那样，像攫取一缕温暖的阳光，可是她不敢，因为她知道自己此刻的膜拜之心是来源于绝望而不是希望，弟弟拥有她所失去的一切，她羡慕、嫉妒、怨恨而又心怀敬畏。但是她不相信弟弟会永远霸占这些，弟弟既然知道真相，那么他就已经成为被玷污的人，他不可能是天使，无论他表现得多么完美，叶绿也不会相信他心中无恨，他们应该是同一类人，或许弟弟早就成了那样的人。最后叶绿轻轻吻了吻弟弟的嘴唇悄然无息地回到了自己的床上。

8

走在上班的路上，叶绿一直观察着弟弟，弟弟像什么事都没有发生一样，依旧面带微笑，精神抖擞，对她一如既往的态度温和。刚走到厂门口，一群青年工人就围上来和弟弟勾肩搭背,叶绿闪在一边,她听见弟弟爽朗的笑声在人群中响起。走了一会儿,弟弟扭过头,他越过众人看见叶绿独自走在墙根下,于是他冲叶绿笑了笑,然后挥了挥手臂和同事们一起走进了模具车间。

叶绿今天有些心神不宁,好几次险些被机床冲到了手,她站在岗位上出了一身冷汗。昨天晚上的片断不停地在叶绿脑海中闪现,弟弟那张被破坏的脸无处不在,叶绿对自己说,我伤害了他!可是弟弟今天的表现却在她意料之外,他已经长成了一个坚强的男人,他轻而易举地宽恕了叶绿,这让叶绿越发不安,她把道歉的话在心里重温了无数遍,下班铃声响起的时候,她迫不及待地往模具车间跑去。

叶绿和弟弟并排走在绿荫道中,树叶在头顶轻快地抖动着,叶绿用眼角偷偷打量着弟弟,他宽厚的肩膀顺着自己的目光被无限拉长,眼角上抬一点儿,正对着弟弟蠕动的喉结。在缓慢地行走中,叶绿听到弟弟结实的肌肉在工作服下摩擦的声音,汗水从弟弟的脸上滑落被衣服里升腾的热气所吸附。弟弟身姿矫健,每一次的落脚就像一道优美的抛物线,蓬松的头发在油绿的树阴中沉浮。弟弟没有问叶绿找他的原因,他眯着眼睛醉心于头顶和煦的阳光,这种无忧无虑的样子让叶绿突然心生不快,她停下脚步严肃地看着弟弟。弟弟也停了下来,他好奇地问道,"姐,你怎么了?"

叶绿没有回答,她只是死死地盯着弟弟,她剖析着弟弟眼中层层叠叠的光影,她想看见他的灵魂。

弟弟四下张望后又重新和叶绿对视，他开始变得不自在起来，两只手来回搓着，他低声问了一句，"姐，你怎么了？你在生气吗？"

叶绿点了点头，正如她所想，弟弟是个敏感的人，那么不用她多说，弟弟就应该知道自己为什么生气。可是，弟弟却继续问道，"你为什么生气？"

叶绿听到这句话气得满脸通红，她认为弟弟在装傻，可是弟弟一无遮拦懵懂的神情却刺伤了她。叶绿的心里生出无数把尖刀，弟弟问，你为什么生气？是的，我为什么生气？刀光凛冽却无从下手，叶绿按捺下愤怒，脸上浮起讥讽的笑容，"我没有生气啊，我是想为昨晚的事情向你道歉！"

昨天的事情，弟弟的脸上突然失去血色，他低下头盯着脚下的小石块。

叶绿的心情变得舒畅起来，她抬起头缓缓出了口气，弟弟的头埋得很深，可以看见他脖颈处青色的头发茬。

"姐，你没必要道歉。以前的事情我都不记得了，那是他们老辈子的事情，和我没有关系。"弟弟重新抬起头，脸色恢复正常，语气平淡地说道。

"和你没有关系？"叶绿几乎尖叫。弟弟依旧无动于衷，叶绿像油锅上的蚂蚁焦急地跺着脚，她恨不得往弟弟脸上啐口唾沫，她还想给这个无耻的人一耳光，他竟然敢对自己的身世如此麻木不仁，他怎么对得起他死去的生母，他也对不起父亲，连叶绿都感觉自己被辜负了。但是这样有什么用呢？弟弟一脸的果决,坚不可摧。叶绿只能冷笑,她慢慢抬起手指着弟弟说,"我鄙视你,你不是一个男人,你是一个有奶便是娘的孬种!"

弟弟握紧了拳头,手臂上的青筋暴起,他的胸膛急速起伏,呼吸沉重。叶绿静静等待着,直到弟弟终于冲上前把她使劲摁在墙壁上。叶绿的一只手被弟弟死死地压在砖块上,她挣扎了两下,手背蹭破了,弟弟的脸紧贴着她,她看见弟弟狠狠地咬着牙齿,一浪浪的热气喷在她脸上,让她不得不眯起眼睛。叶绿知道她再次伤害了弟弟,这和她的本意背道而驰,叶绿突然心生内疚,她眼眶湿润地侧着脸,心甘情愿地迎接一个耳光。而这时弟弟却慢慢松开了她,他往后退了一步,然后用目光把叶绿从头到脚扫射了一遍,转身狂奔。叶绿靠着墙壁,她的右手还贴着坚硬的砖块,很久,这个姿势都没有改变,弟弟抛下的那一眼像厚密的幕布把叶绿笼罩,叶绿望着弟弟的背影,生出一股寒意,当他放下拳头,从自己身边逃走的时候,叶绿知道那个曾占据她的记忆,和她有着血缘关系的"弟弟"已经彻底死去了。

叶绿的喉咙中梗着一句话,她吃力地仰着头,天空高远,却始终找不到一个位置来安置这句话。在这条路的尽头,她又看见了那个疯子,疯子出乎意料地穿戴整齐,这使她今天比以往显得更加不正常。她面带微笑地注视着慢慢走近的叶绿,"你好!"她从容地对叶绿打了个招呼。叶绿突然冲上前去狠狠地扇了她一耳光,她冲着疯子喊道,"你装什么装?你以为这样我就不认识你了?我告诉你,你是个疯子,你永远都是个疯子!"

女孩捂着脸看着她,直到叶绿平静下来,她才伸出手抚摸着叶绿的脸庞说,"你怎么哭了?"说完她怜惜地拍了拍叶绿的肩膀后离去。叶绿看着疯子舞动着长发,妖妖袅袅行走在阳光下的背影,她张开嘴巴大声叫着,"丢丢是个野种!他是个野种!"没有人再踏上这条绿荫小道,叶绿的声音被工厂上空的喇叭声吞没,她只能蹲下身体孤独地抱住自己的膝盖。

她一定要说出这句话。叶绿站在窗前凝视着弟弟,在车间外的一片空地上,周围坐着一圈工人,只有他一个人站在圆形的正中。弟弟的手臂随着张合的嘴巴上下挥动着,四周的人都专注地看着他,不知他说了些什么让人群中不时翻涌着大笑。他是个小丑!叶绿鄙夷地皱着眉头,当她看到弟弟开始一瘸一拐地围着场子走起来的时候,那句话已经在叶绿胸口膨胀到极限,她用手捂着喉咙弯下腰,弟弟的出色表演赢得了人们的喝彩,一阵阵掌声和笑声穿墙而过,像尖利的铁钩搅动着叶绿体内的淤泥。她的头深埋在窗台之下,双腿瘫软,胸口憋闷。这时有人走到她身边,一边轻轻拍打着她的背部,一边关切地问道,"叶绿,你怎么了?"

叶绿只看到两条穿蓝色工作裤的长腿,一双黑色的皮鞋,还没等她抬起头来,窗外就响起了喧闹的吆喝声,"吴清明,再来一个!"这句话让叶绿头压得更低,弟弟的脚步声踏破了她的喉咙,一个身体失去平衡的小丑歪歪扭扭地穿过了一个又一个空旷的厂房。"吴清明,是一个私生子,他是个野种!"叶绿说完闭上了眼睛,弟弟脚下的尘土已经飘进了窗户里,身边的人离开了自己。

过了很久,窗外变得安静,叶绿才直起身体,那群人都已消失,空地上只留下弟弟深浅不一的脚印,偶尔有麻雀飞来在此蹒跚学步。叶绿轻轻吸了一口气,气流打通全身的关节,四肢舒畅,接着她开始回忆刚才的事情,我好像说了什么?可是我说了什么呢?叶绿一下紧张起来,她捂着胸口,这里已经不再憋闷,那句话已经被搬出了喉咙。叶绿猛然清醒,在刚才繁杂、混乱的场景中,她只记住了两条穿蓝色工作裤的长腿,一双黑色的皮鞋,她马上四下张望,她要找到这个人,向他解释自己刚才都是瞎说的,是一个人在精神恍惚之下的疯话。上班铃声响起,一大群人涌入了车间,无数条蓝色的长腿和黑色的皮鞋,人们都看着她,好像他们都已经获取了第三个人的秘密。

吴清明就是丢丢,就是弟弟的大名。全厂的人都知道吴清明,他们都知道了吴清明的秘密。弟弟一无觉察地走在叶绿身边,他和每一个擦肩而过的工人微笑点头。叶绿偷偷观察着他们的反应,不同面孔下的微笑仿佛都饱含深意,人们的脸上闪烁着亢奋的光彩,眼睛雪亮,只有被出卖的人蒙在鼓里。叶绿希望自己是神经过敏了,也许她根本没有说过那句话,或者当时根本没有什么人站在她身边,所有的一切都是幻觉。一路上,叶绿心里都忐忑不安,她被一种无法确定的恐惧折磨着,她甚至想拉住经过身边的工友问他，"你知道吴清明的身世吗？"可是每个人的表情都很复杂，微笑中涵盖了全部的可能，也许是了如指掌，也许是一无所知。

"我们去看电影，好吗？"叶绿突然不想回家，她站在厂门口对弟弟说，她想找件事情缓解心中的不安。

弟弟高兴地回应着，"看电影？太好了，来这里这么久，我还没有看过电影呢！"

叶绿和弟弟来到了马路上。这条街道上永远不缺乏人群，他们带着各种表情填满了落叶中的缝隙，叶绿和弟弟各买了一袋爆米花，尽量往最热闹的地方走去。可是他们经过的地方人群被分隔成两块，中间一条空白的道路，叶绿踩着自己的身影有些茫然，其余的人像柔软的屏障挡在她和弟弟的两边，他们有海绵般的毛孔，他们吸附住了可能存在的声响，当晚风穿过队列整齐的人群到达她耳边的时候，只剩下沙哑的气流声，叶绿曾经在人群中自然封闭的器官现在却急需开放，它们伸开触角，叶绿曾经害怕的纷乱的语言和不同人体中散发出的温度，现在成了她所渴望的，但是他们已经越过了叶绿和弟弟，在他们的身边像雨水般无声无息地滑落，寂静的海底没有岩石，她伸出脚却听不见落地的声音，现在弟弟就站在她的身边，叶绿注意到很多迎面而来的女孩都在偷偷注视弟弟。叶绿骄傲，可是心里觉得更加孤独，她拉着弟弟拼命往人头攒动的地方挤去，当他们停下来时发现自己已经站在了电影院的大厅里。墙上是五颜六色的海报，喇叭里响着某部电影中的对白，是一个喜剧，不知从何处涌来的阵阵笑声让叶绿感到些振奋，身边站着很多人，头顶的灯光明亮却不刺眼，人们脸上的微笑带着光芒恰到好处，这正是她寻找的地方，她握着硕大的爆米花袋轻轻松了一口气，叶绿学着他们的样子抬起头欣赏着墙壁上的海报，准备挑选一个影片。走了一会儿，叶绿发现弟弟不在她身边，她转过头看见大厅的另一端站着一个穿白色衬衣的男人，他正仰着头注视着墙上的海报，他两只手插在牛仔裤兜里，长长的睫毛偶尔扑动一下，鼻梁像大理石雕刻出来的，倔强的端正和挺直，整齐的短发下是苍白得近乎透明的耳垂，这是一个干净俊朗的男人，这样的男人随处可见，但是他不一样，叶绿心中已经铭刻下了独属于他的气息，这种气息也许十年前就存在。他还在专心致志地看着海报，这种专注近乎天真，不断有人从他们之间走过，痴迷于斑斓图画中的男人显得格外落寞，这个场景让叶绿感动，她想对所有人说，那个男人是我的弟弟！

"弟弟。"她越过光芒走近弟弟，"我们进去吧？"弟弟点点头。

放映厅里很黑，屏幕上闪动着人影，地面上飘荡着模糊的光斑，叶绿突然变得很紧张，房间里似乎坐满了人，但那片黑压压的也许不是人而是无数个空座位。正在这时，弟弟握住了她的手，他的掌心宽大温暖，他拉着叶绿慢慢地摸索着。叶绿顿时安定下来，随着他往前走。等坐下后，弟弟又轻轻抽开手指，叶绿的手放在膝盖上却保持着摊开的姿势，因为她的掌心正慢慢地渗出汗水来。弟弟的呼吸声像一道道电流输送进叶绿的耳朵，空白被逐渐填满，每一寸皮肤随之充盈，她惊讶于这种奇特的感受，叶绿悄悄侧着头打量弟弟，他的眼睛盯着屏幕，微白的反光不时落在他的脸上，他的前额、眼眶和鼻梁隐藏在黑暗中，只有紧抿着的嘴唇在闪烁不动的光亮中变得异常生动。在偷窥中叶绿清晰地感觉到自己的身体在发烫，弟弟毫不察觉地看着前方——那唯一的光明所在之处，叶绿把手掌倒转顺势掐了自己一下，然后把头摆端正，竭力让自己盯着屏幕。

电影的情节是讲一个女孩和男子相爱，最终出卖了她的爱人，叶绿看到那个脸色苍白的女孩不断重复着一句话："每个人的不幸就像海里的一滴水，然而每一滴水又像一片孤零零的海洋。羡慕所有沉溺下去的人，但是太暗了看不清他们如何沉溺下去……悲怆，毫无意义。"

叶绿的双手纠缠在一起，指尖和指尖往一个方向撕扯着，没有人注意到坐在一块庞大的不为人察觉的黑幕下的叶绿被痛苦破坏着的表情。

"她的两条腿悬在外面……松开她抓住的东西就行了，就会得救的……在松手以前……往下看一看，在冰冷的空气猛烈灌进她的嘴巴的时候，她明白了，展现在她面前的是何等舒心而难以接受的永恒。"

这就是影片的结局，男子不肯原谅爱人的背叛，那个女孩便纵身跃入了万丈悬崖之中，黑色的嘴巴吞噬了一切，还没等周围的峭壁倒塌，灯光已经全部点亮，故事结束，一场无疾而终的噩梦，两个人消失在一张白布中。有人在耳边对她说，"我们走吧。我们要去哪里？"叶绿微微抬起脚，肢体麻木。她看见弟弟浅褐色的瞳孔向她逼近，她看见他白色的衣服正逐渐将自己裹挟，汗水从额头流至眼眶，潮湿的座位上有一些被烟头烫过的破洞，叶绿紧紧抓住身下肮脏的布匹。

"姐，你怎么了？"弟弟轻轻按着叶绿的肩膀问道。

可是叶绿也不知道怎么了，她竟然被一场蹩脚的电影所打动，她的思维还存留在那张真相大白的幕布上。面前站着的人是弟弟，十年前就和她唇齿相依的男人，他已经长大了，嘴边生了黝黑的胡子，眉毛浓密，身形魁梧，只有一双大大的眼睛没有改变，时光在这里刻下了唯一的追溯之路。请你把我带走吧，叶绿看着弟弟心里默念道，弟弟耐心等待着她，直到叶绿平静下来缓缓从座位上站起来，他们才并肩走出放映室。

天色已黑，站在电影院的门口晚风冷冰冰的吹来，叶绿止不住发抖，弟弟脱下外套披在她的身上，她感激地看了弟弟一眼。

"还冷吗？"弟弟关切地问道。

不冷了。但是一路上叶绿都在发抖，她脑海里盘旋着男主角愤怒的面孔，他用手指着自己的女朋友说，是你出卖了我，叶绿觉得他指向的正是自己。弟弟什么都不知道，他迈着大步欢快地走在路灯下。

直到走进家门口叶绿才松了一口气，至少这里是安全的，这里的一切都是被公开的。

回到家里,姜爱民问他们到哪里去了,叶绿骗她说他们都在加班,弟弟奇怪地看了她一眼没说话。他们在沙发上坐下,姜爱民不停地询问弟弟在工厂里的表现,她不时赞许地点着头。姜爱民用余光瞟了瞟叶绿,叶绿正心不在焉地盯着电视,姜爱民故意提高声音说道,"儿啊,你真是争气啊,我听院里的人都夸你在厂里表现好!不像有些人,真是烂泥巴扶不上墙!"弟弟窘迫地低下头,叶绿一副什么都没听见的样子。

吃完饭叶绿去洗澡,弟弟打开台灯坐在床边整理衣物。等叶绿甩着湿漉漉的头发回到房间时,她发现弟弟一脸焦急地在床边走来走去,床上放着弟弟从老家带来的布包,里面的物品乱七八糟散开着。叶绿站在窗前梳头,弟弟在房间里像个无头苍蝇转了几圈后终于停在了她身后。

"姐。"

叶绿慢慢转过身看着弟弟,"怎么了?"

弟弟舔了舔嘴唇犹豫了一会儿才说,"你看没看见我包里的东西?"

"什么东西?"叶绿甩了甩梳子。

弟弟表情有些不自然,"就是一张照片。"

"照片?谁的照片?"

弟弟看着叶绿瞪大的眼睛,想了想说,"没什么,可能我不小心弄丢了,我自己再找找。"说完弟弟又在床边坐下,开始翻腾他的布包。

叶绿看着远处点点灯火，她知道弟弟并不想告诉她有关照片的事情，突然叶绿想起了什么，她对着黑漆漆的夜空笑了笑，把梳子上的发丝扯下来拧成一团扔了出去，然后走出房间。

当她冲进卫生间的时候，姜爱民正闭着眼睛擦洗乳房。她睁开眼睛看见女儿带着冷笑，姜爱民下意识地用毛巾遮住了胸脯说，"你怎么不敲门就进来了？"

叶绿用手掌扇了扇眼前腾腾的热气，"那你为什么不锁门？"

"我一直都是这样。"姜爱民索性在马桶上坐下。

叶绿不停用手掌扇动着白色的气流，这些气流带着母亲身上的污垢向她袭来，地板和墙壁上吸附着滑溜溜的东西，在灯光下像昏黄的霉菌一样散发着刺鼻的腥味。母亲的皮肤全部摊开，白且松软，如一堆腐肉盘踞在马桶上。

"现在家里可是多了个男人啊！"叶绿双手叉腰揶揄母亲。

"他？那个小杂种？哼！"母亲眯着眼睛用毛巾使劲揉搓着胸脯。

叶绿走到母亲面前问道，"他包里的照片是不是你拿的？"

母亲抬起头说，"什么照片？"

叶绿说，"你别装了，是谁的照片，你为什么要偷他的照片？"

母亲立马站了起来，乳房像两个颤动的布袋耷拉在腰间，叶绿向后退了一步，贴在潮湿的墙上。

"怎么是偷啊?那个小杂种现在吃我的,喝我的,他什么东西我不能拿啊!况且只是那个贱人的照片!"母亲眉毛立起狠狠地说。

他母亲的照片?难怪弟弟失魂落魄的样子。叶绿心里想着突然觉得有些难受。"你把他妈妈的照片弄到哪里去了?"

母亲凑近叶绿,叶绿被她盯得不自在。

"在这里。"母亲又转过身指着马桶说。

"你怎么能把他妈妈的照片撕了呢?"叶绿揭开马桶盖看见黄色的水渍间漂着几张黑白色的纸片。

"我为什么不能?我不仅要把它撕了,我还要把它冲到臭水沟去,叫她永世不得翻身!"母亲说完,手一按,流水声哗哗的响起,破碎的照片顺着水流的漩涡而消失。

叶绿来不及阻拦,她本来是想阻拦的,她伸出的手停在半空中,当照片真的被冲到下水道的时候,她心里却升起了莫名的快感,她把手放在了眉毛上遮住了弯曲的眼睛。叶绿挡住了自己的视线,母亲被浸泡得蓬松的肉体消失了,白色的雾气迅速消散,空气冰冷。

9

当叶绿找到弟弟的时候,他正坐在厂区僻静的树林中,他没有发现叶绿已经站在了树后。叶绿透过树叶看着弟弟拿着一根树枝狠狠地鞭打着掌心,叶绿想起弟弟昨晚不断翻身,他一定还在为弄丢了母亲的照片而难过。他竟然在姜爱民眼皮子底下藏着母亲的照片,弟弟背着姜爱民偷偷地想念自己的母亲,不,他也是背着我在做这件事情,当叶绿想到这里,她便有些气愤。弟弟屡次向她证明自己已经忘记了过去,这一切都是假象,说明弟弟从来都没有相信过叶绿,他拒绝对所有的人敞开心扉。我也是他戒备的人,叶绿昨天的愧疚之心顿时消失,她使劲抠下一块树皮,走到了弟弟身边。

弟弟发现有人来,马上丢掉了树枝。他抬起头对叶绿笑了笑,姐!

叶绿问他,"你在这里做什么?"

弟弟镇定地回答,"哦,刚吃完饭,在这里休息一会儿。"

叶绿点点头说,"那就好,我还以为你还在为照片的事情难受呢。"

弟弟拍拍身上的落叶站起来,"没有,旧照片,丢了就丢了,无所谓。"

叶绿轻轻笑了一下,"是吗?那应该是你母亲唯一留下来的物品吧?"

弟弟脸色苍白,眼睛有些浮肿。他漠然地玩弄着手中的树叶,不说话。

"你想不想知道你母亲的照片在哪里?"

弟弟正仰着头透过树叶的缝隙凝视天空,他一动不动地站在那里,连手都没有抖一下。

"你母亲的照片被姜爱民偷走了,她把照片撕碎从马桶冲走了,她说要叫你母亲永世不得翻身!"叶绿靠在树干上观察弟弟的反应。弟弟依旧保持着原有的姿势,风在林中穿行,弟弟的侧面竟有些像周响,但比他的轮廓更加分明,长长的睫毛挂着几缕阳光扑闪着,叶绿渐渐看呆了。这时,树叶从弟弟的手中滑落,弟弟准备转身离去。

叶绿冲上前抓住了他的手腕。"告诉我,你恨她吗?"

弟弟的手很温暖,血管在叶绿的指尖有力地搏动着。弟弟翻过手掌把叶绿冰冷的手紧紧攥住,像一根火柴划过,叶绿的皮肤腾地燃烧起来。

"我知道,你恨她。"弟弟说道。还没等叶绿反驳,弟弟突然一把搂住了她,弟弟宽厚的胸膛包裹了她,叶绿举起手准备把弟弟推开。弟弟却在她的耳边轻声说道,"你也恨我。"说完,弟弟把叶绿搂得更紧了,叶绿的手缓缓放了下来,她疲惫地靠在弟弟怀里,这胸膛是如此干净和温暖,没有杂质的金色波浪,那年的向日葵早已生下无数个太阳。

叶绿站在机床前,她竭尽全力让自己不要再回忆那幅画面。可是弟弟胸膛中所散发出的甘草香气早已渗入了她的毛孔里。叶绿放下铁皮深深吸了一口气,她很想进入弟弟的内心世界,她想向弟弟靠拢,一个孤独的人向另一个孤独的人靠拢。可是弟弟在想些什么?也许弟弟并不需要自己。正在叶绿胡思乱想的时候,窗外传来一阵喧哗,车间里的机器都停了下来,人们都跑到窗边,叶绿跟了过去。她看见外面的空地上有两个男人在打架,一个是弟弟,一个是开叉车的小谢。两个人已经抱成一团在地上打滚,窗边的人都转身跑了出去,他们把两个人包围起来，大声地鼓掌、号叫。叶绿被遮住了视线，弟弟怎么会和工友打起来的呢？她马上冲出车间闯进了人群之中。弟弟已经倒在了地上，凌乱的工作服上沾满泥土和血渍，眼角青紫，额头淌着血。他双手撑地踉踉跄跄地站了起来，他对小谢轻蔑地笑着说，"有种你就打死我！"说完，弟弟大吼一声扑了过去，小谢一伸手，弟弟痛苦地龇着嘴巴捂着肚子重重地倒在地上，他不甘心准备再次站起来，可是身体却像蚯蚓曲成一团。叶绿在旁边看着，她在发呆，这个场面让她想起第一次见到弟弟的情景，这才是她真正的弟弟，充满血腥、野蛮和暴虐。

小谢双手叉腰欣赏着弟弟浑身抽搐的样子，周围站着很多人，其中就有弟弟的朋友，但是他们都没有站出来，他们脸上带着微笑，小谢指着弟弟说，"我就骂你是野种，怎么了？你本来就是个野种！"围观的人笑意更深了。他这句话刚说完，叶绿就冲了上去，她抬起手狠狠扇了小谢一巴掌，这个场面出人意料，所有的人都愣住了，小谢的脸红肿起来，他捂住脸不可思议地看着叶绿，四周一片寂静，无数只眼睛镶嵌在空气中，停止转动。小谢强壮的肌肉在收缩，一触即发，人们都屏住呼吸等待着，可是最终小谢还是悻悻地转身离去，围观的人有些失落地松了口气，一场打斗草草收场。

叶绿转过身向弟弟伸出了手，但是弟弟毫不领情，他艰难地从地上爬起来然后冲出人群。叶绿在后面追赶他，弟弟跑得很快，转眼就来到了大街上。四周疾驰而过的景物拍打着叶绿的眼睛，使她的眼睛肿胀、发涩，喉咙火辣辣的疼。一直跑到湖边，弟弟才停下来。如果不是有栏杆挡住他，也许弟弟会一直跑到湖里。弟弟伏在栏杆上喘粗气，叶绿靠着湖边的垂柳按着剧烈起伏的胸脯，过了好一会儿，弟弟才平静下来，他勾着头看着波光粼粼的湖面一动不动。叶绿慢慢走到他身后，她伸出手，在距离弟弟后背一寸的时候又垂下手臂。

"你为什么要帮我？"弟弟背对着叶绿突然问道。

"我不会让任何人伤害你！"叶绿说完后，弟弟转过了身，他用肿胀的眼睛死死盯着叶绿，"除你之外是吗？"弟弟说道。他似乎在冷笑，瞳孔收缩成了一小块坚硬的岩石。

"对不起！"叶绿喃喃说道，她走到弟弟的身边，避开了他的目光。

弟弟和叶绿一起凝视着湖面打着旋的落叶，它们在悬浮，无法上岸也无法下沉，墨绿色的叶片被翻涌的湖水染成了黑色，相互拥簇着漂移，直至面目全非地腐烂在湖中。弟弟近在咫尺，他略显单薄的身体中孕育着火焰，呼吸炙热，无论他是在睡眠中还是像现在一样站在叶绿的身边，都能让叶绿产生眩晕感，这是狂野的青春，这是叶绿不曾拥有过的气息。叶绿悄悄挪动了下脚步，她离弟弟更近了，她靠近弟弟的左耳朵已经变得通红，弟弟感觉到她的变化，叶绿的双手搁在栏杆上，惨淡的白，弟弟伸出手盖在她的手背上，弟弟掌中的老茧烙得她皮肤生痛，叶绿低下了头，她不敢看弟弟身体的任何一个部位，她只盯着自己的脚，一双发育迟缓的小巧的脚。

虽然弟弟一直低着头,可是门一打开,姜爱民就冲上前去踮着脚尖使劲扳着弟弟的下巴,弟弟躲闪不及。当姜爱民清晰地看到弟弟脸上的伤痕,她尖叫了一声,"你怎么弄成这样了?"

弟弟往旁边一闪躲开了她试图抚摸的手,"没什么,我自己不小心摔的。"

"是这样的吗?"姜爱民问站在弟弟身边的叶绿。叶绿点点头,母亲重重哼了一声,然后气冲冲地坐到沙发上。她一双小眼睛上下打量着两个人,脸色阴沉,"可以啊,你们两个居然串通一气来骗我,院里的人早就告诉我你今天和小谢打了一架,为什么不和我说实话?我可是你们的母亲啊,有什么事情需要隐瞒自己的妈妈呢?"

叶绿和弟弟都没有说话,墙壁上投射着他们庞大的黑影,而姜爱民就坐在这片黑影中审视着他们。姜爱民的目光最后停在叶绿身上,"绿,你告诉我,你是不是和厂里的人说了关于你弟弟的事情?"

叶绿求助般地看了弟弟一眼,弟弟说道,"妈,姐什么都没说。"

姜爱民一巴掌拍在大腿上站了起来,"她什么都没说?要是她什么都没说,小谢为什么说你是野种?你不就是为这个才和他打架受伤的吗?如果不是她说的,那厂里人怎么知道?难不成还是我跑到厂里告诉他们的啊!"

弟弟还想辩解什么,叶绿就已经轻轻地抛了一句,"是啊,是我说的，怎么了？"

姜爱民冷笑了两声说，"你看你还护着她，她哪配做你的姐姐啊，连自己的弟弟都出卖！真是个禽兽不如的东西！"

像是一个炸弹在身边引爆，叶绿的耳朵顿时嗡嗡作响，她紧紧咬着舌头，口腔里瞬时积满鲜血，但是这种愤怒没有持续多久，她就全身松懈下来。她看着母亲歪斜的眼角，一条暴起的血管从额头横插在腮边，而弟弟却静静地看着墙壁上晃动的灯光，这一切太可笑了，不是吗？愤怒的应该是弟弟，而不是姜爱民，她凭什么指责我？她现在的样子真像是个拼了老命也要保护孩子的母亲，可是她真的爱弟弟吗？她才是元凶，她才是所有摧残的始端！

叶绿在心中一遍遍呐喊着，每喊一次，她就觉得可笑之极，终于在那声大笑即将迸出体内时，她飞快地跑进了房间，用被子严严实实地罩住了自己。床在剧烈地抖动，叶绿在被子里放声大笑，她笑得撕心裂肺，不可抑制。直到被子被揭开，她才强忍住笑声，她带着在狂笑中震起的眼泪看着弟弟，弟弟站在她的床边对她说，"真的那么可笑吗？"

叶绿郑重地点了点头。

弟弟突然也笑了，他带着伤痕的五官拧在一起，有些狰狞。

"我来给你把伤口清洗一下吧。"叶绿起床拉开抽屉，弟弟乖巧地坐在椅子上，她抽出棉签蘸着酒精轻柔地涂擦着弟弟破溃的皮肤。

"疼吗?"棉签滑过一道道伤口,叶绿手抖得厉害。

"不疼。"弟弟回答道,他蓬松的发间有股薄荷的清凉气味。

"对不起!"叶绿放下棉签看着弟弟柔软的头发说道。

弟弟仰起头,他抬起手抚摸着叶绿的脸颊。"你哭了。"他说。

叶绿摇摇头没有说话。弟弟从兜里摸索出一张糖纸,大红色的,他递给叶绿。叶绿拿着糖纸放在眼睛上,房间里一片烈火在熊熊燃烧。叶绿问弟弟,"这是?"

弟弟对她笑了笑说,"姐,你还记得吗?这是你送给我的水果糖,我一直留着这张糖纸,每次想你的时候就拿出来看看。"

叶绿怔怔地注视着弟弟,她有些站立不住,手支在桌子上撑住了摇晃的身体。"你?"她艰难地说道。

"姐姐,你还记得临走的时候你说过的话吗?你说让我长大了去看你。这句话支撑着我耐心地活了下来,每当我绝望的时候,我就拿出糖纸告诉自己,在这个世界上,我还有个姐姐,我答应过她,等我长大了要去见她。后来,我终于见到你了。"

叶绿心中绞痛,弟弟的眼睛和多年前一样还是那么清澈纯净。她哽咽着对弟弟说,"是我对不起你!我已经不再是以前的我了。"

弟弟摇了摇头说,"不!你永远是我的姐姐,是唯一能带给我温暖的姐姐。"

"可是我一直在伤害你!"

"不!你没有伤害我,因为我们是同一类人。无论我怎么伪装,你都知道,我永远都不会忘记我的身世,我的过去,我的仇恨!"

弟弟的彻底坦白让叶绿震撼,也让她如释重负。我终究没有看错他,他自始至终都是我的弟弟。童年里的树林慢慢从白雾中剥离浮现,从她牵起弟弟的手到现在她把弟弟揽在怀里,原来他们一直都是相依为命的。

10

弟弟再也没有去厂里上班,他在码头做搬运工。叶绿天天面带微笑,现在她心里洋溢着踏实的幸福感。事情的发展出乎姜爱民的意料,她终日像只耗子躲在角落中偷偷观察这两个人,她不能理解那个野种为何轻易原谅了叶绿,他竟然不恨她,不恨揭穿他身世,让他遭受侮辱的姐姐。

弟弟受伤的那个夜晚,叶绿一直无法入睡,弟弟对她表达出的爱让她激动,让她不得安宁,这是从天而降的巨大幸福。从来没有人这样爱过她,为了她的一句话而隐忍等待多年,可是这种爱是亲情的爱,这让叶绿有些失落。她畏惧这失落,她告诉自己,我应该满足了,可是她还是克制不住自己和往日一样,在黑暗中摸索到了弟弟的床边。从弟弟住进这个家的第一天起,叶绿就开始失眠,她已经习惯在弟弟入睡后轻轻伏在弟弟的床前亲吻他的嘴唇,这是叶绿的秘密,一个让她深感罪恶却无法放弃的秘密。这个秘密的背后隐藏着密密麻麻见不得阳光的细节,她在月光之下轻轻撩起弟弟的被子,欣赏他的身体;弟弟在洗衣服的时候,她躲在门后凝视他赤裸的后背;她把头深埋在弟弟换下的内衣之中,她贪恋这种气味,那时弟弟不是弟弟,他只是作为一个男人存在;她……太多太多让叶绿羞于启齿的情节,她在家里被曝光的白日中,背着母亲和弟弟,寻找着黑暗中的缝隙种植下自己的情欲。所以她无法自制地伤害弟弟,打击他,摧残他,因为她爱他。

这是多么阴险和恶毒的念头,可是当她站在弟弟的床边,她依旧宽恕了自己。我只是想吻吻他,弟弟长长的睫毛下有两团黑晕,他的额头上贴着创可贴,颧骨和嘴角青肿,呼吸沉稳,高挺的鼻梁一半在月光下,一半在阴影中,一想到弟弟为了和她的再次重逢而在老方身边度过十年噩梦般的日子,叶绿踌躇不前,她心中在质问自己,我是不是做错了,弟弟本应该有愈合的机会,我应该帮助他遗忘过去,就像他曾经伪装的那样,简单快乐,谁说伪装不能成为现实呢?也许有天他真的能那样生活。可是叶绿又联想到了自己,她害怕弟弟重新远离。叶绿匍匐在弟弟的脸庞上方,弟弟突然睁开了眼睛,叶绿并不惊慌,她讶异自己的镇定,也许这是她在梦境中遭遇多次的场景。弟弟把手搭在她的脖子上,慢慢压低了她的头然后堵住了她的嘴巴。叶绿昏沉沉地看着弟弟,梦境成真了吗?弟弟好像在梦游,他松开手,双眼迷蒙,叶绿保持着弯腰的姿势,她的嘴唇湿润滚烫。叶绿愣了一会儿，弟弟的眼睛已经完全睁开了，他醒了。叶绿马上转身准备走开，可是躺在床上的弟弟一把抓住了她的手腕。

"姐姐，从我来到这个家的第一天起，你都是这样吻我的吗？"

叶绿扭头，她不知道弟弟的话是什么意思，但是显然弟弟已经掌握了她的秘密，叶绿面红耳赤，恨不得找个地缝钻进去，她用哀求的目光看着弟弟，希望他不要再说下去。可是弟弟毫不在意地接着说道，"我曾经以为是自己在做梦，原来每天晚上的那个吻不是梦，这样多美好！"弟弟冲她挤了挤眼睛。

美好？这个词语让叶绿无地自容。她摇了摇头，然后开始挣脱弟弟的手掌。可是弟弟紧抓着她的手腕不放。"姐姐，陪陪我好吗？我每天晚上都会做噩梦，我很害怕。"弟弟的眼睛慢慢红了。

是这样的吗？叶绿问自己。她从来没有注意到这点，在她看来畏惧黑夜的只有自己，那些失眠的墙壁上陈列着一排苍白的眼睛，偷窥她、挤压她，而弟弟仿佛一直沉浸在安然的睡眠中，这些都是假象吗？一个房间里的床铺盛装着两个居心叵测的人，他们相互刺探、相互伪装，直至今天才和解。叶绿在弟弟的身边躺下，弟弟像个婴儿般依偎在她怀里，他的脸庞红润，长长的睫毛覆盖着眼睛，嘴唇紧闭，一缕乌黑的头发搭在额前，散发出甘草的清香。叶绿慢慢把头扎在弟弟的怀里，他的胸膛像月光下鄌鄌的海洋，寂静地起伏着。叶绿闭上眼睛，使劲嗅着弟弟身上浓烈的热气，叶绿的手指触到弟弟胸前，顺着他紧绷绷的皮肤一趟趟划着，划到指尖灼热。弟弟一只手搭在叶绿的后背上，他已经闭上了眼睛。叶绿开始大气也不敢出，她偷偷凝视着弟弟，弟弟的鼻翼微微扑动着，这一切像梦境般不真实，可是又是真的，弟弟真真实实地睡在她身边，他的手掌贴着自己的背部，从那里源源不断输送出热气流入叶绿的身体。叶绿的毛孔逐渐舒张，她不再紧张，那种踏实和安逸的感觉让她呼吸放松，她的胸脯恢复自然的起伏，叶绿又往弟弟怀里贴近了些，睡衣下高耸的乳房贴着弟弟的胸膛一下下摩擦着。

第二天醒来，叶绿躺在弟弟怀里紧张地观察他的反应。就算弟弟睁开眼露出羞怯的表情也会将她刺伤，可是没有。弟弟终于睁开眼睛，他看着叶绿坦然地笑了笑说，"昨晚睡得好吗？"叶绿压抑着喜悦使劲点了点头。弟弟伸出手捋了捋她额前的碎发，叶绿鼻子一酸，眼泪都快出来了。这时敲门声惊天动地的响起，姜爱民在外面大声喊着，"都几点了，还在睡觉，你们都不上班了啊？"叶绿惊惶失措地坐起身，弟弟却伏在她的耳边轻轻说，"你怕了？"叶绿不知所措地看着弟弟。弟弟拍了拍她的脸蛋说，"姐，你别怕，有我呢。"叶绿苦涩地笑了笑。

他们两个走在楼下，保持着距离，叶绿知道母亲正在阳台上注视他们。等转个弯走到一堵墙前的时候，弟弟突然扑过来搂住了她。叶绿在弟弟的臂弯里挣扎着，"别这样，小心被人看见!"弟弟使劲按着她的肩胛骨说,"怕什么,那个女人已经看不见我们了,别的人看见又如何?他们又不知道我们的关系。"叶绿的骨头被弟弟捏得发疼,疼得舒服,她盯着对面红墙中冒出的荒草思忖着弟弟的话,他们又不知道我们的关系,我们的关系?什么关系?是混乱的暧昧关系,还是我们的血缘关系?叶绿克制住自己,狠下心推开了弟弟。"别闹了,好好走路吧!"

弟弟有些受伤,他斜着眼角盯着叶绿,双手插进了裤兜里。

叶绿喃喃地对他说,"弟弟,听话好吗?不要惹麻烦,你知道我的意思。"

"我不知道!"弟弟猛然冲她吼了一句气势汹汹地跑了起来。叶绿张了张嘴巴,但始终没有叫出弟弟的名字,也没有追赶上去,她看着弟弟远去的背影低垂下了眼睛。

在这一天之中,叶绿一直在回想昨晚的片断。弟弟突然对她的亲昵,让她不安。当身世被揭露后,弟弟和她一样和周围的人产生了彻底的决裂,弟弟终于向她敞开了心扉,他们现在是真正的"自己人",叶绿已经如愿以偿。弟弟开始依赖她,但是这种依赖含糊不清。弟弟还小,也许他只是出于被人孤立的寂寞才靠近自己。这不是叶绿想要的,这样的弟弟终究是不属于自己的,叶绿推开弟弟不是出于厌恶或者羞愧,她只是不想把这一切当作游戏。

下了班,叶绿心事重重地回到家里。弟弟已经从码头回来，从吃饭到洗完澡弟弟都没有和她说一句话。姜爱民询问弟弟新工作的情况，叶绿走进了房间。她站在墙边流着眼泪，弟弟还在为今天早上的事情生气吧？他怎么能了解我的用心和痛苦呢？弟弟一直在客厅和母亲聊天，他们好像还吃了消夜，喝了点儿酒。叶绿开始怨恨弟弟，他在惩罚我，他不愿意再回到我的房间里来了，当叶绿想到这里，她跑到桌子前拉开抽屉，里面放着一瓶酒，叶绿打开瓶盖，血红色的液体在灯光下像燃烧的火焰，她握着酒瓶一口气把它倒进嘴里，头顶上的天花板如同白色的被单，它预兆着和死亡有关的东西，一寸寸地压了下来，掩盖住一切无以言说的挣扎。

　　不知道过了多久，有人走进了房间，叶绿扶着桌子站了起来。一个穿白衣服的男人在她眼前晃动，刺眼的灯光掏空了房间聚集出一堆物品，它们长出脚歪歪扭扭地向叶绿靠拢，她惊恐地扑到墙边几次才摸到灯绳，一使劲所有的光亮被掐断了，持久的保护色——黑暗给了叶绿仅存的力量。但是她并非一无所见，旋转的物体停顿下来，它们慢慢待在原地膨胀，叶绿能看见那个白色的后背，他堵住了月光和空气可能交错的缝隙，他带给叶绿庞大的压力。我必须通过一个温软的散发着雄性激素的躯体来倾吐出被黑夜灌满的毒素，这些细菌是孤独的、寂寞的、泛滥的，叶绿如同一个发着高烧的患者，关节不由自主地癫狂地抖动，叶绿所听到的那种深沉的呼吸声早已在皮肤上游走，虽然她紧紧贴着墙壁克制着自己，虽然他们之间还有五步的距离。叶绿看见那个白影正踉踉跄跄地向她走来，藏在身后紧攥着的拳头带着汗水缓缓松开,墙壁是冰冷的,但是它无法熄灭指尖蔓延的火焰。弟弟已经来到叶绿面前,他们呼吸着同一种空气,充斥着过于饱和的酒精味道。弟弟一把揪住了叶绿的长发,叶绿的脸被迫正对着他仰起,不痛,弟弟并不想伤害她,只是所有的力量在发间和指尖,他们都已经失重。弟弟的瞳孔已经看不清颜色,但是钻心的目光在她脸上细细地巡视着,像是第一次的相遇,像是记忆中的裂痕在逐渐扩大,他们都没有说话,唇齿之间都是烈性液体。火柴在皮肤上沙哑地划过,身体里已经大火弥漫,这没心没肺的火,丧尽天良的火,这接近灰烬的火。叶绿开始为这种无休止的打量焦躁,你还在等什么,从这张面孔上你能看到一个模糊的女人,但是你看不见我的痛苦。

来吧!弟弟终于对叶绿伸出了手,他狠狠勾着叶绿的脖子开始寻找她的嘴唇,那个甘甜而又恶毒的入口。叶绿下意识地往后退了一步,但是来不及了,弟弟已经咬住了她的舌头,柔软的舌头上滚动着血红色的酒精,炙热迷乱,叶绿不禁使劲用牙齿回咬它,弟弟感觉到了疼痛,但是他并没有因此推开叶绿,而是被痛觉刺激出奇异的亢奋。他们像两头发疯的野兽揪扯在一起,指甲在对方脊背上刻出抓痕,舌头和舌头在一起搏击,嘴唇之间流出鲜血,他们品尝着对方的血液,兴奋得牙齿打战。

"我爱你!"弟弟突然说道。

但是叶绿什么都没有说,她从来没有对任何人说过这句话，包括周响，这不是很奇怪吗？叶绿突然对自己产生了一种绝望感，像一个被人宣告残疾的孩子紧紧搂住弟弟，她终于等来了这句话。

"我爱你！我爱你！"弟弟使劲抱着她，像是要把一根遗失的肋骨重新嵌入身体里，他喘着粗气的叫喊声一次次在叶绿耳边响起，他对她说了多少遍"我爱你"？太奢侈了，叶绿被这种挥霍击打得无法站立，他们倒在了床上。

肉体和肉体之间的摩擦像闪电的摩挲，弟弟伏在叶绿的身上，而她在想，我又是在何处？她只能感觉身下的床铺在无限延伸，也许并不需要确定太多，身体已经发出响应，情欲是所有问题的开始也是结束，在这个时候他们体内流动着的同一种血液已经不能成为阻隔，叶绿只知道，她是一个女人，弟弟是一个男人。

11

姜爱民并不知道这些事情，但是她有种不祥的感觉。每天清晨当她看见叶绿和弟弟在拐角处消失后，她就马上冲进叶绿的房间，两个人的床单都非常平整，但是姜爱民没有被迷惑，她来到弟弟的床边仔细搜索着，终于她在枕头上发现了一根浅黄色的长头发，她精神振奋地继续寻找，接着她又发现了几根弯曲的黑色绒毛。姜爱民把这些毛发捏在手中，她递到鼻子下嗅了嗅，有股糜烂的味道。毛发在阳光下竖立着，闪闪发光，姜爱民眼前呈现出女儿日渐红润的脸庞和嘴角的浅笑，她注意到了这些变化,这几天叶绿的整个脸庞都被一圈光晕笼罩,她的眼睛越来越明亮,皮肤光洁得如绸缎,她不再对母亲的辱骂耿耿于怀,而是神情温和笑意盈盈,女儿每天身上滋生出的微小变化都像一把刀,慢慢剔开母亲的皮肉,姜爱民把手中的毛发从窗口扔出去的时候,她止不住打了个寒战。

叶绿和弟弟下班回来,他们没有注意到姜爱民阴沉的脸色。叶绿走进厨房做晚饭,突然弟弟从身后抱住了她,叶绿吓了一跳,她举着手里湿淋淋的白菜紧张地对弟弟说,"快放开我,小心妈一会儿看见。"弟弟没有理会,他索性扳过叶绿的身子,把她抵在墙上,他狠狠地吻着叶绿,锅里升起米饭香甜的白汽,叶绿浑身酥软,她放弃了挣扎垂下双手,门缝里有一双混浊的眼睛注视着他们,他们像雕塑一样拥抱着被镶嵌在腾腾热气中,脚下是大片翠绿色水灵灵的菜叶。

饭菜都做好后,叶绿对着发亮的菜刀理了理头发,又用冷水拍了拍自己的脸,然后镇定了下情绪端着盘子走出厨房。弟弟和母亲坐在沙发上,叶绿把盘子放在桌上的时候迅速瞟了弟弟一眼,弟弟正在看她,四目相对,两个人的眼中顿时波光滟滟。

"这菜怎么这么咸?是不是要咸死我啊!"

叶绿马上从胶着的空气中抽出眼神,她看见母亲手中拿着筷子瞪着自己。

"哦,可能我不小心放多了盐。我去重新炒一下。"叶绿温顺地说着,她端起盘子又回到了厨房。

姜爱民把筷子重重地放在桌上,她看着弟弟,弟弟却若无其事地夹着别的菜大口咀嚼着。姜爱民心里暗骂着,这个狗崽子,真把自己当作主人了!

在吃饭的过程中,叶绿和弟弟的目光数次越过桌上的饭菜在空中交错,叶绿脸上一直带着红晕,她目光迷离,举止娴雅地吃着饭,完全像变了一个人。姜爱民在一边冷眼旁观,看着他们见缝插针地眉目传情,她气得浑身哆嗦。终于晚饭吃完,姜爱民迫不及待地起身,她走到阳台上的橱柜边,从里面拖出了一张折叠的钢丝床。叶绿和弟弟站在姜爱民房间门口,他们看着母亲撅着屁股吃力地把床拖到阳台上,他们交换了下眼神,不知道母亲要做什么。终于,叶绿按捺不住走上前去问道,"妈,你在做什么啊?"

姜爱民气喘吁吁地从她身边走过,进了叶绿的卧室。叶绿和弟弟慌忙跟上去,只见姜爱民抱起了弟弟的铺盖又回到阳台上,铺盖堆在钢丝床上,"从今天晚上起,你睡到这里。"她指着弟弟说道。

"为什么?"叶绿马上问道。

姜爱民斜了她一眼说,"我想了,你们都不是小孩子了,住在一个房间不方便。"

叶绿本来想反驳,弟弟却从身后悄悄扯了扯她的衣角。叶绿没说话,其实她很清楚,母亲的理由很正当,她根本没有反对的余地。他们眼睁睁地看着母亲把床铺好,从今晚起弟弟就要睡在母亲的房间里了。叶绿胸口憋闷,她难受地走进了自己的房间。弟弟的床铺被搬走了,他连进叶绿的房间逗留的机会都失去了。

终于等到了母亲每晚出去扭秧歌的时间,叶绿站在门后,她听到母亲走出了家门,她刚迫不及待打开门时,弟弟冲了进来。

"弟弟!"叶绿扑上去紧紧搂住了他,"我们怎么办呢?"

弟弟温柔地拍着她的脊背说,"姐,别难过。我们会有办法的!"

叶绿缓缓抬起头问弟弟,"她是不是已经知道我们的事情了?"

弟弟说,"要是她看出来更好,我们就对她摊牌,看她怎么办!"

叶绿默不作声。

弟弟问她,"怎么?你害怕了吗?"

叶绿摇摇头说,"不是害怕,可是我们怎么会有办法?我们可是姐弟俩啊!"

弟弟嘲讽地笑了两声,"姐弟俩怎么了?除了姜爱民以外谁知道我们的血缘关系啊?难道你在意这个吗?"

弟弟的话让叶绿愣了愣,她转念一想又破涕为笑,如果我在意,我就不会和你在一起。

弟弟也笑了笑,对他们来说这件事情自始至终都是理所当然,极其自然的。

叶绿问弟弟,"你是真的爱我吗?"

弟弟点点头对她说,"我可以向天发誓,如有半句谎言就让我被五雷轰顶……"

弟弟的话还没有说完,叶绿就慌忙捂住了他的嘴巴。她的泪水顺着腮边滑落,月光的清辉落在脸上,却不冷。"你从什么时候开始爱我的?"叶绿问弟弟。

弟弟捧着她的脸深情地说,"十年前,我八岁,你十二岁的时候。"

"真的吗?"

弟弟湿漉漉的大眼睛里滚出了泪珠,"是的。姐姐,在这个世界上我只有你了!"

"我也是!"叶绿把头扎在弟弟的怀里,他们的泪水落在地上,汇聚在了一起,不可分离。

过了片刻,姜爱民回到家里,她轻手轻脚地打开门冲了进去。出乎意料的是弟弟和叶绿正坐在客厅的沙发里看电视,他们之间隔着近一米的距离。姜爱民看着他们平静的表情,一切毫无破绽。姜爱民泄气地走进卧室,她在房间里对弟弟叫着,"清明,早点儿睡觉吧,明天你还要上班呢。"弟弟和叶绿同时站了起来,叶绿回到了自己的房间,弟弟进了姜爱民的房间。他穿过姜爱民的大床走到了阳台上,他在钢丝床上刚躺下又坐了起来。

"怎么了?"姜爱民躺在床上问他。

弟弟一边经过她的床一边说,"我到姐姐房间把我的包拿过来。"姜爱民鼻子里哼了一声没有反对。

弟弟走近叶绿的房门，打开门的瞬间，脚下的黑色猛然扑了上来给他蒙上了厚厚的幕布，这个房间没有灯光所以储存着夜晚所有的寂静和凄冷。叶绿孤零零地站在房间中央，她没有回头，弟弟快步走上前去，"姐姐，"他从后面搂住了叶绿，"我找了个借口过来，你不要让我担心，早点儿睡觉，好吗？"弟弟嘴巴里呵出的热气喷在叶绿的耳后，她忍住没有回头，"我知道了，你不要担心我，我一会儿就睡，你快过去吧，不然她该怀疑了。"弟弟咬了咬叶绿的耳垂慢慢松开了手。

他走了，但是叶绿不敢回头，她还能感觉从身后传来的细细的温度，叶绿站了很久直到手脚冰冷，她才确定——弟弟是真的走了。她像是被抽空了身体中的全部力气重重地倒在了床上，昏暗已涂抹掉房间里家具的轮廓，就是通过窗户的四角，隐约可见的天际，也完全消失在了黑暗中。在叶绿的身边像是有个什么东西躺着，在暗中发出深沉的呼吸声，叶绿费尽全力地回忆着：握着我的手躺在我身边的、和我呼吸同一个房间空气的、身上散发着沉闷的男人气味的、那个曾经触手可及的炙热的肉体，是我的弟弟。可是这些回忆几乎激不起叶绿的任何感情，那些曾经抱着极度虔诚和柔软的心情储存下的记忆碎片已失去了活力，她现在所听到的呼吸声，就像是浪花拍打着岩石，那么遥远，底片的色彩被潮水洗涤成空白。太可怕了，这只是第一天没有弟弟的夜晚，以后无数个夜晚都会侵占我，它会让我大脑一片空白，叶绿悲哀地想着，她疲惫的身体在黑夜中不由自主地往光线惨淡之处漂移。

第二天起床，叶绿在镜中看见了自己，眼窝青肿，肤色暗淡。她走出房间，弟弟站在卫生间里洗脸，他听见动静抬起了头，当他看见叶绿的脸色时，他的嘴角抽搐了一下，"姐，你昨晚没有睡好吧？"叶绿点点头，她正准备说什么，姜爱民突然挤了进来，叶绿马上拿起脸盆走了出去。

当他们走在马路上的时候，两个人还保持着沉默，谁都不愿意先说话，仿佛这痛苦必须自己独享。叶绿看着熙熙攘攘的人群发呆，这时红灯亮了，弟弟牵起了她的手，她勉强冲弟弟笑了笑，弟弟拉着她穿过了马路。

"我们晚上再见。"叶绿说道。

弟弟点点头，他转身离去，在汇入人群之际，他扭头对叶绿用力挥了挥手，脸上挂着稚气的笑容。叶绿也举起了手，弟弟白色的身影消失在人群里的瞬间，叶绿抬起了头，天空蔚蓝，云朵灿烂得让人流泪。

家里已经成了一个深不见底的牢笼，他们无处藏身。姜爱民不再和弟弟亲近，她终日脸色阴郁地坐在沙发上，无论叶绿在房间的哪一个角落，她都能感觉到母亲尖刻的目光追随着自己，叶绿看着近在咫尺的弟弟，却不敢靠近他，她压抑着心中的渴望，连话都不敢和弟弟多说。弟弟也是如此，不知道是不是因为做搬运工太辛苦，但是叶绿更愿意理解为弟弟是因了她而变得逐渐憔悴。叶绿心急如焚，他们只能运用高超的智慧和演技才得以在某一缝隙之中紧紧握一下对方的手，仅此而已。叶绿的失眠在加重，她的眼眶黑漆漆的，她不知道自己还能支撑多久，很多次她恨不得冲到母亲面前告诉她真相，但是她始终没有这样做，她只能眼睁睁地看着母亲像只老猫盘踞在她和弟弟之间，脸带冷笑，身藏利爪，不停地打嗝放屁，房间利充斥着这些气体，它们汇集成为大块的乌云。

有一天在上班的路上弟弟追问她，"姐，我们还要这样苟且偷生到什么时候？"

苟且偷生？叶绿看着弟弟，弟弟懒洋洋地靠在墙上，有些万念俱灰的疲惫。他选择了这样一个受辱的词语来形容两个人的处境，让叶绿很心酸。她摇了摇头说，"我不知道。"

弟弟鄙夷地笑了笑，"你总是说不知道，其实我们并不是没有办法。"

叶绿大脑之中一片空白，除了忍耐和等待，我们还有其他选择吗？

"什么办法？"叶绿问道，"要不你带我走吧！"还没等弟弟回答，叶绿突然眼前一亮，一个绝好的出路从纷乱的思绪中跳了出来。

"对，你带我走！我们一起离开这里，到一个没有人认识我们的地方！"叶绿为自己的想法而激动，她牢牢握住了弟弟的手。

弟弟冷冷地抽出手说，"不！"

叶绿咬了咬嘴唇问他，"为什么？难道你不想和我在一起？"

弟弟摇了摇头走过来揽着叶绿的肩膀说，"不是的，姐，是你一直在逃避。可是你能逃到哪里去?"

叶绿抬头看了看天空,夏天快过去了,树叶已经开始泛黄,在头顶摇摇欲坠。是啊,我能逃到哪里去?母亲那张布满皱纹的脸占据了天空,叶绿的心被刺了一下,她知道无论走到哪里她这辈子都不可能摆脱母亲。

"姐,你别担心,我们会有办法的!"弟弟用力地拍了拍她的肩膀,一副胸有成竹的样子,叶绿心生恍惚。

日子就这样过去了,一天天,带着枷锁的手脚在老化、萎缩。叶绿每天起床第一件事情就是照镜子,自从弟弟搬到母亲房间后,她就急速衰老。曾经光泽的皮肤干涩、下垂,眼睛中空无一物的呆滞,头发大把大把地脱落。叶绿不再做梦,她的幻境中已经没有了男人,甚至在面对弟弟的时候她也不再心悸,叶绿畏惧这些变化,她已经提前进入了绝经期。是她自己放弃了每个月一次的流血,叶绿把仇恨和污血一起关在身体里,因为伤害和被伤害,她终于成为了和母亲一样的女人。

姜爱民心中窃喜,她看见女儿在她面前以一种势不可挡的速度衰败下来,从她把弟弟弄进自己的房间后,女儿短暂的光彩就消失了。她的皮肤,她的神态越来越像自己。姜爱民庆幸自己做了一个明智的决定,她走到叶绿身后,女儿正站在窗前发呆,她的双肩消瘦地耸起,姜爱民对着女儿单薄的后背说,"绿啊,下个星期六有客人来我们家。"叶绿没有回头。

姜爱民继续说道,"是王阿姨给你介绍的男朋友。"

叶绿一动不动。姜爱民还想说点儿什么,一阵大风吹来,白色的窗纱在她们之间摇动。姜爱民站了一会儿,还是离开了窗前。

叶绿知道这一天迟早要来,姜爱民会想尽一切办法让她离开弟弟。叶绿竟然并不慌乱,她知道这次相亲绝对不可能成功,但是下次呢?还有无数个下次该怎么办?叶绿盯着楼下,弟弟下班回来,他还那么年轻,几乎还是个孩子,走起路来一蹦一跳的。弟弟还能陪她多久?她已经快要成为一个真正的老女人了,叶绿摸了摸脸颊,皮肤松弛好像随时会坠下来,她悲哀地想到,我的时间并不多了。

12

弟弟并没有对这次相亲发表什么意见,他这段时间总是回来得很晚。叶绿迫切地想让弟弟表态,晚上趁姜爱民出去的时候,她走进了母亲的卧室。母亲的卧室里一片灰蒙蒙,一整面墙上只悬挂着父亲的遗照,那个男人竟然目光悲悯地看着自己,他有资格,因为他死了,所以他强大。叶绿走到阳台上,她看见弟弟埋着头,钢丝床上摊着一小撮颜色各异的药片。弟弟专心致志地摆弄着它们,他听到脚步声下意识地迅速用衣服盖住,等他看见是叶绿的时候又全身松弛下来。

"怎么那么多药?你生病了是不是?"叶绿急切地问道。

弟弟摇摇头,"我好好的怎么会生病啊。"

"那这药?"

弟弟偏着头沉默了片刻说,"你真想知道?"

叶绿用力点点头。

弟弟眯起眼睛轻轻说，"这是毒药。"

"毒药？"叶绿一把抓住弟弟的手说，"你弄毒药做什么？"

"嘻嘻，我们殉情自杀用啊！"

叶绿狐疑地看着弟弟，他嬉皮笑脸的样子。"你又在骗我！"叶绿故意嘟噜着嘴巴说。

弟弟连忙凑近摇晃着她的双肩说，"别生气了，好姐姐。我们要好好活着，谁都不会死的。"

"那这些到底是什么药啊？"叶绿在床边坐下，手里拨弄着药片。

"我不是告诉你了吗？是毒药。"弟弟还是笑嘻嘻的样子。

"算了，不理你了，没一句正经话，老要我。"叶绿说完站起身假装要离去。

弟弟飞快挡在她的面前。"你好狠心啊，真的不理我了？"他说。

叶绿抬起头，弟弟专注地凝视着她。弟弟的变化很大，叶绿记得他来家里的第一天羞涩、腼腆的样子，但是现在弟弟更像一个男人了，他的皮肤已经晒得黝黑，目光沉着，他的眼睛让叶绿害怕，不再清澈，而像一块褪色的茶色玻璃，褪得不彻底，有些发白，有些透亮，让人感到阴险和冷酷，脸上出现纵深的纹路，竟有些沧桑感。叶绿没有说话，弟弟的眼睛已经被破坏了，这让叶绿禁不住想哭。弟弟搂住了她，叶绿伏在他的胸前，泪水一滴滴落在衣服上。外面的喧哗声已经隐退，他们俩就这样在寂静中相互拥搂着，相互取暖。

命中注定这次相亲不会成功，因为姜爱民突然病倒了。医生说她是受了风寒，要在家静养。姜爱民躺在洁白的床褥中，窗外呼呼刮着大风，变天了，大片的云朵聚拢窗前，迅速变换着形状，像一只匍匐于天际的野兽，随时准备出击。炉子上的药罐冒着白烟。房间里一股浓浓的中药味，叶绿坐在一边拿着扇子慢慢扇着炉火，氤氲的烟雾让她感觉她和母亲仿佛都生病多年，一些病已经走了，一些病永远留在身体里。母亲的脸浮肿苍白，身体蜷缩在被褥里，小小的一团，说话有气无力，脸颊消瘦，眼睛凸起，大而空洞，竟像一个孩子天真发问的神情。这时候的母亲对叶绿不再是一种威胁，病中的人都是软弱的。叶绿请假在家照顾母亲，她在房间里来回走动，嗓门嘹亮，大声咳嗽，重重地把杯子放在床头柜上，喝令母亲喝药。母亲无力反抗，她只能瞪着一双干涸的眼睛，顺从地把药喝下去。母亲在暗自蓄积能量，她要让自己尽快康复，在强大的精神信念之下，她的脸上已经开始出现红晕，甚至还能趁叶绿和弟弟都不在的时候下床走动几步。叶绿时常故意把窗户打开，阵阵冷风呼啸着穿过房间，姜爱民的白发像枯草一样来回摇摆，她打着哆嗦监视着母亲，母亲却在冰冷的气温中势不可挡地快速恢复着强壮。

叶绿心神不宁，看着母亲一天天恢复健康，让她有种莫大的压力，她知道母亲一旦从床上站了起来，生活将回到过去。叶绿站在厨房里，灶上放着一罐中药。弟弟站在她身后说，

"姐,我要搬到你的房间去。"叶绿犹豫不决,她想象着母亲将出现的种种反应。弟弟看她没有说话,转身走出厨房,叶绿匆忙跟了过去。弟弟已经走进母亲的卧室,他看也没看姜爱民一眼就径直走到了阳台上,弟弟抱着被子经过姜爱民床边时,她嗖地坐了起来。

"你要做什么?"姜爱民说。

弟弟停下来说,"我要搬到姐姐那边去。"

姜爱民问他,"为什么?"

弟弟没有说话,他抱着被子直视着母亲,一脸坚定。

姜爱民坐起身慢条斯理地端起桌边的茶杯喝了一口,然后说道,"我不许你这么做!"

弟弟抽了抽嘴角,他看了叶绿一眼。叶绿靠在墙边,她看见弟弟脸上浮现的笑容,弟弟张开了嘴巴,她害怕弟弟即将说出的话,可是弟弟还是说了出来,"我爱她!我要和她在一起!"听到这句话后,叶绿全身彻底地松懈下来,她双手无力地垂下,低着头,身体一阵阵发冷。叶绿听见茶杯在地上摔碎的声音,但是母亲并没有说话。叶绿慢慢抬起头,母亲死死地盯着她,让她心里打了个寒战。地上流淌的水冒着热气向叶绿涌来,她慌忙缩了缩脚。

"你们这是乱伦,你们还是人吗?"姜爱民坐在被子中说道。

这句话像惊雷一样在叶绿头上炸开,接下来弟弟和母亲发生的争执她一句都没有听见。她看见弟弟和母亲的嘴巴不停嚅动着，耳边嗡嗡作响，四周的景物不断旋转然后铺天盖地地向她砸来。叶绿捂住耳朵冲出房间，在厨房的角落里蹲了下来。不知过了多久，她颤抖的双肩被人扶住，弟弟把她从地上拉了起来，叶绿看着眼前的男人，心中一片惶然，这个男人从哪里来？他和我有什么关系？

弟弟摇晃着叶绿，"姐，你怎么了？别怕，有我。"

不是害怕，真的，而是一种比害怕还要让人畏惧的东西。可是叶绿说不出来是什么，这种感觉跟随了她多年，它早就存在，十年前，或者更早的时候。叶绿慢慢清醒过来，她看清楚了眼前的男人，他有一双晶莹的眼睛，他早就不再是自己的弟弟，而是她的男人，唯一陪伴着她并能拯救她的男人。叶绿一把抓住弟弟的胳膊说，"丢丢，我们该怎么办？我们该怎么办？她全知道了！她是个巫婆，她会惩罚我们的，我们将得到报应……"

弟弟皱了皱眉头，此刻的叶绿就像个疯子，絮絮叨叨、失魂落魄。他打断了叶绿的话，"姐，你要镇定下来，我说过我有办法的，你要相信我！"

"带我走吧，求求你带我走吧！不然我会死的！"叶绿扯着弟弟的衣服喊叫着。

弟弟冷漠地看着她抽出了手，"原来你这么不堪一击！你和她在一起生活了那么多年，可是你却没有继承她的优点。除了逃避，我们就没有别的选择了吗？我不想走，这里也是我的家，要走，也应该是她走。"

"她走?"叶绿喃喃地说着,她茫然地看着弟弟。

"是的!她走!你想想,这个世界上除了她以外,再也没有人知道我们的关系。只有她不在了,我们才可以光明正大地在一起,到时候我就和你结婚,这里将是我们的新房,我们会生活得很幸福!你明白吗?"弟弟严肃地对叶绿说。

叶绿摇了摇头,她脑子里一片混乱。此刻叶绿只对弟弟好奇,他的冷静和沉稳让叶绿不安,他的举动第一次向叶绿展现出男人的一面。他已经是个男人了,他什么时候变成一个真正的男人的?他对这场被彻底曝光的丑闻显得胸有成竹,这出乎叶绿的意料。叶绿不再说话,她的目光缓慢地从弟弟肩头爬向窗外,天空灰蒙蒙的,像一片被密封的水泥墙,没有阳光。一股轻烟骤然升起,它在玻璃窗中不断变换着姿势,白色的手臂四下挥舞,药已经煮好了,叶绿清醒过来,她绕过弟弟走到火炉前。弟弟走到她身后停住,很久,她不知道弟弟是在凝视自己的后背还是火炉上沸腾的药液。

"姐姐,你出去吧。我来!"弟弟对她说。

叶绿没有立即扭头,弟弟的手搭在了她的肩膀上,她微微抖动了一下,心跳加快。叶绿看着黑色的汁液,它们和弟弟刚才所说的那番话一样,从阴险的口唇中涌出,滔滔不绝。叶绿站在那里,弟弟耐心等待着,在这一个停滞的漫长时刻里,叶绿竭力想思索一些问题,可是最终她放弃了,她选择让思绪被烟雾稀释成为一片空白,如果可能,她希望自己的身体也能随之化为一片空白。终于,叶绿深深吸了一口气,药液的味道从鼻孔进入体内，竟有股诡异的芬芳，然后她转身低着头擦着弟弟的肩膀走了出去。

叶绿站在客厅的窗户前一动不动，今天的时间格外迟缓，等天边已飘过第十三朵乌云时弟弟才端着药走出厨房。

"给！"弟弟把手里的碗递了过来。

那碗乌黑的药液深不见底般，投映不出自己的脸。叶绿抬起头，弟弟的表情很平静，她犹豫着，可那碗还固执地待在眼皮底下。叶绿缓缓伸出双手接过了碗，她小心翼翼地往前走着直到母亲的卧室前。叶绿转身看了看弟弟，他冲叶绿笑了笑，目光温暖，这个笑容很特别，叶绿脑海中突然闪现出一个画面，却并不清晰。她一边竭力回忆一边推开了母亲的房门。在门关上的瞬间，叶绿总算想起了那个似曾相识的场景曾经出现在十年前，关于那一杯水，那一个笑容。这时母亲已经着急了，她靠在枕头上喊着，"你发什么呆？快把药给我端过来！"

叶绿走了过去，却没有立即把碗递给母亲。姜爱民疑惑地看着她说，"把药给我。"这时候叶绿却问道，"妈，我想让你说句真话，我是你亲生的吗？"

对于这个不合时宜的而又莫名其妙的问题，姜爱民愣住了，她不知道女儿的用意。叶绿表情严肃，甚至有些忧伤，姜爱民竟然没有生气，她缩回手往枕头上靠了靠沉默片刻说道，"你当然是我亲生的。那天雪下得很大，生你的时候难产，整整一个晚上我都被你折腾得死去活来，直到第二天凌晨你才出生。我本来以为可以松口气了，但是你出生后却没有哭，我的心都揪到一块了,就怕是个死胎,后来医生说你是脐带缠住脖子要抢救,你被医生抱到了另外一个病房,我躺在床上不停地流眼泪,我在心里默默祈祷,老天爷,你要拿就拿走我的命,可千万不要伤害我的孩子啊!"

姜爱民的脸上散发出前所未有的光芒,当她回忆起这段往事时,就像是变了一个人。那张布满老年斑的脸庞不再狰狞,而是祥和温柔的。叶绿鼻子一酸,可是一切都晚了,母亲说完后已经把碗夺了过去。叶绿准备制止,但是当她张开嘴巴的时候,却说不出一句话,喉咙里如同囤积了一块巨石,让人身不由己。母亲端着碗奇怪地看着她,"你怎么了?"

叶绿摇了摇头毅然转身,走出房间的刹那她再次扭头深深地看了母亲一眼,母亲正把那碗药送到嘴边。门关上了,叶绿几乎瘫倒在地上,但是当她看见站在窗户边的弟弟时,她还是坚持住了。叶绿拖着沉重的双腿走到弟弟面前,"弟弟,我爱你!"叶绿终于说出了这句话,她抽泣着倒在了弟弟的怀里。弟弟屹立不动,即没有拥抱她,也没有安慰她。过了许久,母亲的卧室突然发出了一阵巨响,伴随着短促的叫声,弟弟才问道,"你把药给她了?"

叶绿没有表态,她只顾着哭泣。弟弟猛然推开她往姜爱民的卧室跑去。叶绿撞在墙上,她的心立即和墙壁一样冰冷。过了一会儿,弟弟慢慢从房间走了出来,他什么都没说,叶绿什么都没问,他们对视了半天,弟弟突然对叶绿笑了,灿烂的笑容一如初次相见时,现在却随着她的泪水跌落在地上,支离破碎。

    接下来弟弟就走了,他旁若无人地打开大门头也不回地走出了这个家。

    叶绿听见弟弟的脚步声越来越远,直至消失。她一个人站在空荡荡的客厅里,所有的门都紧闭着,所有的房间里都像死亡来临般的安静。叶绿带着最后一丝力气往前迈出脚步,她经过母亲的卧室,却没有停留,这一切她都不再关心。叶绿专心致志地走到了阳台上,她看见了弟弟的背影,那个正值青春的孩子正朝气蓬勃地往马路上走去,他的身影像一朵飘移的云彩,他将要汇入人群,汇入天空,汇入大海,他也许从来就没有出现过,所有的,都只是空白……

病

苏瓷瓷

1

我病了,一匹老马在小路中歪歪扭扭
钟摆走到一头,它的蹄子踏进另一场时间
苹果树上挂满弓箭,有毒的汁液弯腰射出
手臂经过了闪电

我的智齿破土而出,情人的血液渗入土地
这片单薄的腹部孕育着黑暗,在肉体与肉体之间
火光 肆意
烧焦了的麦粒在骨缝,一场病随着双手上下起伏

2

我无法控制这朵云的去向
站在井边,也许它就溺死在水里
站在山上,也许它就摔死在树下
也许它就在我的唇间,让我咬住你的喉咙,变成两种空白

床边开着野花,我想象自己是一条蛇,冰冷却又柔韧

可以在你的左侧静静盘踞,等待一枚苹果落下
让一阵风吹散二十三个参差不齐的缺口
然后我把自己交给你
那时候你正站在树下,一片叶子提前进入黑夜

3

在20号病床上,我梦见了死亡
先是双脚 然后是腹部,最后是手和大脑

那些破损的器官收拾得干干净净
依次离我而去
"你们都走吧!"
连骨头都别留下
此时 我不想说话,我是那么洁白

不存在的斑马

那年我有多少岁呢？请原谅我不能准确地回忆起当时的年龄，并不是我过于衰老的原因，而是那段时光对我来说确实是模糊的，当时我已经休学在家，每天伴随我的是窗外黄了又绿，绿了又黄的树叶，书桌上慢慢流淌的水渍，天花板中吸附的各种声音还有门后落满灰尘的鞋子。我唯一清楚记得的是放在我上衣口袋里的一个塑料瓶子，它并没有什么特殊，没有五颜六色的包装或者你们所不能理解的气味，瓶子上方的按钮有些脏，每隔一段时间我就会把它拿出来，对准自己张大的嘴巴，像一个吞子弹自杀的人一样，射击出一些潮湿的白雾，我能感觉到这些白雾沿着血红色柔软的呼吸道下滑的温度，那时候我像一个老旧的电风扇，胸腔里正发出呼呼啦啦的咆哮声，飞沫和痰从身体里喷射出来溅在床单上，上面有一匹黑白花纹交错的斑马，它从来没有奔跑过，因为我不时溅落在它身上的各种分泌物让它的皮肤陈旧、溃烂。

开始我的身边会围着一群人，爸爸妈妈和妹妹，他们惊慌失措地在我身边尖叫或者走动，有人把手放在我的背部轻轻拍打着，他们认为这样可以帮助我缓解紧张，也许是有效的吧，破损的呼吸逐渐弥合，它们最终和谐地形成一条完美的弧线。再后来这些人就消失了，每当我呼吸开始急促而不得不蜷起身体的时候，我就能从门下的缝隙处看见他们移动的脚步，他们并没有停下来，妈妈起身去晾衣服，爸爸拿着一张报纸在客厅走动，而妹妹一定是和着电视机里的音乐跳起了健美操，只有我一个人听到这种声音，开始是短促的，尖锐的，最后就变成博大和深沉的，胃在痉挛，身体像出现了一个破洞，所有的气流从那个通风口被拉了出来，断断续续的声音，随着楼上的小女孩按下的破旧钢琴上的黑白键一起，尖锐而又失真。伴随着嘶哑的气流出现的是逐渐升起的白云，一块块贴在脑垂体上面，我知道这意味着什么，我的生命将会随着这一点点拼凑出来的没有颜色的底片一起消失。我和往常一样，在手指不能动弹之前掏出了白色的塑料瓶，张开嘴巴，对准射击，黏黏的白膜覆盖住体内如蜂窝煤一般细小的黑孔，一段正在演奏的蹩脚乐曲戛然而止，我慢慢地抬起头，墙壁上正在剥落的绿色油漆重新清晰地回到视野中，汗水流到脚边，心里的磐石融解，一些碎屑依然堵在血管里，我只能抚着自己的胸膛缓慢地调整一团团黑烟从口腔里有规律地排出，等到呼吸完全正常，我才下床往窗户边走去，在桌上硕大的镜子反光没有照射到我之前我就使劲把它翻转了过来，不需要任何提示，我知道自己此刻的样子并深深憎恶，被扭曲的五官和暴起的血管还没有复原，一张被恶魔侵占的面孔，它不应该属于一个少女。

我已经习惯这随时降临的哮喘病，像欣赏一朵罂粟花的盛开，它红色的花瓣慢慢绽开，拥簇着黑色丑陋的性器官，它们借此繁殖，从山麓间、土壤里，最终被移植到人们的身体中。窗外有一排樟树，往来的人们从树叶的缝隙处露出小小的脑袋和一小块白色的皮肤，他们和我的家里人一样，嗓门嘹亮，精力旺盛，每到这个仲夏季节就会从四面八方聚集在此，摇着蒲扇七嘴八舌地进行各种话题的交谈。我在楼上一扇黑暗的窗户下窃听，我扯着耳朵想收集他们所说的每条信息，然后等他们都散去后，我一个人静静地躺在床上把这些语音复制出来，它们一条条地播放，这是一件激动人心的事情，外界所有的变化通过捕捉的声音变得生机盎然起来，我借此证明自己没有缺席，只是通过自己的方式来感知到这个城市的搏动，因为你知道我的情况，我不可能亲自品尝这些变化，我对它们的新鲜气味过敏，我会因为激动而窒息死亡。

楼下的马路上有很多下水道井盖，妈妈经常会嘱咐妹妹要小心，这个城市里时不时会发生小孩掉入被窃走井盖的下水道而丧生的悲剧。妈妈说这些话的时候并没有看我，但是我不会介意，因为她知道我是不会允许自己走太多路，直至走到空荡荡的井盖里的。现在他们已经习惯了我的自我保护能力，就像习惯了我的哮喘病，再没有人会大惊失色，紧张不安，一次次的危机只是种愚弄，最终我安然无恙地活了下来，这种小把戏连我自己都厌倦了。在我十二岁的时候我就明白了，这没有什么可怕的，掏出塑料瓶，噗，就那么一下，一切就结束了。但是我还是小心地保护着自己，这可能是一种没有彻底脱离童真的习惯，有些幼稚和装腔作势。不过我并不是因为害怕而注意到井盖的，而是在一个月以前，在凌晨四点钟的时候，楼下的井盖突然发出响声，一个人的脚踏在了上面，那个人的力量可真大啊，他踩下的那脚居然在我脑子里回响了一天。此后的每天同样时间，这个声音就会出现，很快一个月过去了，它终于引起了我的好奇，我曾趴在窗户边观察过，是一个穿白色运动服的男人在跑步，他从漆黑的夜幕中跑出来，虽然没有路灯和月色，但是他的身上还是固执地散发着微白色的光芒，他双臂有力地摆动着，昂着头目视前方，离我越来越近，最后他准确无误地一脚踏在井盖上，每次那种短暂的声音都会让我心悸，但是我并不讨厌这种声音，它所带来的是种奇异的亢奋。那个男人并没有意识到这点，他心无旁骛地继续向前奔跑着，越来越远，直至从我的视线里消失。我看不清他的相貌，也不知道他的年龄，他对我来说完全是个陌生人，我唯一熟悉的是他每天无意落在井盖上的那一脚，力量均衡，时间准确，听完后我就会死心塌地地进入睡梦中。

窗外飘着小雨，诊室里面有支气管的模型。什么平滑肌、黏膜、绒毛，上面被涂上一层红漆，这些模型像玩具一样被一个没有表情的医生随意拼装着，现在他又一一把它们拆散放在桌上，外面的雨没有征兆地突然停了下来，阳光一下子就跳进了房间里，水龙头里断断续续的水滴落在脏兮兮的白色洗手盆里，水面一层层地打开，光线浸泡其中，像盛装了一满盆黄金。

"现在你明白了吧？这种疾病一点儿都不可怕，你一定会战胜它的！"男医生对我说道。这是一句具有鼓励和宽慰性质的热情洋溢的话，我散乱的目光一下子汇聚在他脸上，但是他的脸上还是没有任何表情，连微笑都没有，他甚至没有和我对视，他低垂着眼睑看着地面，苍白的眼皮上布满柔嫩的蓝色血管。

"哦，是吗？"

"我想我已经明白了。"

他听到我的答复没有显示出满意或者不满意的表情，这句话对他并没有任何意义，他疲惫地拉开玻璃柜，把桌上的模型粗鲁地挨个塞进去。我不想惊动这个手指纤长，关节像木偶一样僵硬的医生，所以我没有说谢谢，就轻轻地走出了诊室。

走到门诊处的时候，我看见了一个粉红色的身影，在我还没有来得及逃走前，她叫住了我"姐姐！"我只有努力挤出一个笑脸走了过去。

"又见到你了，你看起来气色不错啊！"她的母亲拉着她的手站在一边笑盈盈地对我说。

"嗯，是这样的吧。"我看着那个穿粉红色裙子的小女孩说。

"能不能麻烦你帮我照顾一下她？我现在要去医生那里拿她的病历。"我还没有反应过来，那个年轻的母亲就松开了她的手往楼上跑去。

小女孩依偎在我脚边拉起了我的手,"姐姐!"她又叫了一声。

我叹了口气无奈地蹲下身体,"你最近还好吗?"

这可能是成年人才会理解的一句话,总之她没有理我,而是对我说,"妈妈昨天给我买了一个玩具娃娃,有这么大。"她使劲伸着瘦弱的手臂比画起来,"爸爸还给我买了巧克力,等一会儿他还要来接我们,他要带我去公园玩……"小孩子都是这样喋喋不休的吗?我看见她的嘴巴不停嚅动,唾液溅在我的手背上。我有些烦躁,她发病的时候是什么样子?脸色苍白,身体蜷成一团,像一条蟒蛇一样张大嘴巴吐着血红色的舌头?她还在说个不停,都是些父母带给她的琐碎的小幸福。我突然心生厌恶,这个孩子她懂什么啊,甜得发腻的表情,绘声绘色的描述,过期的奶油蛋糕已经长出了绿毛,散发着恶臭。

"你知道吗?他们最终会抛弃你的,你要相信我。"我紧握着小女孩的肩膀突然说道。

小女孩愣了一下,眼睛惊恐地瞪着我,可是只是那么一瞬,她又恢复了正常,又开始沉浸在自己的语言中。

"他们最后会像丢垃圾一样把你丢掉,再也不要你了,他们会恨你,你是一个麻烦,你让他们活得不安心,你拿你的哮喘病不停折磨他们,相信我,他们不会有耐心再爱你的!"我咬牙切齿地说了一堆话,小女孩终于安静下来,她呆呆地注视着我,五官开始丑陋地紧缩在一起,哇,一阵爆破音猛然在大厅上空炸开，周围的人都奇怪地看着我，我脸色涨红抛下小女孩快速往门外跑去，她的哭泣声咬着我的脚后跟，我已经忘记禁忌不停地奔跑起来。

这是什么地方？我终于停下脚步扶住墙边，呼吸声慢慢平缓下来，口腔里一股火辣辣的味道。我竟然还能奔跑，并且好像跑得很快、很远，可惜我来不及品味跑动中的轻盈感觉就已经停了下来，在这里我再也听不到小女孩的哭泣声，在我耳边响起的只是些笑声、说话声和关节扭动的声音。我打量了下四周，我来到了一个操场的外面，那些声音顺着铁栅栏流淌出来。我下意识地慢慢走进操场，绿色的草坪上站着十来个和我年龄相仿的人，有男有女，他们都穿着运动服，肌肉发达，脸上呈现着运动员特有的健康的黑红色。我在一个台阶上坐了下来，在我进来的时候他们就停止了交谈，目光投向同一个地方，我顺着他们的目光看去，在红色的跑道上站着一个穿白色背心短裤的男孩，他正在做高抬腿动作，他的身后是密不透风的金黄色帷幕，阳光越过他跳动的肩头落在我的眼里。这个男孩很快吸引了我的注意，因为他有一副非常匀称的身材，不论截取他身上哪个部位，紧绷的小腿、舒展的臂膀、抖动的锁骨，都让人赞叹不已，在他跑动的时候，这种特质更加突出。是的，他已经跑起来了，我不由自主地站了起来，他离我越来越近，我能听见他急促的呼吸和结实的脚步声，他的胸膛在剧烈起伏，脸上呈现出纯洁的专注表情，全身上下散发着充满力量的光芒，头发迎着风的感觉、胸部的喘息、肌肉的疼痛，在他身上出现的变化我都感受到了。我不得不手抚着胸口，因为他开始加速，每块肌肉都绷得紧紧的，骨骼优美地凸起，有着雕像般的质感。

终于他跑到了终点，那群站在草坪上的人走上前围住了他。我踮起脚尖但是没有办法看见他，过了好一会儿，人群突然散开，然后三三两两地往我这边走来。我再次看见了他，他的头发湿漉漉地搭在前额，脸上挂着婴孩般天真无邪的笑容，他是在对身边的一个女孩微笑，那个女孩站在他的右边，他们的距离很近。女孩也穿着运动服，个头很高，长腿，扎着马尾辫，走起路时弹性十足，头发在脑后得意地摆动。女孩把一瓶矿泉水递给他，他一边喝着一边和女孩笑谈着向我走来。已经很近了，我能看见他紧贴在胸膛的运动服上写着"体校"两个红字，在他们离我还有十米远的时候，我迅速低下了头，长发垂落在脸颊边，他们离我越来越近，我十指纠结不敢抬头，直到他们从我身边走过，我才小心翼翼地转身注视着他们的背影，我看见那个男孩后背上有一个红色的数字"13"，随着他的步伐，数字变得摇晃不定。

请你相信我，长期患病的人有种接近于超能力的敏感，因为与生俱来的残缺让我剩余的健康器官异常发达，比如我没有正常的呼吸但是上帝补偿在我的听觉上。虽然马路上很多人在行走，但是我依旧能分辨出男孩的脚步声，我并不是在跟踪他，而是他的脚步声让我觉得非常熟悉，我在哪里听见过这样的声音？好奇心促使我紧紧跟在他们身后，他每一次落脚都具有力量，速度均衡，当他的脚落在地面上的时候，离我的记忆只差一步，但是当他抬起脚，我的大脑又变得一片空白，我拼命地搜索与他紧密相关的记忆，然而直到他和那个女孩消失在电影院门口的时候，我还是没能回忆起来。

我心不在焉地走在回家的路上，突然一个清脆的声响让我惊醒，我低下头看见自己的脚踩在一个井盖上。我慢慢蹲下身凝视着，心里萌生出一个荒诞的假设，他是不是每天凌晨四点从我家楼下跑过的那个人？想到这里，我看着头顶上的蓝天笑了起来，真的很可笑，也许是我在期待他就是那个人。

到了深夜，我竟然失眠了。爸爸的鼾声像滚雷一样在房间里翻腾，我蹑手蹑脚地走到窗前，楼下没有人，水泥路像一条银白色的飘带被两侧漆黑的树木拥簇着，我看了下闹钟，已经三点二十分了，还有四十分钟那个人就会和往常一样从楼下跑过。我开始有些莫名的焦躁，天空被墨汁染透，在我仰起的脖子变得酸痛不已的时候，我终于决定下楼看看。我选择站在密集的树木之后，凉风阵阵吹过，我打了个寒战蜷起了身体。时间好像也冰冷得凝固，到四点了吗？那个人怎么还没有出现？树上偶尔掉下一片叶子打在我的身上，没有灯光也没有人说话的声音，建筑物成了若有若无的摆设，我的四周空荡荡的，只有一层薄白的雾气。在我即将放弃等待的时候，我听到了脚步声，从细小变得粗重，从远处一波波地扩散开来。他来了，我迅速蹲下，目光投向马路尽头的黑暗中，他真的来了，从一个模糊不清的小白点逐渐变成一个热气腾腾的躯体,他从黑暗中破土而出的瞬间,我激动得手指甲都嵌入了树干之中,他真的是那个男孩!他的神情和姿态和白天我所见到的一样,四周是那么寂静,此刻只有我一个人目睹了他优美的跑动,在黑夜没有杂质的背景下他的骨骼、关节和肌肉比白天更让我震撼,我听到了他踩在井盖上的声音,和我的心跳声一样刺耳,而他并没有留意,目视前方,继续划动着手臂,每一次喉结的滚动、每一寸弯曲的线条、每一缕飘动的发丝都吸引着我的目光,我的皮肤在他搅起的风速中变得滚烫,当他逐渐离我远去后,我才重新开始呼吸,他背后隐约可见的"13"号像一团火焰在闪动,直至在晚风中熄灭。

我的生活开始发生变化,我学会了散步,每天下午沿着人行道走到离家不远的操场,这正是体校学生训练的时间。我坐在角落只盯着那个男孩,看他跑步、说话、喝水、喘气。每次训练结束他都会和扎马尾辫的女孩一起走,那个女孩应该是他的女朋友吧。我紧紧地跟在他们身后,他们总会在电影院、公园、游戏机室等地方加快步伐突然消失。我不可能跟进去,因为我对那些新鲜的场景里的气味过敏,随时会引发我的哮喘病。在若干年前我曾经试过一次,最终像一条离开湖泊的鱼倒在地上,张大的嘴巴不断吐出气泡,让旁边围观的人感到新奇,那种屈辱的心情我一直无法忘怀,所以当他们踏入我的禁地,我只能停止跟踪。让我最快乐的是深夜,那个时候他只属于我一个人,我站在树后看着他从黑暗中慢慢抽离,宛如一个冲出地狱之门的天使，光辉瞬间降临，让我感动。待我重新回到家，躺在床上的时候，我摸着身下的床单，月光落在斑马的身上，它的毛发异常光亮，我第一次看到了它的光彩，它扬起的马蹄和明亮的瞳孔告诉我，它在奔跑，它只在夜里奔跑。它让我联想到那个男孩，对，他就是斑马，一匹携带着力量和动感的奔跑中的斑马，我紧紧地贴在斑马身上，我感觉到了它的温度以及汗水和阳光掺杂的气味。我的床下还藏着几个矿泉水瓶子，那是男孩每次训练完后丢在操场上的。空瓶子摊在床上，我拿起一个慢慢地凑了上去，嘴唇贴在瓶口，那是男孩的嘴唇触碰过的地方，冰冷的塑料瓶开始发热，我贪婪地紧咬着瓶口进入梦乡。

然而有一天晚上我破例没有下楼去等待他，我在为白天所发生的事情耿耿于怀，并感到前所未有的痛苦。我忘不了那个画面，他和女孩离开操场后走进了一片树林，然后他吻了那个女孩，我躲在墙角全身发抖，女孩闭上眼睛踮起脚尖，男孩俯下身紧紧堵住了她的嘴巴，她还能呼吸吗？我已经不能呼吸了，气管痉挛，空气打着结停留在嘴边，我用双手捂着嘴巴，生怕他们听到这响亮粗暴的咆哮声，大脑开始缺氧，树木旋转，仿佛有只手用力地卡着我的喉咙，我沿着墙壁瘫倒在地上，好不容易掏出白色塑料瓶哆哆嗦嗦地喷出药液，中断的呼吸重新连接上，旋转的景物都停止下来，身体恢复了力气，等我从地上爬起来再次望向那片树林时，他们已经不在了。我摊开双手，上面都是我喷出的唾液，我把手贴在砖块上使劲摩擦，我要把这些污垢全部擦拭干净。

医生用酒精浸泡着模型，检查已经结束，我本应该离去，但还是犹豫地看着他的背影问了一个问题，"那个小女孩呢？怎么好久都没有看见她来医院？"

"哦，她死了，好像是上个月的事情。"

我看着医生凸起的肩胛骨，他正死死地按着泡在盆里的模型。"原来是这样。"说完我就离开了诊室。走在医院大厅里的时候，我和往常一样心情紧张，生怕那声"姐姐"猛然在耳边响起，直到我走出大门才松弛下来，我真傻，我竟然忘了她已经死了，我再也不用和以前一样躲着她了，不用再看着她苍白的小脸，听她没完没了的讲述了，我也不用再想象她哮喘发作时的样子，因为她已经不会再发作了。

我没有立刻赶往操场，我突然感到全身乏力，只想赶快回家躺在斑马的身边。走到一堵墙前的时候，我已经走不动了，今天异常虚弱，我疲惫地靠在墙壁上看着行人匆匆而过。这时我看见了那个女孩，她依旧穿着白色运动服慢慢地在马路对面跑步，她的马尾辫在脑后调皮地甩动，她经过人群，有些人回头张望，是的，我必须承认这样身材匀称的女孩跑起步来非常吸引人。她已经穿过了马路逐渐向我跑来，在她经过我面前的一瞬间，我突然汇聚身体所有的力量冲上前一把抓住了她的手腕，女孩被迫猛然停下，她转身吃惊地看着我，她张开嘴巴说，"你？"汗水从额头流入眼眶，她快速闭上眼睛，还没等她那句话说完,我就踮起脚堵住了她的嘴巴。片刻后她反应过来使劲推开了我,我撞在墙上,她惊恐地瞪大眼睛,手指放在嘴唇上不可置信地看着我,我冲她笑了笑,她吓得尖叫一声从我面前飞快地逃走了。在回家的路上,我一直面带微笑还不时地咬咬嘴唇,我吻了她,因为那张嘴唇上有男孩的湿度,所以它也遗留在我的嘴唇上,我的心情因此好转。

第二天下午当我出现在操场上的时候,那个女孩发现了我,虽然我们距离很远,我还是看见她拍了拍男孩对他说了些什么,然后她的手指对准我,男孩向我望来。我马上跳下台阶跑到操场外的树丛躲了起来。训练结束,一大群人走了出来,包括那个女孩,等了好一会儿男孩才慢吞吞地出现,前面的人已经不见踪影,他今天怎么一个人呢?我带着疑问小心翼翼地跟在他身后,他穿过马路,经过商场,来到了一条僻静的绿荫道上,我躲在拐角的墙边猜测为什么女孩没有和他在一起,会不会他们分手了?等我再次探出身体窥看时,路上空荡荡的,他已经不在了。他去哪里了?怎么突然不见了?我慢慢从墙后走出来,阳光透过树叶一块块地落在我脚边,我边走边东张西望想搜寻到他的踪影。突然当我再次转身时,他出现在我的面前,我并没有注意到他是从哪里蹿出来的,但是他已经和我面对面了。

"你在跟踪我,是吗?"他问我。

我想逃走,但是手脚却不听使唤,牢牢钉在地面上。"不,不是这样的!"我慌张地说道。

"你别骗我了,我知道你已经跟踪我很久了,我和我女朋友早就发现了。每天下午你都会去操场看我们训练,然后就跟踪我们。你到底想做什么?"

这是我第一次距离他这么近,他褐色的瞳孔,嘴唇的轮廓都清晰可见,他在说这些话的时候并没有生气,而是面带微笑,笑得那么温柔,让我心慌意乱忘记回答他的问题。

"如果你不想说的话就算了。我不会强迫你的,不过我很奇怪,你为什么要吻我的女朋友?"他一边说一边离我更近,我已经听到了他的心跳声,闻到了男性身上特有的浓烈体味。我紧张地低下头,呼吸变得急促起来。我感觉不妙,肺部已经出现了吱吱啦啦电流般的声响。我不能承受他的目光,它会刺激我哮喘发作,我要马上离开。但是我根本没有力气挪动脚步。

他突然用手指挑起了我的下巴,我不得不仰着头和他对视。"你怎么了?为什么不敢看我?你在害羞吗?你真可爱啊,又跟踪我,又吻我的女朋友,真不知道你在想些什么。你是不是特别喜欢接吻啊?"说完,他暧昧地笑了笑。

一块巨石逐渐压在气管上,快不能呼吸了,我已经说不出话,只能用眼神恳求他,放开我,求求你放开我吧!他并没有感受到我的意图,他的嘴唇慢慢向我覆盖下来,我的身体僵硬,视线开始模糊,身体里的黑洞在扩张。终于当我们的嘴唇即将吻合在一起的时候,呼吸断裂,身体抽搐,分泌物猛然喷射出来。他大叫一声使劲推开我,我重重地倒在地上,急促尖锐的呼吸声响起，像一个漏气的气球，我的脸被憋得一片通红，眼泪也被积压出来。我看见白色的塑料瓶已经从口袋里甩了出来落在他的脚边。我弓着身体艰难地伸出手臂，"请你，请你，把它递给我！"我吃力地对他说道。他惊恐的表情慢慢消失，"你怎么了？"他蹲下身体看着我。

"求你……"我的舌头也僵硬了，说不出完整的话，只能手按着喉咙用急切、哀求的目光看着他。

他拾起塑料瓶在我眼前晃了晃，"是这个，对吗？"

我使劲点头。大脑嗡嗡作响，一个垂死者正吐出舌头。

他像是明白了什么，他握着塑料瓶饶有兴趣地看着我，"是哮喘病吧？真是太新奇了，我从来没有亲眼见过哮喘病人发作，现在看到了，才知道电视上那些人演得都太假了。我说你怎么会得哮喘病的，真是可惜啊，这么美丽的一个女孩子。不过发作起来的时候却很可怕哦。"

我想我快要死了，我的手臂已经垂落在地上，原本像海水一样澎湃的呼吸也逐渐停止，我的眼睛身不由己地凸了出来，这让我更清楚地看到他并没有要把瓶子还给我的意思，我倒在地上冷冷地看着他把瓶子装在自己的口袋里，他说，"把这个东西送给我吧，我回去好好研究研究。"他还用手拨弄了下我的嘴唇，"你看你，本来是想和你接吻的，但是你却喷了我一脸的唾液，真倒霉啊！"最后他带着一如既往如婴孩般天真无邪的笑容对我说，"可怜的女孩，我走了，再见吧！"他真的走了，像一匹斑马一样欢快地蹦跳而去。

我并没有死,虽然我无法解释我为什么没有死,实际上当我醒来后我才发现自己还活着。我慢慢从地上站了起来,仔细地拍了拍身上的灰尘,然后若无其事地回到了家里。趁家里没有人,我把阳台上的壁橱翻了个底朝天,终于找到了一根粗重的铁棍,我拿着它往地面戳了戳,很结实,这绝对是个理想的工具,我抱着铁棍笑了起来。

和以前一样,凌晨三点二十分,我来到了楼下,严格地说并不完全一样,因为我的手里多了一根铁棍。自从我记事起,我就认为自己是一个没有力量的人,不能做任何剧烈和重体力活,但是今天我才明白,原来这些对我并不是一件困难的事情。比我预想的时间提前很多,我就完成了这项运动然后拖着铁棍回到了家里。躺在床上,身下的斑马还在奔跑,月光在墙壁上飞驰,这个晚上异常安静,没有任何声音惊起我的睡眠,我睡得非常香甜。

一觉醒来居然到了吃晚饭的时间,感谢我的家人在我睡熟的十七个小时里面没有打搅我。我打开房门走到客厅里,爸爸妈妈和妹妹已经围在桌边开始吃饭了,我打了一个哈欠,神清气爽地盛了一碗饭在桌边坐下。

"我给你交代的你记住没有?不要到处乱跑,听见了吗?"妈妈正对妹妹说着。

妹妹撇着嘴巴说,"哎呀,没有关系,我会注意的,我不是每天都很安全地回家了吗,哪有那么严重啊!"

爸爸放下筷子瞪了妹妹一眼说,"你别不当回事,你看今天早上不就有个锻炼身体的男孩掉进下水道里了嘛。"

妈妈点点头说,"就是,那可不是闹着玩的,还不知道能不能抢救过来,我看危险喽。"

妹妹说,"我昨天晚上下自习回来的时候,那个井盖还在的,怎么就不见了啊?"

爸爸说,"傻瓜,小偷都是半夜才去撬井盖的啊!"说完,妈妈、妹妹和我都信服地点了点头。

又到了深夜,家人都已经安睡。我扯起身下的床单,把床下的矿泉水瓶子都放在上面拿到了洗手间。它们被丢在洁白的瓷砖地面上,我点着了打火机,塑料瓶已经全部融化了,那匹斑马带着身上灼破的黑洞还飞扬着蹄子奔跑,我耐心等待着,终于它慢慢地慢慢地从草原上消失。

从此,我再也没有见过那个男孩。从此,每个凌晨四点,我都在熟睡之中。

那一年我十五岁,我永远都不会忘记。

一望无际的忧伤

苏瓷瓷

我们沿着一条路行走
太阳拖着尾巴淹没了现场
四周是芦苇的故居,白茫茫的墙壁
神情忧郁的人们擦肩而过
我不敢追问他们的去向
生命一旦被撕开了缝隙,我们将被写入病历中

总有人比我病得更加严重
父亲打开仓库,稻谷腐烂 钥匙生锈
我们无处藏身,面对他人只能微笑
像摊开的筵席,让你们熟悉每一寸将被消亡的部位

乡村医生终日谎话连篇
他拉扯出一堆孩子,随着野草疯长
最后 他们残缺或者完整
最后 他们活着或者死亡
我们前进,促使我保持沉默的
是一场即将举行的婚礼
白纱像绷带,裹住一个病入膏肓的女人

我不拯救任何人,包括自己
裸露的黑暗,黑得让人心生慈悲
继续前进,孩子在寻找他们的母亲
一切会被遗忘所宽恕

当我的脚伤痊愈,那片被抛在身后的树叶
也会逐渐融入大地
如同我逐渐融入一望无际的忧伤

李丽妮，快跑！

多年前，我在风中奔跑。现在我还清晰地记得那种感觉。耳边是呼呼啦啦的风声，树木张扬着绿色的枝桠，它们嘶叫着被我抛在脑后。道路变得越来越狭窄，最后成为一缕细小的布条，脚趾踏在上面，总是软绵绵的。原野里开着红色的野花，奔跑中，它们像火焰在我眼角边跳跃，我听到的任何一种声音，都是含糊不清的，它们在风中被快速地撕成碎片，我被这种急速的破坏感刺激着，身体不停摆动，向前冲，向前冲！我的皮肤被风吹开，五官被拉扯得变形，什么都看不分明，一切具体的事物都变成模糊的色块，在道路的四周上下跳蹿。我开始流汗，但是并不疲惫，这让我坚信我上辈子是一只鸟，有庞大有力的翅膀，实际上在我即将奔向目的地的时候，我确实看见了白色厚重的云朵，以及从云朵的缝隙中投射出的灿烂的阳光，那时候我通体苍白，我扑入了同样白茫茫的空气中，我的身体被遮盖，也许我就此消失了。当然，这是错觉。

现在我坐在窗边，手里拿着一双洁白的跑鞋，外面依旧有风，但它不再是我身体里的一部分，我蠢蠢欲动，但是我不能翻出去和它们一起奔跑,因为爸爸妈妈在窗下坐着,他们在谈论我是否应该报考护理本科。这双鞋我已经很多年不穿了,它上面有些补丁,我用粉笔在鞋面上厚厚地涂了一层,但是轻轻拍打一下,白色的粉末落在地上,补丁周围黑色的针脚丑陋地呈现出来。鞋底很薄,因为它跑过太多的路,最终像一个停止生育,腹部干瘪的女人,只剩下一层薄薄的肚皮。我踏着声响巨大的高跟鞋走到抽屉前,把手里的白跑鞋狠狠地塞了进去。爸爸妈妈还在谈论着那件事,我拿起小皮包走出房间,来到院子里,他们嗑着瓜子。"我去上班了。"我盯着皮鞋上一块油垢说。爸爸妈妈叮嘱了几句,我步态婀娜地扭出他们的视线。

来到医院,见到了我的搭档杨虹,她是一个嗓门嘹亮、容易激动的姑娘。我们跟着一个大嘴巴,喜欢发牢骚的男医生组成一个医疗小组,负责二十四张病床的治疗工作。我们一直以来配合默契,但是今天她脸色苍白,"我问她,出了什么事情吗?"她脸上快速涌起一团红潮,杨虹把我拉进治疗室,她靠在墙边,显得神色不定。"你怎么了?"我问她。

她看着我慌张地说,"丽妮,完蛋了!"

我弹了弹护士裙上的米粒说,"到底怎么回事,别搞得神经兮兮的!"

从杨虹颠三倒四的诉说中,我明白了事情的原委。她在中午发药的时候,误把一个精神分裂症患者的药发给酒依赖的病人喝了。"是哪个酒依赖的病人?"我问她。

她瞪了我一眼说,"杨振羽啊,我们管的病人你都忘记了?"

我也瞪了她一眼说,"妈的,我怎么知道,我们的分工不是你管病人,我管病历吗?"因为我对病人的厌恶,所以我从来不对病人进行查房,而杨虹又不擅长文字工作,所以我们私下约定由她负责给病人查房、剪指甲、梳头、进行健康宣教等等,而我根据她对病人查房了解到的病情变化来书写护理病历。虽然他们的病情每隔三天都是由我来记录,但实际上我根本对不上号,我连自己管的病人都认不全,只管从杨虹的查房中摘取重要的话,记录下来而已。

看到杨虹恐惧的样子,我宽慰着她,"没事的,你先带我去看看病人。"

一到走廊上,我就看见一个身形魁梧的男病人在墙壁上摸索,"是他吧?"杨虹点点头。毫无疑问,这个病人出现了幻视,他看见墙壁上有东西,所以就不停地摸索,这是一种谵妄状态,当原本没有幻觉的人误服了治疗幻觉的药物后,他就会出现幻觉。药理是件玄妙的事情,这个本来只是单纯酒依赖的病人被杨虹的两片药搞出了精神分裂的症状。我忍不住笑了起来,杨虹气愤地跺着脚,她已经是满脸通红。

"李丽妮!"她指着我的鼻子吼道,"你笑什么啊,你少幸灾乐祸,你不给我出出主意还看笑话啊!"

我强忍笑意对她说,"好了,好了,我不笑了,你别激动。好在今天是周末,就我们两个值班,领导都不在,你怕什么啊。吃了就吃了,又不会出人命,过几个小时药物代谢就没事了。"

杨虹显然不满意我的回答，她焦急地搓着双手说，"可是刚才医生打电话说主任下午要来病区，万一他看见这个病人在走廊上乱摸索就完了。"

我说，"那只有把他弄到病房里不出来，主任就看不见了。"

杨虹沮丧地叹着气说，"可是病房里都没有锁，谁管得住他，要是他自己跑出来，主任还不是会看见？又不能把他约束起来。"

是啊，我也有点儿发愁了，没有理由把一个酒依赖的病人用绳子约束在病床上，这样要是主任看见了会更加疑心。怎么办呢？

我和杨虹在走廊上来回走了几趟，杨虹突然拽着我的胳膊说，"对了，丽妮，我们给他打安定让他镇定下来，那他就不会乱跑了，怎样？"

我还没有反应过来，杨虹就跑进了治疗室，她用注射器抽取了2毫升安定，然后让我把病人拉进了病室。微微发黄的药液从针头缓缓进入病人的体内，病人起初在床上挣扎着，杨虹半跪在病床上，曲着双腿顶着他的膝盖，我紧紧地箍着他的手腕，他苍白的手掌使劲蜷缩着，青筋暴起，杨虹一只手按着扎在他手背上的针柄，一只手快速地推着注射器的活塞，慢慢地他的手掌松开，像一片干枯的树叶耷拉在白色的床单上。杨虹拔出了针头，用棉签按住了针眼，这个皮肤黝黑的男病人庞大的身躯陷在窄小的病床里,他闭着双眼,无声无息。

我走出了病室,用冰冷的水反复冲刷过双手,然后靠在护理站的窗边等待它晾干。我把双手高高地搭在窗户的铁条上,这些密集的铁条把外面的世界切割成碎片。一个小女孩站在楼下的落叶中,她的母亲粗暴地用手掌拍击着她的小脑袋,女孩的哭声响亮地在医院内回荡。一滴滴冷水从我张开的手指慢慢滑落进袖管里,然后囤积在胸口,逐渐凝结成一块坚硬的冰。

"那个病人不会出什么事吧?"我的声音像生锈的闹钟,沉闷而又艰涩。

"你放心,他不会死的,他会好好睡一觉,醒来什么都过去了。"杨虹一边洗手一边头也没回地说。

中途我忐忑不安地去给打了安定的病人测了几次生命体征,还好他的情况稳定。杨虹拍了拍我的肩膀说,"丽妮,别担心。"我看着窗外一块块裂开的乌云,它们恍惚而又阴险地飘来飘去,"我们会遭到报应吗?"我突然问了一句。杨虹在我身后冷冷地说,"我们早就在承受报应,每个人都在承受报应,这并不可怕。"说完,她重重地合上病历,白色的铁皮外壳在桌面上发着光。

我们一直在犯错,发错药、画错了三测单、打破了注射器、一个病人把开水泼到了另一个病人脸上,我们垂头丧气,用新的错误去掩盖旧的错误。护士们个个无精打采,嗓门粗暴地在病区里不耐烦地喊着病人的名字。我们三班倒,没有黑夜白天之分，人人都要依靠安眠药维持正常的生活规律，以便不被病人所影响。

  我从来不对父母讲这些事情，我们三个人围坐在饭桌前，热气腾腾的饭菜上漂浮着油腻，我能察觉到一种异味，像生活不能自理的患者身上散发出的恶臭。我小心地夹起一粒粒米饭咀嚼着，爸爸妈妈有说不完的话，他们习惯在晚饭时决策我生活中的新计划，比如报考英语补习班、护理本科、职业等级证，或者安排相亲。我偷偷盯着电视，正在举行长跑比赛，选手们像矫健的鹿，结实的肌肉充满韵律地抖动着，她们挥动着手臂，在跑道的白线上像欢快的音符激烈地跃动着。我坚信，如果此刻我在她们之中，那么冠军就是我。这时候，一个女孩已经越过了终点线，周围的观众都起身鼓掌，我疲惫地放下碗站了起来，妈妈说，"你再吃点儿饭啊。"我摇摇头走进了自己的房间。

  我打开上锁的抽屉，里面除了一双白跑鞋外就是一卷发黄的纸张和笔记本。纸张的边角卷起，上面的字迹已经开始模糊，这一卷都是我的获奖证书，从小学到中学，从校级到省级比赛，有三个字眼在这些证书中是固定的："李丽妮""长跑""冠军"。我知道我还会拿到国家级的获奖证书，并且不会只是一张。这虽是意料之中却仍让我兴奋不已，我每天都在不知疲倦地跑步，包括在梦里，直到爸爸妈妈强行让我上了医学院。除了跑步我什么都做不好，我打开笔记本，里面密密麻麻地记录着我在医院工作的一年中所出的差错，其中绝大部分是领导没有察觉，但是同事知道的，因为她们是参与者，我们相互包庇，还有一些是只有我自己知道的。我不明白自己为什么要将它们一一记录下来，我既没有从中吸取教训，也没有产生过愧疚，我只能理解这是种习惯，我详细地记录下今天所发生的事情，吃错药、打安定、像影子一样左右摇晃的病人，然后我合上笔记本把抽屉锁好，关了灯开始睡觉。

在科室里，我是公认做事情最快的护士，我端着注射盘跑着去给病人打针，推着治疗车跑着去拿药，上楼下楼都是我噼噼啪啪的跑步声。护士长和同事们都认为我大可不必这样，精神病科和急诊科不一样，精神病科连空气都是迟滞的，护士长觉得我有点儿精力过剩，所以把带病人活动的任务交给了我。

楼下空旷的水泥场，四周是高耸的围墙，一个护工把守着唯一的出口处，我指挥病人排成一队，场地里一半是阳光，一半是黑影，我站在队伍的前列开始带领他们跑步。一圈、两圈，病人们疲疲沓沓地挪动着脚步，开始逐渐退出队伍。跑到第三圈，我发现一个长头发的女病人一直跟在我身边，她呼吸均匀，毫不吃力地跑动着，我不知道她的名字，我不熟悉任何一个病人，但是她怎么这么轻松地跟在我身边？我下意识地加快了步伐，她没有看我，但是迅速调整了速度，使我没能把她抛之脑后。我暗暗吃惊，然后憋足了一口气，使劲往前冲，耳边开始传来风声，而她的长发飘扬起来，始终在我眼前晃动，我的手臂大幅度地摆动，我看见她的脸庞开始涨红，但是她依然在我的右边跑动。我没有遇见过这样的劲敌，是的，我已经把她当成对手，在赛场上从来没有人能这样紧紧地咬住我。不知道跑了多少圈，我们始终并肩而行，虽然她的速度和耐力让人吃惊，但是她不可能超越我，她紧紧绷起的身体，越来越急促的呼吸和沉重的脚步声已经传达给了我这样的信息，但是同样，我也不可能超越她，胜负就在一步，可是我已经到达了极限。我从开始的惊讶、不可置信、暗自较量到无奈，最后心里却是一片平静，我们继续跑着，保持着一致，像怀有某种默契，直到护士长在楼上尖叫，"李丽妮，你还跑个没完啊，快把病人都带上来吃药！"我们不约而同地停了下来，病人们都坐在台阶上看着我们，我打量着她，她大口喘着气，小眼睛，年龄和我相仿。我冲她笑了笑，她也报之以微笑，然后我带着一群病人重新回到病区。

到护理站后，我翻看了她的病历，昨天晚上入院，是民政局送来的，原因是在街上裸奔。年龄不详，家庭住址不详，只知道自己姓王，病历上写着"王某"。我合上了病历，这个不知来历的女病人居然那么能跑，让我很好奇，我决定找她谈谈。

杨虹把王某带进了病室，我靠在窗边看着她。她一进来就坐在了病床上，双手支着床沿，两只脚不停地相互撞击着，她没有看我，而是四下张望。

"你叫什么名字？"

她抬头看看我，一脸傻笑。"我姓王。"她说。

"王什么?"

"我姓王,我姓王。"她低下头拨弄着手指,重复着。

"那你住在什么地方?"

她摇摇头不说话。

我注意到她裸露出的皮肤上有很多深浅不一的伤痕,有的已经结痂,有的还是新鲜的肉红色。"你的家人呢?"

她再也没有抬头,只是一味地摇头。我开始失去耐心,很明显,她是个思维混乱四处流浪的精神病人。我想她并没有意识到自己具有擅长跑步的特质,她什么都不清楚,我向门口走去准备结束这次谈话,突然王某从床上跳起来,她在我的身后大喊,"我是长跑冠军,我要跑,跑,跑!"我转过身,她的身体仿佛被注入某种神秘的力量,两眼变得炯炯有神,紧咬牙关,双脚不停地在原地踏步,双臂摆动,像随时准备起跑的运动员。

我马上跑过去按着她的肩膀,"你说什么?"王某眼睛越过我的肩膀,直勾勾地盯着前方,身体还在不断晃动,幅度越来越大。"我要跑,跑,跑,他们叫我快跑,别停下,我是长跑冠军,谁都跑不过我,我要跑……"她语无伦次,越说越激动。

"是谁叫你快跑?你是什么长跑冠军?你往哪儿跑?"我的声音和她的重叠在一起,嘈杂而又混乱。王某一边喊着,一边开始迈动脚步,我堵住了她的去路,她弓着身体,肩膀顶在我的胸口,一条腿在前,一条腿在后使劲蹬着,我马上高喊着护工，最后他们跑来把手舞足蹈的王某绑在了病床上。我抚着被顶得隐隐作痛的胸膛走出病室，这是我第一次对病人进行查房，最终在王某凄厉的喊叫声中结束。

入睡前我躺在床上还在回想白天的事情，王某的身影在脑海中浮现，她奔跑时的样子逐渐和我重叠在一起。就算我闭上眼睛，这个画面也固执地延伸到我的梦中。我们并排在一望无垠的原野上奔跑，只有脚步和心跳声在寂静的大地上响起，像两条相互追逐的影子。直到天亮，我从睡梦中醒来还隐隐觉得全身酸痛。

而这一切却又不仅仅存在于梦境之中，白天我依旧带着病人跑步，而最后只剩下我和王某，我们在院子里一次次绕过梧桐树，阳光从树叶中投射下来，斑驳的光影在我们身上打上绿色的烙印。我偷偷注视着她，她跑步时神情专注，目光探向远方，仿佛有什么在召唤着她，让她不知疲惫地跑动。我不知道她此刻是不是出现幻听，而我自己却好几次在跑步的过程中隐约听到有人在喊"快跑！"还夹杂着呐喊声。我没有停下，只是用目光匆忙地扫射了四周，病人们傻笑着坐在台阶上看着我们跑步，没有异常。我和王某已经达成了默契，在跑到第二十圈的时候，我会喊一声停，跑步就会结束。她来医院已经快一个月了，跑步已经成为了只属于我们两个人的游戏。

护理站里站满了工作人员，但是一片寂静，能清晰地听到窗外大风拍打树枝的声音。主任阴沉着脸说，"你们刚才都看到王某的情况了?"

是的,我心里传出来一个细小的声音。王某失去血色的右脚放在病床上,像一截腐朽的干树桩,一根肮脏的约束带丢在地上,那是我下班前让护工绑在王某脚上的。她躁动不安在病区里乱跑,医生让我把她约束起来,我又交给了护工去做,但是我不知道约束带会绑那么紧。

主任压低了声音说,"医疗安全检查组过两天就要到医院来,你们自己好好想想。"主任走后,工作人员开始七嘴八舌地议论起来。我一个人走进治疗室紧紧靠着墙壁,这是一场医疗事故,我很清楚。第一个要承担责任的是我,我没有观察王某的约束情况,只是给接中班的杨虹说了下,杨虹和上夜班的护士都犯了和我一样的错误,致使王某血液循环受阻,被约束肢体缺血性坏死。除了我们三个以外,还有上白班的其他护士、护工、医生都没有认真巡视,都负有责任。我知道后果的严重性,就是王某坏死的右脚可能被截肢。我的双腿发软,脑袋昏沉沉的,背后的墙壁冰冷,汗水慢慢从额头渗出。这时候杨虹走进了治疗室,她面色灰白地看着我说,"丽妮,怎么办呢?"我艰难地摇摇头走了出去。护士长正在大发雷霆,"我早就给你们说了,上班的时候要集中精力,加强责任心,你们都不放在心上,一天到晚小错不断,现在终于酿成大祸了,你们都要好好反省。不过这件事情先别声张,检查组快来医院了,要是被他们知道,不光我们科室,整个医院都要惹麻烦,听见没有?"工作人员都垂头丧气,像蚊子一样嗯嗯着。

我站在玻璃窗外看着王某，她躺在病床上眼睛瞪得大大地盯着天花板，她用双手托着自己的右腿往上抬，膝盖以下却像绑了个秤砣纹丝不动。王某一次次地努力着，她的右腿微微伏起又重重地落下，坏死的脚如一块巨石击打着钢丝床，嘭嘭的声音在我听来无比响亮，我只有捂住耳朵跑掉。

我又开始跑步，只是身边缺少了一个身影。别的病人依旧被我抛在脑后，身边空出的地方是一片阴暗，连风声都消失了，只有我重重的呼气声。心脏突然变得不能负荷，只跑了两圈，我已经感觉脖子像被勒上了绳索，无法呼吸。我停下来疲乏地在台阶上坐下，我盯着自己的右脚，想起了王某，慢慢地这只脚开始麻痹，也许是坐得太久了，当我站起来的时候发现右脚已无法挪动，如果我也和王某一样即将失去右脚那我该怎么办？我不敢再继续往下思索，一个对跑步狂热的人总是会小心翼翼地避开这种假设。但是王某右脚坏死却是事实，这让我心里说不出的难受。

回到科室里，杨虹把我拉到角落里说，"丽妮，这件事情牵扯很多人，又不是你一个人的责任，你别太担心了。还有个好消息要告诉你，我听护士长说主任已经联系了民政局，准备在检查组来之前把王某送走，暂时不会处分我们。"

我一听马上问她，"那王某的右脚怎么办？如果不治疗的话，那整条腿都保不住了。"

杨虹诧异地看着我说，"你管这些干吗？现在是应付检查要紧，护士长可交代下来了，都要严守秘密，不能说出去啊！"

我焦急地来回走了两步想了想说,"不行,王某不能送走,延误了治疗时间那就不仅仅是右脚的事情,而是整条腿都要被截肢了,她以后就站不起来了。"

杨虹着急了,她提高了嗓门对我说,"唉,我说你没事吧?你以前不是这样啊,你什么时候变得这么悲天悯人起来了?我们现在都自身难保了,要是不让王某走,那真要出大事的!"

我静静地等杨虹说完,然后拉住她的手认真地对她说,"杨虹,我想了想不能这样做。以前我们是犯了很多错,那时候都侥幸没有暴露,可这次不一样,如果我们让王某就这样被送走,那她以后怎么办?我不是悲天悯人,但是这次的情况不一样,我不能让王某失去一条腿,不然我永远不会原谅自己,你明白吗?"

杨虹愣愣地看着我,然后露出一丝无奈的笑容,"丽妮,我不知道你是怎么想的,但是我不会支持你,再说这件事情不是你我可以决定的,对不起!"说完,她从我掌中抽出双手,转身离去。

我一个人站在走廊里,靠着墙壁,脚下是一片黑影,灯泡坏了,我不敢挪动脚步,生怕踩在这些黑影上它们会发出人一般的哀号。我也不敢去王某的病房,她让我产生错觉,我就是她,一个即将失去右腿的人。如果可能我愿意替代她,但是我没有这个机会。回到家里,我翻出在长跑训练队时最爱看的电影《阿甘正传》,一遍遍地观看阿甘漫无目的的奔跑,突然泪流满面。梦中是黑夜,漫长的黑夜,只有一条腿的人在跳跃,她蹦得很高,却永远无法到达光亮的地方。一夜噩梦之后,我醒了,我带上了笔记本到了医院。

我在门外等了很久,捏着笔记本的手心满是汗水,主任接听着没完没了的电话,我失去了耐心,推门走了进去。

"吴局,王某这个事儿太感谢您了!今天晚上花园大酒店十八包,请您务必光临!"我走到了主任身边,主任一边打电话,一边用狐疑的目光看了看我。当我听到这句话的时候,恨不得冲上去砸烂电话,但实际上我只是站在原地,用手指使劲抠着笔记本的外壳。主任终于放下电话,他问我,"小李,你有什么事吗?"

我咽了口唾液迫不及待地说,"主任,我是来检讨的,就是关于病人王某的事故。主要责任在我,当时约束病人的时候我不在场,后来也没有检查她的血液循环情况……"

我还没有说完,主任就皱起眉头挥挥手打断了我,"这件事情以后再说,现在不是检讨的时候,检查组快来了,我们要马上投身到迎检工作中去,你先回科室工作吧。"

我没有离开而是继续往下说,"主任,我必须现在检讨,并请您处分我!"

主任愣了愣,然后问我,"小李,你什么意思?"

我挺了挺后背说,"主任,你们是不是决定要把王某送走?"

主任看了我半天才说,"怎么了?"

我追问道,"你们真的要把王某送走吗?如果这个时候她不在医院治疗,那她整条右腿就保不住了。"

主任摆摆手说,"小李,你不要听别人乱说,王某的情况我心里有数,你不要管那么多了,去上班去吧。"

我心有不甘地走出主任办公室。站在楼梯间,我握着手里的笔记本反复问自己,我应该怎么办?难道就此罢休吗?杨虹是不会骗我的,他们一定会把王某送走,我现在能做些什么?不行,我要去和主任说清楚,我要请求他留下王某。想到这里我又转身来到主任办公室,在门口我深吸了一口气,告诫自己要镇定,然后我再次敲门而入。

主任看见我很诧异,他有些不耐烦地问道,"小李,你怎么还不回去上班?"

我本想婉转地对主任说出自己的想法,但是我一张嘴却还是那句话,"主任,你们不能把王某送走。"

主任猛地站了起来,他气愤地对我说,"哎,我说你这个同志怎么回事啊?我不是和你说了很多遍,这个事情和你没有关系,你不要插手,你只管上好你的班就行了。你还有没有点儿组织纪律观念?怎么领导跟你说的话你都不放在心上?"

我愣愣地站在原地,这种感觉一直纠缠着我,从我来到医院的第一天起,让人窒息的污浊的空气、来回晃动的人影、红色的血液四处流淌,它们在我脑海里咣当咣当作响,我使劲甩了甩头,我是逃不掉的,我不能逃!

我突然冲上前去对主任说,"不!你们不能把她送走!不能!"说完,我们之间沉默地对峙着,我被自己发出的响亮的声音吓呆了。

主任的脸色非常难看,他说,"我希望你能服从医院的安排,这个严重的后果你承担不起!"

我平静地摇摇头说,"但是我愿意承担这个错误,难道这样也不行吗?"

主任想了想然后突然笑笑,他轻言细语地说,"没有什么错误,你不用承担。如果科室能顺利通过这次检查,你不会受任何处分。"

我再次摇了摇头。主任的笑容逐渐消失,他狠狠地瞪着我,猛然拍桌子站起来甩门离去。

我离开了主任办公室,来到病区门前哆哆嗦嗦地掏出钥匙打开铁门走了进去。几个护士围了上来,"你刚去找主任了?"她们问我。我木然地点点头。

"你找主任干吗?"

我疲惫地摇了摇头没有说话。

"说啊,你倒是快说啊!"她们七嘴八舌地催促着我。

我喃喃地说道,"我去请主任处分我,请他不要把王某送走。"

她们像跌进油锅的水珠,顿时一片哗然。"唉,丽妮,我说你是不是脑子有问题啊,出了这么多事你还嫌不够啊?你还主动去请求处分,还要留下那个病人,留下她对我们有什么好处啊?等检查组来了一查,我们不是都要下岗啊!现在我们是要一致对外,如果是医院内部处理无非就是通报批评、罚点儿钱,要是检查组一来那就要上报卫生局,到时候医院想护我们都护不住,赶紧把王某送走,这对医院、对科室、对我们个人都是最好的选择,反正王某也没有家人,精神又有问题,把她弄走也不会有人找我们扯皮……"

我低垂着头,她们你一言我一语地劝说起来。我的大脑嗡嗡作响,双腿无力,我要找个地方坐下来安静一会儿,我拨开人群准备离开,突然有人用力挟住了我的手腕,是我刚分来时带教我的老师张大姐,她近乎哀求地对我说,"丽妮,出了这样的事情,我知道你心里不好受,但是你要以大局为重,不要意气用事,你还要搞清楚,这个事故的承担者不止你一个人,还有我们,你这样做我们怎么办?"我真想抱着张大姐大哭一场,我想对她们说我是多么热爱跑步、我是多么厌恶护理工作、我是多么害怕不能继续跑步,所以我是多么内疚,是多么想保住王某的右腿,但是我却说不出一句话,我不敢说,因为我清楚她们不会因此改变想法,我说出来只能让自己更加绝望。我的目光在每个朝夕相处的同事脸上停留了片刻,她们充满期待地看着我,最后我暗自咬了咬舌头,在剧痛中拂开张大姐的手,头也不回地走出病区。"就她伟大,就她是最有救死扶伤精神的护士,这都什么时候了她还莫名其妙的装慈悲啊!""神经病!"铁门在身后关上,她们的声音却是那么清晰,我扶着墙壁,我感觉自己已经站不住了,我很想就此倒下好好睡一觉,但是我知道还有更重要的事情在等着我,我握紧手里的笔记本慢慢下楼。

院长是一个面貌慈蔼的老人，他带着惯有的笑容起身给我让座，我惶恐地坐下。"小李，有什么事吗？"我调整了一下呼吸把事情经过又讲了一遍。院长面带微笑不住地点头，"你是一个好护士。"他态度温和地对我说。

"不！我不是一个好护士，一直都不是！"我把笔记本郑重地放在他的面前，"这是我上班一年多来所犯的医疗差错，我不是一个称职的护士，我请求医院处分我，但是王某坚决不能送走！院长，我求求您了！"

院长温柔地拍了拍我的肩膀说，"小李，别哭了，年轻人知错能改是好事情，我相信通过这次事件的教训会让你以后引以为戒，成为一个优秀的护士。你还是先回去上班，别耽误工作，王某的事呢我们会仔细考虑，好吗？"院长的目光镇定而又诚恳，这让我稍微放下心，我点了点，临走前对他深深地鞠了一躬。

回到科室，空气很沉闷，同事都用异样的眼神看着我，没有人和我说话，她们离我远远的，所有的治疗工作我都插不上手，我只有躲进王某的病房。王某躺在病床上，手背上扎着针头，药水一滴滴地落在毛菲氏滴管里，滴答滴答，像摇动的钟摆又像是即将引爆的定时炸弹。她撇着干裂的嘴巴对我笑了笑，我在床边坐下。"李护士，这几天怎么没带我去跑步？"

我强作笑脸地说，"因为外面下雨了，我们都不能跑步了。"

"嗯，"她点点头说，"那过几天天晴了，你再带我去啊。"我说，"好的，一定。"

王某闭上了眼睛，我看着窗外，天空里飘动着淡黄色的云朵，院子里有一群孩子在玩老鹰捉小鸡。过了一会儿，我以为她睡着了正准备走，突然王某睁开了眼睛说，"我要不停地跑，跑到世界各地，这样我爸妈就会看到我，然后把我带回家去，他们一定认得出我。是吧，李护士？"

我背对着她不敢转身，我仰起头把湿润的眼眶晾干，然后大声说，"是啊！到时候我陪你一起跑，他们肯定会看见你的，他们会高兴死的！"我感觉王某在笑，笑得整张病床都在颤抖。

上午快下班时护士长找我谈话，她说科室安排我休假。以前加班我存了几天假期，申请了几次科室都没有同意，这个突如其来的安排让我不安。我问护士长为什么现在让我休假。护士长微笑着回答，"小李啊，领导们都很关心你，出了这个事情你心理压力也很大，所以我们建议你回去好好休息几天。"

我马上问她，"那王某的事情怎么办？"

护士长说，你不用担心，院长已经下达了指示，"王某明天就转到外科去治疗，一直到她好转为止。"

"真的吗？"

护士长轻轻拍拍我的肩膀说，"你明天就安心待在家休息，我好歹也是个护士长，怎么会骗你呢？"

我几乎是蹦跳着走出护理站，心里有说不出的轻松。走在通往食堂的路上，我还在哼着歌曲，我终于说服了他们，院长真是太伟大了！我忍不住手捧着饭盒跳起来扯下一片树叶，闭上眼深深嗅了一下，周身都是樟树叶的清香，这一切太美好了！等我睁开眼杨虹站在了我面前。我冲上去围着她高兴地跳了一圈，"杨虹，我胜利了！你知道吗？他们要把王某留下。院长太好了！"杨虹面无表情地说，"那就恭喜你了！"她往前走了几步又慢慢转过身来，盯着脚下的树叶说，"丽妮，今天你找院长后，院长去了主任办公室，我正好经过无意中听到他们在商量王某的事情，其实，很多事情不是像你想的那么简单！"说完，杨虹飞快地跑了。我愣住了，思忖了半天，杨虹为什么告诉我这些，最后那句话是什么意思？难道他们都在骗我？饭盒掉在地上，我产生了一种不祥的预感，正午的阳光刺得我睁不开眼睛。

下午我把工作柜里的三件护士服都洗了，同事们关切地说，"丽妮，只是休假几天，你怎么把工作服都找出来洗了？"

面对着她们的热情我笑了，"没事做就收拾收拾，不然等我回来的时候，它们都灰扑扑的了。"

杨虹站得远远地看着我。等工作服都晾好后，我一个人来到走廊的窗前梳头发，窗外有棵歪脖子树，多少次上夜班的时候我就站在这窗口，顺着这棵畸形的大树凝视夜空，我一直在想天什么时候亮起来，这棵树什么时候能变得笔直笔直的，它的树干会一直延伸上去，直到天堂吗？现在这些问题已经都不存在了，我小心地把长发盘起来，戴上燕尾帽，用发卡在两鬓边固定好。我走到王某的病房门口,仔细地拉了拉工作服上的褶皱,这里离铁门不远,工作人员把病人集中在活动室教他们唱歌。我拿出钥匙捏住黄色的那把,然后走进王某的病室。她看见我进来,依旧给了我一个笑容。我揭开被子看了看她的右脚,它已经变得僵硬,像一块木炭。我拔掉王某的输液管,然后搀扶着她说,"你能下床走走吗?"

王某高兴地从床上坐起来,但是她脚刚沾地身体就向前扑去,我一把抱住了她。

"李护士,我怎么了?"王某好奇地问我。

"我说,没有什么,你躺在床上太久了。"然后我让她伏在我背上,我艰难地站了起来。

"我们去哪里?"她贴着我耳朵说。我站在病房门口偷偷张望,走廊上没有一个人。

"我们去跑步。"

"真的啊?!"她很高兴。

"是啊,你准备好了没有,紧紧搂着我的脖子,我数'一、二、三',我们就开始跑,好吗?"

王某马上搂紧我,夹住双腿说,"好了,我准备好了,我们跑步去喽!"

我吸了口气,"一、二、三,跑!"我背着王某迅速地往门口奔去,这时,病人们活动结束,我已经掏出了钥匙,尖叫声、脚步声杂乱地响起,身后传来地动山摇的各种声响,钥匙在锁眼里转动,巨大的脚步声铺天盖地地涌过来。快点!快点!! 快点!!! 门终于打开了,一道强烈的阳光铺满了地面,"李丽妮,快跑!"我只听到了这一个声音,王某伏在我的背上,我迈开了脚步,风声在耳边呼啸,病人们涌上街头,"李丽妮,快跑!"我的脚尖在地面上一掠而过,王某在背上变得越来越轻盈,我跑啊跑,所有的病人都被我抛在了脑后。

我一直清晰地记得那种感觉。树木张扬着绿色的枝桠,它们嘶叫着。道路变得越来越狭窄,最后成为一缕细小的布条,脚趾踏在上面,总是软绵绵的。原野里开着红色的野花,在奔跑中,它们像火焰在我眼角边跳跃,我只听到一个声音"李丽妮,快跑!",它们在风中被快速地撕成碎片,我被这种急速的破坏感刺激着,身体不停摆动,向前冲,向前冲。我的皮肤被风吹开,五官被拉扯得变形,什么都看不分明,一切具体的事物都变成模糊的色块,在道路的四周上下跳蹿。我开始流汗,但是并不疲惫,我看见了白色厚重的云朵,以及从云朵的缝隙中投射出的灿烂的阳光,这时候我通体苍白,我扑入了同样白茫茫的空气中,我的身体被遮盖,也许我就此消失了,但是我永远都在奔跑,永远……

第九夜

苏瓷瓷

如果我一定要死,那是由于我找到了你
从来没有爱,那是因为过于爱惜自己
所以死亡 让人强大
我们之间不会存在任何问题

如果我一定要生,那是由于我离开了你
从来没有恨,那是因为过于憎恨自己
所以活着 让人怯懦
我们之间永远存在多种问题

也许你会另有选择
比如把自己放大 接着缩小
不断重复,然后拥有最善变的脊椎
让生的去生 让死的去死
而我们将摸着对方冰冷的生殖器
生下一堆儿女

第九夜

1

9月的最后一天，打开两扇绿色的铁皮门，一条昏暗、狭长的走廊把丁小非送进了一栋白色的大楼里。走廊上站着一些穿蓝白横条衣服的人，在几盏小灯泡下双脚交替摇摆，像是变形的钟表，整个病区回荡着他们"滴滴答答"的行走声。丁小非走到护理站抬起头，太阳直射，在明明灭灭的光斑中，她依稀看到蓝色的门牌上写着"西单医院精神病治疗中心"几个字。

离交班还有一段时间，护理站里就站满了医生，他们听说病区新来了一个漂亮的小护士，现在一见，果然名不虚传。丁小非背着身子，对着窗户，低着头用手指抠纱窗上的一个小破洞，指间摩擦着细密的小铁丝，它们被弯曲剥离。她听见身后传来低语，还夹杂着窃笑。等到主任给她介绍完新同事走后，一群工作人员就围了上来问她，"你是叫丁小非吗？"她点点头，这时大家哄堂大笑说，"还真有人叫丁小非啊。"

丁小非没有接话，旁边一个高个子医生按捺不住主动走上前对她说，"给你说个好笑的事情，一个多月前我们这里收了一个叫吴风林的病人，他经常在玻璃上写三个字——丁小非，没有想到今天真的来了一个叫丁小非的，你说有没有意思？"

丁小非干笑了两声说，"确实很有意思。"

到了查房时间，丁小非偷偷溜到吴风林住的七病房。推开病房的门，屋里一片洁白，为了防止病人自伤和突发冲动，每个病房里面都没有床头柜和其他设施，只有一张洗得惨白的床铺。一个人背对着丁小非坐在床边，一动不动地对着窗户。丁小非缓缓走近，他的头发乌黑，短短地立起，蓝白色的病号服包裹着他宽厚的肩膀，只露出颈后一截白皙、干燥的皮肤。阳光投射身旁，他的一只耳朵熠熠发光，蓝色的血管像叶脉般剔透，微微搏动。丁小非停在他的左侧，他没有任何反应，依旧眯着双眼迎着阳光，双手相扣放在膝盖上。他长长的睫毛下垂，投出金黄色的阴影，嘴角勾出一个深深的漩涡，似笑非笑。

吴风林发现有人走近，于是慢慢睁开眼睛，把头转向她。丁小非注视着他，一片碎金落在吴风林的眼底，让他的瞳孔璀璨而又透明，丁小非呆住了。

"我叫丁小非。"她盯着吴风林的眼睛说。

"丁小非？丁小非？"吴风林一脸茫然的样子。

哼哼，丁小非笑了笑，看了看这个叫吴风林的病人不发一言，缓缓地退出病房。

2

深夜两点的时候,丁小非穿着睡衣,披着头发,坐在五楼冰冷的窗台上吸烟。她的耳边传来一阵阵海水翻卷的声音,时大时小,哗哗的从左耳转到右耳,周而复始。窗外一片黑暗,远处的山脉皮肤湿润,氤氲成一团墨黑。偶尔有动物的声音传来,叫得歇斯底里。丁小非把大半个身子探出窗外,大声喊道:"别叫了!你们这群畜生!"她变调的尖叫在夜里飘荡,却没能激起任何回应。

丁小非解开睡衣,赤身裸体地站到镜子前。她拿着烟头,白色的肌肤中一点红光上下游走,在双乳之间停住。她使劲按了下去,火光伴着皮肤蜷缩的声音熄灭了。丁小非表情平静地查看伤口,双乳间出现了一个硬币大小的伤疤,她带着笑容轻轻抚摸着被灼伤的皮肤,疼痛很快就消失,接着她又拿起一个玻璃碎片,薄薄的泛着铁青色的光芒。她把碎片放在自己白皙的手腕处,一条红线出现,片刻沁出血珠,只保持了几秒钟的鲜艳马上就凝固成红褐色。丁小非使出了全身的力气,指关节都变白了,又是一刀,决堤的红流汹涌而出,在黑夜中流淌,空气里顿时充满血腥的甜味。她的床上堆放着九个布娃娃,有大有小,个个憨态可掬。丁小非抓起其中的一个布娃娃,用手指蘸着鲜血,涂满了它的嘴唇。丁小非看着这些双唇猩红的布娃娃,垂下头疯狂地抱起它们乱吻,眼泪打湿了它们毫无内容的笑脸。

吴风林在这个时候做了一个梦,他梦见一个穿护士服纤细的女孩走进了病房。月光在女孩脸上打下了一道道白印,她轻飘飘地来到床前,解开护士服,里面什么都没有穿。她像一条光滑的鱼,溜进了吴风林的被窝里,手指从吴风林的胸口开始螺旋形下滑,吴风林被凉气惊颤了一下,随后感觉身体在逐渐发热。女孩海藻般潮湿的长发在他的胸口来回摆动,她的手指停在吴风林的胯下,那里被她冰冷的手掌握着,却更加炙热。吴风林瞬间感到身体被划开了一道口子,他扭动着想冲出自己的体内。这时女孩却向上爬来,他看见一对小巧、惨白的乳房悬挂在头顶,吴风林伸出手想抚摸它,乳房却覆盖下来,把他推入黑暗中。在黑暗中他什么都看不见,但是他闻到了一股茉莉的清香,他伸出舌头,却舔到了一块圆润的伤疤。吴风林全身缩紧,骨骼也开始发出响声,他无法自制地颤抖,在漆黑一团中,吴风林紧紧抓住了女孩的双股,他正要猛烈进入,却听见耳边传来女孩微弱的歌声:我的布娃娃只爱夜晚……他脑子里突然咣当咣当作响,一只白色的猫,一个红嘴巴的布娃娃,一张蓝色的床单开始一起奔跑,跑啊跑,一直到他那里疲软,骨头疼痛。

3

第二天一早,丁小非一进病区就听见一阵凄厉的叫声从护理站传来。门被锁住了,丁小非跑过去趴在玻璃窗上看见那个叫吴风林的病人坐在椅子上,双手和双脚都被护工按着,一个医生拿着两个导电器呵斥着他,然后分别伸向他的双腿。"啊!"吴风林被电击得大声尖叫,浑身抽搐。"你到底喝不喝药?"吴风林还是摇头,医生又调高了电流量继续给他过电,最后他连叫都不叫了,只是眉头紧皱,咬着嘴唇。反复几次,他已经把自己的嘴巴咬出了血,但是依然没有妥协。

门打开,一群医生走出来。"这个人还挺硬的,居然敢藏药,都是为他好,他还搞得跟个革命志士一样。不知好歹!"

其他医护人员把吴风林架出来,弄到病床上。几个护士拿着约束带气势汹汹跑进病房,丁小非跟在后面,她看见吴风林的双手被分别绑在病床两侧,脚也被十字交叉地约束住。一个护士站在床头捏住他的鼻子,另一个护士用勺子压住他的舌头,把药片放进吴风林的嘴巴,一边灌水。吴风林含着一嘴巴的水,往外使劲喷,有一片药混着水被喷了出来,其余的都随着他换气的时候吞了下去,他们又灌了一次,终于药全部被吞进去了。等他们都走后,丁小非走进去。吴风林躺在满是污垢的病床上,无声无息。他闭着眼睛头偏向一侧,头发湿淋淋的,嘴角被勺子撬破了,挂着血丝,整张脸扭曲变形。因为吴风林刚才的挣扎,使约束带深深地箍着手腕,整个手因血流不畅变得灰白。丁小非上前解开了约束带,吴风林慢慢睁开眼看着她冷笑,说:"滚!"

丁小非离开时,从工作服兜里拿出一个巴掌大小的布娃娃,放在吴风林的床边,然后她走出病房趴在窗边偷窥,吴风林躺在病床上,目光游离,随后他注意到那个红嘴巴的小娃娃，他提起布娃娃凝视着，像是面对一顿奢华的盛宴，接着，他站起来，双手来回地抚摩着布娃娃，丁小非心里揪成一团，看着吴风林缓缓地把娃娃放进嘴巴里，然后拼命仰着脖子，用手指一点点地把布娃娃捅向喉管，使劲，再使劲，吴风林双眼上翻，颧骨凸起，连脚尖都随之踮起了，活像一只被绳子吊住喉咙风干了的烤鸭，但是吴风林终究没能窒息而死，他开始无法抑制地恶心，最后只能把布娃娃拽出来，蜷起身体倒在床上呕吐。

4

它是那么蓝，躺在丁小非的掌心，像是被暴风雨洗涤过的海洋，没有一点杂质。丁小非把它含在舌尖，平躺下来，耳边再次传来浪花翻卷的声音。

一只猫在房外发情，它的叫声从丁小非的手指爬到胸口，让她充满油腻的肮脏感。只有蓝色的三唑仑能让丁小非晕厥，让她离开这个破烂的世界，进入干净的梦中。丁小非越来越迷恋它，它能控制一切游走的喧哗。以前只要有病人睡不着觉，她就会背着医生给他们拿三唑仑吃，看着他们吞下，然后安静地睡去，丁小非的心里就充满了喜悦，我让他们得到了宁静，那就是我的宁静。最后，她的这个举动很快被别的医务人员察觉，在医院开除她之前，她应聘到了西单医院。

和以前相比，她的失眠状况并没有任何好转。到了晚上，丁小非抱着布娃娃，从床头柜里拿出日记本。借着昏暗的月光，她摊开纸张，上面布满黑色的笔迹。丁小非喃喃地朗读着自己的故事，那些字迹逐渐飞腾，塞满了她的房间，让她全身抽搐、四肢冰冷。丁小非翻到最后几页，上面写满了一个人的名字，她把自己的手指划破，血液迅速被稀释在白纸上，变成暗褐色的硬块，丁小非撕下其中一页，放进嘴巴里咀嚼着。她手心攥着几片三唑仑，这是她每天最后的晚餐。

吴风林每晚都在等那个女孩的到来，他没有办法躲避，女孩像影子一样咬住了他。吴风林搂着冰冷的她，他熟悉这个女孩身体的每个部位，熟悉她散发的茉莉花香，熟悉她手腕处每道疤痕。但是他却记不起她是从哪里来，她一会儿躺在一张放着九个布娃娃的蓝色大床上，一会儿又躺在自己肮脏，流满黄色涎水的病床上。有时候，她一边用长指甲在吴风林大腿处掐出一片片淤痕，一边用枕头死命地捂住他的口鼻，不让他呼吸叫喊；有时候，她会把头埋在吴风林的双腿之间，泪流满面地亲吻着，使他燥热难耐，却不让他进入。但是吴风林一直不出声，他默默地看着女孩哭泣，她哭的样子像一只被遗弃的小猫，实际上她也是这样喊的："你不要抛弃我！"可是我曾经遗弃过那么多东西，我怎么能记起？这一切正如他被女孩吸空但却无法填满的躯体，充满痛苦。

5

到了上班时间，丁小非躲在值班室用纱布包好自己伤痕累累的手腕后，端正衣帽，走了出去。医生们在交班时探讨了一下吴风林的病情,他的怪异举止和自杀倾向经过一个多月的治疗并没有明显好转,医生已经给他加上了氯氮平,吴风林服了这种药以后,出现四肢发僵、目光呆滞、行动迟缓的症状,流涎水,枕头上满是黄色的印渍。

到了中午进餐时间,吴风林却拒绝进食。护士们都忙着照看别的病人,丁小非端了一碗饭对护士长说,"我去给吴风林喂饭吧。"护士长一边用吸管给一个亚木僵状态的患者喂水,一边说,"好好,你快去吧,他要再不吃,我们只能报告给他的主管医生给他输液了。"

丁小非走进了吴风林的病室,发现吴风林正趴在窗边抠玻璃边缘的白色黏土吃。丁小非走上前拍了拍他的肩膀。吴风林扭身看着她,嘴角还挂着一片黏土。

丁小非把他拉到床边坐下,吴风林却突然跳起来狂笑。

她使劲把手舞足蹈的吴风林往床上按,可是吴风林不停扭动着身体,逃离她的控制。丁小非一巴掌恶狠狠地扇过去,吴风林的面颊顿时出现几道红肿。吴风林被打傻了,安静地坐了下来。

丁小非端过碗,挖起一勺饭。

吴风林倔强地闭着嘴巴,头偏向一边。丁小非冲上前扳着他的嘴巴,把那勺饭塞过去。吴风林索性闭上眼睛,任凭她折腾。丁小非使出全身力气,依旧不能把饭菜塞进他的口中。油腻腻的饭菜一些糊在吴风林的脸颊上,一些沿着领子掉进衣服里。丁小非筋疲力尽地放下勺子,从兜里掏出一张纸片,上面布满字迹和一片暗褐色的硬块。

"吴风林,看看这是什么!你认得不认得?"

吴风林睁开眼睛注视着面前的纸片。他看得很仔细,上面仿佛写着一个人的名字,让他一度感觉是那么熟悉。从记忆深处浮现出不可名状的云块,时而苍白模糊,时而清晰透明,窗外的阳光穿透纸片发出斑斓炫目的光芒,他看见许多蝴蝶在眼前舞动,最后变成纸上的字迹,扑扇着翅膀做着垂死的挣扎。这是什么?这些究竟是什么?他想看清楚,但那一片蝴蝶干扰着他的目光,所有的字迹都开始忽高忽低地飞翔。

丁小非看着吴风林把视线从纸上移开,然后专注地抠着指甲里的污垢,丁小非眯起眼睛,使劲咬着自己的舌头,把纸片撕得粉碎,然后往吴风林嘴巴里塞。

这次吴风林没有抵抗,他带着迷茫的神情机械地吞噬着这些纸屑。丁小非慢慢松手,她后退半步,看着吴风林咀嚼着满嘴的纸屑,嘴角流出颜色古怪的口水,奇臭无比。她忽然感到一阵强烈的恶心,丁小非扶住窗沿开始干呕,泪水随之呛出。

当她再次抬头的时候,吴风林已经吞下了所有的纸屑。丁小非又从兜里掏出一个东西,放在吴风林的手上,这是一个红嘴唇,扎着小辫子的布娃娃。吴风林狰狞的脸上露出隐约的笑容,他抓起布娃娃就递到嘴边,津津有味地撕咬着。丁小非转过身,四肢发软,她一边扶着墙,一边再次干呕着退出病室。

6

丁小非来的这几天，医务人员都在背后叫她"冷美人"。她从来不主动和同事说话，更多的时候她一言不发地坐在那群表情僵硬的病人中。她静坐时放在膝上颀长、近乎贫血的手指会不停地抖动；当她行走时，背绷得紧紧的，头颅高高抬起，脚步轻飘。丁小非似乎对眼前的事情无比专注，当你站在她面前时，你会发现虽然自己的身影清晰地投射在她的瞳孔中，但是她的目光却好像永远穿越了你，停在你的身后。病区里的工作人员一致认为丁小非让他们感到窒息和紧张。他们自嘲地说，精神病院里没有一个正常的，当然这也包括他们自己。

中午，医务人员都在小餐厅照顾病人吃饭。丁小非一个人在护理站摆药，那些五颜六色的药片坠落在药杯里的声音，敲打着她的耳膜，发出空旷和深厚的回声，让她心烦意乱。丁小非站起来走到了病历架前，目光停留在吴风林的蓝色住院卡上，在诊断一栏中，D或者SCH，像两个古怪的密码，前者是抑郁症的意思，后者是精神分裂症，这表明吴风林将要以其中一种状态来度过下半生。还会有更多的人被打上标记，出现在这里，丁小非心里充满莫名的恐惧。

她起身走到了窗边，窗上挂着薄薄的白雾。她贴近玻璃发现上面写着模糊的三个字——丁小非，字迹已经在变形，缓缓融为水珠，她像发现了一道诅咒，猛然举起双拳扑过去。玻璃碎了，一股寒冷的空气迎面而来，丁小非把鲜血淋漓的双手放到水管下，血液随着冰冷的水流一同下坠，在水池里打转又慢慢消失，那刻她没有感觉疼痛，只觉得无比畅快和轻松。

人们都朝发出巨响的护理站跑来，门外围拢了一群病人。

护士长走进来问丁小非，"怎么了？出什么事了？你的手出血了，快去包扎一下。"

丁小非故作轻松地说，"没事，护士长。我刚要去把玻璃窗推开，没有想到它一下子就碎了，我的手不碍事。"

"这玻璃窗质量怎么这么差！小非，来，我给你涂点药。"护士长边说边从治疗室拿出碘酒瓶。

护士长勾着头给她涂药的时候，丁小非瞥见吴风林悄悄在地上拾起一块碎玻璃放进口袋。当他直起身，目光与丁小非相遇时，丁小非冲他微微一笑，吴风林木然地站在原地。

到了下班时间，丁小非走进吴风林的病房。吴风林手中正握着那块碎玻璃，他看见丁小非后就马上把玻璃塞到枕头底下。丁小非装作什么都没有看见，她走到吴风林面前递给他一个布娃娃。吴风林拿着布娃娃对丁小非傻笑道。丁小非看他充满好奇地把玩手中的娃娃，长叹一口气，走出了病室。

7

洗完澡，丁小非披散着湿漉漉的头发躺在床上。她看着枕边最后一个布娃娃，想起了另外八个。她每天给吴风林一个，这已经是第九天了，那八个布娃娃不知道吴风林是如何处置的，是藏起来了还是丢掉了。这些已经变得不重要了，重要的是在丁小非把所有的布娃娃送出去后，她还要做什么。此刻，她的大脑一片空白，从进西单医院到现在八天过去了，她仿佛感到像八年一样的漫长，而在这虚度的八天里，她依旧什么都没有忘记，另一个人依旧什么都没有记起。最后一个布娃娃应该成为终结者，丁小非死死地握着它对自己说。她已经没有力气再等待下去了，她拉开床头柜，摸出几片三唑仑吞了下去。

今天晚上，吴风林很清醒，他失眠了。医生给他开了几片安眠药，但是他依然睡不着。这不是他的本意，他越来越喜欢睡眠，因为这样他才能做梦，才能遇见女孩。他赤脚蹲在地上拉出藏在床下的八个布娃娃，吴风林发现这些娃娃的嘴巴都是殷红的，他伸出舌头舔了舔，有点像一个人嘴唇里的甘甜，有点像一个人手腕破溃处的血腥。他慢慢想起了什么，当他抱着这些娃娃的时候，他好像说了——我爱你。那时候，娃娃的嘴巴还是粉红的，那时候它们都还很干净。一个女孩赤裸的背影在他面前摇晃，她的皮肤光滑、细腻。她喜欢蜷在吴风林的怀里睡觉，鼻翼轻轻抖动，长长的睫毛不停眨动。慢慢地，血液从她的嘴角流出，然后是耳朵、鼻孔、眼睛，她的四肢都开始出血，她被一片红色的液体浸泡，白色莲花在她的乳头上盛开，绿色的苔藓在她的下体不断蔓延，她闭着眼躺在水里，拧掉了布娃娃的头，她说着："恨！"吴风林猛然惊起，手里的娃娃散落一地。

8

第二天上午交班的时候,男厕所里突然传出金属掷地的声响。医护人员立刻感觉不妙,纷纷奔往声音发出的地方。走廊上出现了蜿蜒的水流,并在不断拓宽延伸。水是从男厕所流出来的,他们来到门外,只见门缝下还在不停地朝外涌水。打开男厕所的门,丁小非看见厕所上方弯曲的排水管道已经断裂,一半掉在地上,一半还孤零零地垂在天花板上,像豁嘴的孩子,从口里喷射出哗哗的水流。水流下还有一个赤裸着上身的人,那就是吴风林。他叉着腿坐在积水中,全身已被打湿,他一面双手拍地,激起朵朵水花,一面哈哈大笑。最奇怪的是:他的脖子上套着自己的长袖病号服,衣服已被拧成麻绳状,打着死结,现在看来有点像一个救生圈。

"他一定是准备上吊,但没有想到水管会断。"经验丰富的主任在一边下着结论。工作人员马上把吴风林架进了病室,并给他绑上了约束带。

最后主任命令工作人员对吴风林施行特级护理,二十四小时不离医护人员的视线,并加大镇静药的剂量,给他每天肌注两支安定……

但是到了中午,吴风林趁护士去给其他病人发药的时候,又进行了第二次自杀——他挣脱了约束带,用一块锐利的玻璃划开了自己的血管,正巧被一个巡视的护士发现。当丁小非他们闻讯赶到时,病床边的地上和床褥上都泼洒着大块大块鲜红的血液。吴风林脸色惨白,右手无力地垂下,汩汩鲜血从手腕流出坠入地面。医生立即给他缝合包扎,护士长愤怒地吼道,"他从哪里弄的玻璃?你们是怎么工作的,难道你们一直都没有注意到病人携带着这种危险的物品吗?"护士们都低下头,这确实是一个严重的工作失误,但是这块玻璃到底从何而来呢?只有丁小非盯着脚下已呈褐色的血块冥想,人到底要流多少血才会死呢?

9

丁小非对着镜子涂口红,饥渴的嘴唇在散发着淫荡的红色光晕里苏醒,她一遍又一遍地来回擦拭,并从嘴唇转移到赤裸的全身,镜子里单薄的白色肉体逐渐充盈,一团丰满的殷红覆盖了她的乳房、小腹和大腿。这时,一阵尖锐的闹铃声打断了丁小非的动作,她拿起桌上的手机,已经是晚上九点钟,到了上班时间。今天主任通知他们晚上去加班,一起看护吴风林,防范他疯狂的自杀行为。丁小非穿上衣服,临走时在兜里塞满了东西,还带上了最后一个布娃娃。

当她走进病区时,其他奉命加班的医务人员都已到岗。他们搬了一张桌子和几个椅子放在吴风林病室门口,然后围坐着,一边嗑瓜子,一边聊吴风林今天的两次自杀行为。他们对一个精神病人在寻死中表现出的智慧很惊奇。"你想想,他居然会把上衣拧成绳子并找到一个弯曲的水管上吊,他居然会自己解开约束带并把一块玻璃藏得不露痕迹,这说明什么?这说明我们的精神病人，虽然精神有问题，但不是傻瓜和白痴，他甚至比我们这些正常人都要聪明。"一个医生说完，其余的人哄堂大笑，口中还连连称是。

死亡，可以让一个人强大。丁小非没有对他们说。她坐在一边，手里不停地转动玻璃杯。这个夜晚，是如此安静。没有病人冲动，没有病人狂叫，他们在梦中发出了均匀的呼吸，像海滩上陈列着鲸鱼的尸骨，被柔软的浪花带入无边的静谧。值班人员依旧兴致盎然，他们不断变换着话题。丁小非抬头看钟，十二点已到，她的手指不停叩击着膝盖，全身发热。

"我去买点饮料回来喝吧？"终于，她站了起来，对同事们说道。

"好啊，好啊，我们都渴死了。"他们对这个提议表示赞同。

丁小非回来后，进治疗室拿了几个塑料杯子，然后将打开的大瓶橙汁倒给他们。他们边喝边谈，丁小非独自走进护理站写病历。半个小时过去了，走廊上逐渐变得寂静，丁小非缓缓走出来，她看见那些值班人员都趴在桌子上睡着了。丁小非摇了摇他们，没有反应。她露出诡秘的笑容，转身走进吴风林的病室。

走廊上的灯光透入病室，丁小非凭借着微弱的光线来到吴风林床前。她摸索着解开了约束带，吴风林马上睁开了眼睛，显然他一直没睡。

吴风林站起来从床下拿出八个布娃娃，他像母亲一样紧紧地把它们抱在怀里。丁小非走过去,从兜里拿出最后一个娃娃放了上去。吴风林看着她,笑了,笑得那么温暖,那么开心。"小非,"他说,"小非,你是我的。"

丁小非的身体像秋日里的落叶,瑟瑟地抖个不停。她看着吴风林,吴风林的泪水在月光下熠熠发光。丁小非的手指抚过他的泪水,抚过他的眼睛、鼻梁,然后停留在他冰冷的嘴唇上。"风林!"丁小非用牙齿咬住了吴风林的嘴唇,吴风林用双臂使劲挤压她,仿佛要把她挤进自己的身体。他们狂烈地相互撕咬着,甜丝丝的血液从他们的嘴里流出。他们亲吻拥抱着倒在床上,突然从丁小非口袋里倾倒出很多颗粒,那是些药片,这堆三唑仑摊撒开,像一片蔚蓝色的海洋。

丁小非抓起一把嚼着,吴风林也塞了一把在嘴里,然后他猛然撕开了丁小非的衣服,勾下头疯狂地咬着丁小非的乳房、小腹和大腿,丁小非涂满口红的部位把吴风林的嘴巴染得血红。丁小非大声尖叫着,她搂着吴风林的腰,让他更深更猛烈地进入自己。吴风林弯着身体,像一羽锐利的弓箭,带着丁小非的鲜血,一次又一次扎入她两腿之间。床剧烈地摇摆着,他们一边相互攻击,一边大把大把地吞下三唑仑。他们在蔚蓝潮湿的海水中起伏,空气里散发出诡异的腥味。这个夜晚多么安静啊,他们终于带上了那些纵横交织的伤口,一同下沉……

一根女人的烟

苏瓷瓷

午夜,我守着你,点上一根烟
你在雾里复活,眨着眼睛
我知道 你想说什么,从门外涌进冬天的寒冷
失明的少女敲击着地面,向我走来

我和我的蝴蝶,在病床上苏醒
我们闭上嘴巴流泪,假设还在睡眠
针扎在血管里,运送另一个世界的热闹
我静静地拿出剪刀,伸向你心脏的触角
我想进入你的梦,看看那里的冬天
有个男人提着鱼走过
你爬在窗上,闻到血腥

在离开彼此的时候,我们还剩下池塘
你像鱼一样吞下药片,在水里起伏
生出了气泡,生出了破灭,生出了空白
生出我们对应的脸
我抱着枕头,睡在你冰冷的体内
再等一年,一年里有更多的生物将被淘汰
你和我,会留下来,作为记载

伴　娘

1

星期六的早上一个电话把唐凄凄从梦里吵醒,她挣扎着从被子中伸出手臂拿起手机,"喂,是晓霞吗?"一个甜美的声音从听筒里飘了出来,唐凄凄一下子打了个寒战,马上睁开睡意迷蒙的眼睛,她迅速坐了起来问道,"你是?"

"我是马蘅啊,你是不是睡傻了,我的声音都听不出来了!"女人说完莫名其妙地笑了两声。

唐凄凄一听到这个名字就皱起了眉头,"有什么事啊?"她强迫自己把声音调整得很柔和。

"你还在睡觉啊?"

唐凄凄口里嗯着,用另一手从床头柜上的烟盒里摸出一支香烟点上。

"你说你也不小了,还天天睡懒觉,看以后哪个男人敢娶你!"马蘅在电话那端嗔怪道。

唐凄凄弹了弹烟灰不耐烦地打断她,"你一大早找我有什么事？要没事我挂电话了。"

马蘅那边沉默了片刻才说，"你现在怎么脾气那么大？是不是一个人过有点儿内分泌失调啊？"还没等唐凄凄反驳，马蘅又说，"我想找你当伴娘。"

"伴娘？"唐凄凄突然大脑一片空白。

"是啊。我下个星期天结婚，你来给我做伴娘，到时候早点儿来我家陪我一起去化妆啊！"

"你先等一会儿，你说你下个星期天就要结婚？和谁啊？"唐凄凄连忙追问。

哈哈，马蘅大笑两声说，"当然是和我老公了，他可是留美博士哦，我们结婚后就要一起移居到国外的。"

唐凄凄冷笑着说，"怎么从来没有听你说过这个人？你们怎么勾搭上的？"

马蘅得意地笑了笑说，"你就别问那么多了，反正你记得下个星期天早点儿来我家就是。我挂电话了，晓霞，拜拜！"

还没等唐凄凄回话，马蘅那边就挂机了。

下星期结婚，和留美博士？唐凄凄捏着手机发怔，直到烟头烫到手指她才清醒过来，她再次把手机放到耳边，里面却没有声音。"我操！你能不能不叫我晓霞?!"唐凄凄愤怒地对着手机大喊一声，然后用力地把它抛到了地板上。

在唐凄凄还是唐晓霞的时候，就认识了马蘅。她注定生命中绕不开这个女人，她们在同一个产房出生，母亲们是邻居外加结拜金兰。她们在一个胡同里一起长大、一起上学，情同姐妹，形影不离。后来马蘅家搬走了才少了联系，不过两个人还是会时不时地聚一聚，当然更多的时候是马蘅来找唐凄凄。

自从三年前唐晓霞从银行辞职改名"凄凄"后，她的生活就发生了翻天覆地的变化。她经常蜗居在家中，白天睡觉，晚上写作，少言寡语，唐凄凄对这样的生活很满意，一个人活到二十五岁才找到理想，是件挺不容易的事情，所以她格外珍惜。倒是马蘅嗤之以鼻，自从唐凄凄辞职以后，她屡次提醒唐凄凄这是她生命中最大的错误决定，开始唐凄凄还反驳她，但是半年后她就失去了兴趣，自己过自己的，干别人什么事啊？她只在一边笑着看马蘅痛心疾首地指责自己。

可是马蘅怎么这么快就要结婚了呢？之前没有对唐凄凄透露半点儿风声，直到现在她也不知道新郎的名字。唐凄凄窝在被子里盯着黑色的窗帘，她知道那个男人一定很优秀，最起码在马蘅眼里是这样，不然她不会不介绍他们认识。唐凄凄叹了口气，她为马蘅的小伎俩感到悲哀，同时也有些失落。她甩了甩头决定不再想结婚这档事，她把烟灰缸挪开缩回手臂重新蜷缩在被子里，今天格外冷，唐凄凄抱紧自己的膝盖在被子下直哆嗦。

2

一觉醒来已是下午三点，唐凄凄睁开眼睛，窗户上已是一片白蒙蒙，她光着脚跑到窗边用手擦了擦玻璃，外面在下雪，树梢上像挂着小纸片，地面上有些许黑土裸露出来，一群孩子在用薄雪堆雪人，堆出了一大块肮脏的五官模糊的脸。唐凄凄转身准备回到床上的时候，突然踢到了什么，她低头一看，是自己四分五裂的手机，她蹲下身慢慢捡起手机残骸，就是这个电话带来了马蕑要结婚的喜讯。

结婚！结婚！唐凄凄使劲揪住了自己的头发，心里莫名的烦躁。"结个狗屎婚啊！"她大骂了一句跌坐在地板上，不知过了多久，双腿之间流出些温热的液体，唐凄凄反应迟缓地掀起睡裙看了看然后脸色灰暗地走进了洗手间里。她坐在马桶上，体内的血液一点点流了出来，唐凄凄极不耐烦地双脚来回蹭着，恨不能找把刀子捅自己一下，好让该流的鲜血一次流完。从她第一次来月经起，她就抱着这样的想法。那年她十五岁，和马蕑一起读高中。马蕑是个早熟的女孩，十三岁就来了，从此后就开始疯狂地发育，到了高中的时候，她已经是身材丰满、双乳硕大。在唐凄凄的小阁楼里，马蕑经常掐着她纤细的腰说，"我羡慕死你了，你看我现在有多胖，丑死了，你怎么还是那么苗条啊！"马蕑每说一遍手下就用劲一分，瘦小的唐凄凄强忍着疼痛笑眯眯地看着她恶狠狠的表情。

唐凄凄初潮的那天一点儿征兆都没有，她正坐在教室里和马蕑一起写作业，她们俩都是优等生，但是唐凄凄总是考第一，马蕑第二，虽然每次都相差不远，可就是那几分，无论马蕑怎么努力都没有办法超越唐凄凄。所以她们在一起复习，如果唐凄凄不走，马蕑也会一直待着。那天教室的人都去吃午饭了，熬了一会儿，唐凄凄的肚子开始叫唤，她伸了个懒腰合上书本对马蘅说,"我们去吃饭吧?"马蘅立刻放下书本如释重负地说,"好啊!那快点儿,我要饿死了。"就在唐凄凄起身的瞬间,她感到肚子一阵绞痛,两腿间发热,她捂着腹部又坐下。

"怎么了?"马蘅关切地问道。

唐凄凄摇摇头说,"没事,突然肚子疼。"马蘅陪她坐下,等了一会儿,唐凄凄才站了起来,"好了,现在不疼了,我们快去吃饭吧。"

马蘅点了点头,唐凄凄快步走到教室门口看见马蘅拿着饭盒慢吞吞地走在身后。"你怎么了?快点儿啊!"她催促道。

马蘅慌张地应了一声跟了上来。

校园里人潮涌动,学生们都拿着饭盒来来去去,从教室到食堂唐凄凄觉得有些不对劲,怎么一路上那么多人向自己投来奇怪的目光,甚至还有些窃笑的表情。唐凄凄看了看身边的马蘅,她和往常一样昂首挺胸,目不斜视。可能是自己多疑了,唐凄凄吸了口气和马蘅一起慢慢往寝室走去,还没有走到寝室门口,一个高年级的女生就跑过来拉住了她。

"晓霞,你还不走快点儿!"那女孩一把抓住唐凄凄的手腕焦急地说。

唐凄凄莫名其妙地看着她,"我?……"

还没等她说完,女孩就把她往寝室推,一边推一边小声说道,"你傻啊你,来那个了都不知道啊!看你裙子上弄得都是!"

唐凄凄一听头立刻嗡的一响，她手忙脚乱地跑进寝室，等她放下饭盒对着镜子察看时，才发现自己的白裙子后面有一大块鲜红的血渍。难怪了，难怪刚才那么多人用奇怪的目光打量自己！唐凄凄羞愧地咬着嘴唇，全身发抖。这时马蘅走过来拍着她的肩膀说，"晓霞，快换衣服啊！"唐凄凄的手脚已经不听使唤了，在马蘅的帮助之下才换好衣服，然后马蘅从自己抽屉里拿出一包卫生巾递给她说，"快去厕所。"那一刻，唐凄凄感动得眼泪都快流出来了。她垂着头迅速跑到厕所，等她弄好站起身的时候，她突然想到一个问题，马蘅从教室出来就走在自己身后，难道她没有看见自己的裙子脏了吗？唐凄凄回忆起在教室她催促马蘅时，她脸上的慌乱神情，她看见了，她在那个时候就看见了！她比自己早来两年月经，不会不清楚！通向寝室的走廊变得漫长，唐凄凄的眼前闪现出很多张嘲笑的脸庞，马蘅！马蘅！唐凄凄攥紧拳头，她的双手交替掰动着关节，咯咯嘣嘣骨头撞击的声音直到寝室门口才停止。唐凄凄慢慢推开门，马蘅站在布满兰花的窗帘前扭过头，"你没事吧？"马蘅对她粲然一笑。

那幅画面直到现在还是清晰无比，唐凄凄站起身看着马桶里的一潭鲜血。从那件事情以后，唐凄凄就开始失眠。白天她总是挨着墙角走，生怕遇见什么人，一旦有人远远地对她打招呼她就开始呼吸急促，然后迅速转身跑掉。现在想来当初的恐惧有些幼稚，但是对处于青春期的唐凄凄来说，那种羞耻感让她终生铭记。若干年过去了，唐凄凄已经二十八岁，经历了不少事情，有了波澜不惊的胸怀，但是当年留下的后遗症——失眠和经期时的情绪低落却无法挥除。

唐凄凄板着脸看着窗外，她实在不想出门，但是没有办法，卫生巾快没有了，她穿戴好衣服戴上墨镜别别扭扭地打开门。走到楼下的门卫室，她马上低下头准备快速跑过去，可是来不及了。

"唐小姐，出门啊？"

唐凄凄硬着头皮转过身，一个皮肤萎缩成干枣的老头笑眯眯地冲她打招呼。

"是啊，出去买点儿东西。"说完唐凄凄迅速走出大楼，走出两步她又回头看了看，看门的老头还站在原地冲她微笑，唐凄凄知道那个男人盯着她的屁股，她无可奈何地继续走在他的视线中。

自从辞职以后，唐凄凄根本没有意识到自己的新生活会充满荒诞，直到她搬到这栋大厦，遇见这个老头。他经常没事找事和唐凄凄搭讪，一双老眼昏花的眼睛还吃力地凝视着她，唐凄凄熟悉这种表情，男人眯着眼睛，嘴角歪斜就是在向女人调情。她一直不明白为什么这个老头对她情有独钟，是自己穿着暴露还是举止轻佻，给别人不是良家妇女的错觉？唐凄凄反复自省，觉得都不是这些原因。有一次她半夜出门买烟的时候，老头疼惜地对她说，"唐小姐，保重身体啊，你老是晚上出门白天睡觉可不好。"唐凄凄看着老头暧昧的表情恍然大悟，原来他以为自己是做小姐的。唐凄凄气得咬牙切齿，本想反驳几句却突然觉得全身发虚,最终她还是什么都没有说,默默地走了。回到家里,唐凄凄越想越愤怒,她把房间翻了个底朝天,把自己历年发表的刊物还有获奖证书全部找了出来,她抱着一大沓沉甸甸的书籍准备去找老头算账,她要正气凛然地告诉他,"我是一个作家,妈妈的!"走到门口唐凄凄不小心摔了一跤,书本像磐石般压在她的身上,唐凄凄躺在地上看着天花板突然笑了,笑得满脸泪水。

你要去向谁证明?证明什么?一个女人不结婚、不恋爱,每天晚上起床吸烟写作,早上蒙头大睡,偶尔出去还戴着墨镜,一脸苍白和倦怠,这和做小姐的有什么不一样?都是自由职业者,都是离群索居,都是为了生计拼将一生休的女人,说起来自己凄清的日子还比不上别人夜夜笙歌的潇洒,还有什么好去争辩的呢?唐凄凄想了半天,竟然第一次对目前的生活产生了恐惧。

她从地上爬起来走进洗手间,镜子上印着一张女人的脸,黑眼圈、尖下巴、皮肤苍白松弛,目光呆滞,像一个久病不愈的人,关节里滋长着黏糊糊的霉斑。衰老,是个可怕的字眼,它的后面排列着一堆危机,嫁不出去、病痛、孤独、贫困等等,唐凄凄想起三年前自己辞职时的意气风发,这些问题曾经在理想面前显得遥远渺小,两年前马蔺担忧地对她说,"晓霞,你要写到什么时候为止?你应该考虑结婚了。"唐凄凄嗤之以鼻地回答,"我要写到自己写不动为止,写不了了再嫁人。"直到现在唐凄凄也没有到写不动的时候,这曾让她深感骄傲,也让她身陷尴尬,虽然她才思敏捷,却一直没能成为知名作家。她始终想不通,马蘅的意见是,你知道中国有多少人在写作吗?比你优秀的人多得是!最主要的是无论你本人还是你的作品都没有卖点儿。要是早几年你还能赶上"美女作家"那拨,可是现在比你小,比你年轻漂亮的丫头多得是,你已经是明日黄花了。唐凄凄怔了半天,她不知道马蘅说这话是讽刺自己还是宽慰自己。是的,她不再年轻甚至常年的熬夜让她美貌尽失,可是这和写作有什么关系?她不以为然地又写了两年,退稿越来越多,日子越来越穷,而书店里堆积的小说越来越杂,有十几岁的学生写的,有青春偶像派的少女写的,有坐台小姐写的,唐凄凄才绝望地发现自己真是永无出头之日了。更可悲的是常年隐居的写作生活已经让她远离社会、人群(主要是指男人),所以就算她现在想退而求其次先嫁个好点儿的男人,也成了奢望。从此唐凄凄对写作失去了激情,但是她并没有停笔,她已退化到除了写作什么都不会的地步,理想终于沦为谋生的手段,食之无味弃之可惜。

3

唐凄凄走进一家商场,她对周围色彩缤纷的服饰目不斜视,径直走到了卖卫生巾的柜台。这些年她已经练就了这样的本事,将自己压缩成了一个质朴的女人,绝不爱慕虚荣,毕竟虚荣是要花钱的,所以她极少逛街,马蘅拉了她几次都被拒绝了。唐凄凄解释女人的需求本就该简朴,马蘅嘲笑她穷疯了,哪个女人不愿意自己光彩照人，如果拒绝购买化妆品和服装那只会因为没有钱。唐凄凄觉得这是原因之一，而不是主要原因，主要原因是欲望才会让人衰老和丑陋，或者只有不自信的女人才会把时间、金钱耗费在装束上。马蘅对她严肃的理论笑得花枝乱颤，"逛街采购是女人的特性，如果连这点儿都荒废了，那意味着她已经没有女人味了。"这是马蘅的回答。唐凄凄心中有点儿悲伤，马蘅这话无懈可击，这个世界上处处存在真理，可是它们没有用，每个人的真理都是为自己而设的，谁都想留条退路宽慰自己。

开始的时候唐凄凄很难过，每当她从喜爱的服饰面前抽身离去的时候，手脚冰冷，一个没有能力满足自己的女人心里是凄凉的。等到唐凄凄偶尔收入了几笔颇丰的稿费能满足自己的时候，她才发现已经失去了着华衣的机会，没有朋友，没有交际场，漂亮的外套只能裹着她在路上收获几缕色迷迷的目光。唐凄凄自此彻底断了念想，整日穿着色泽暗淡的旧衣服，素着一张脸，反正都是无人欣赏。

当唐凄凄怀揣着卫生巾走过女装柜台的时候，她听到一阵嗲得让人汗毛竖起的声音。唐凄凄望过去，一个腰成水桶状的半老徐娘正在试衣镜前搔首弄姿。

"亲爱的，你说我穿这衣服好看吗？"她侧着脸问身边的男人。

男人体形魁梧，穿着灰色的休闲服，头发浓密，背对着自己。"好看，好看！你穿什么都好看！"他和女人说话的时候不由自主地弓起脊梁。

唐凄凄站在模特身后捂着嘴巴笑了起来,真是蹩脚的谎话,那个女人身上套着一件紧绷绷大红色的毛衣简直像桶康师傅麻辣面,你还要骗别人好看,这个男人真不地道。

女人听后却是一副欢天喜地的样子,抖着一身赘肉跑进更衣室。男人看着那个硕大的身影消失后马上又直起背松了口气。一个身材婀娜的女孩从他身边经过,他马上转过头用目光去追捕。就在这一瞬间,唐凄凄看到了他的脸,这个男人长了张娃娃脸,看起来只有二十多岁,眼睛细长,嘴唇红润单薄,但是唐凄凄知道他早就过了三十岁,是个不折不扣的中年人,他的眼睛不再清澈,但还是波光滟滟,这是他的资本,也是唐凄凄的噩梦。

唐凄凄迅速从商场里跑了出来,她抬头看了看四周耸立的高楼,感觉自己像被关在笼子里的动物,这个城市坚硬的马路让唐凄凄越来越无所适从,还有身边熙熙攘攘的人群,像一个个浮光掠影冲撞过她的身体,向前方奔去。唐凄凄戴上墨镜,立刻置身于一片灰色之中,只有压低的天空如一块补丁贴在她的视线里。

唐凄凄像个失去平衡的人,一路上跌跌撞撞,身边的人群在咒骂,她已经听不到了。算起来她有五年没有见到过那个男人了,虽然他们一直住在同一个城市,但是当你决定去回避一个人的时候,他就会很自然地消失。可是他们今天却狭路相逢,让唐凄凄懊恼不已,她恨的是自己,为什么事隔多年再次邂逅他会心神不宁。和初潮时期的耻辱感一样强烈，什么时候翻开看看都还是淌着血的伤口。

这个不期而遇的男人激发了唐凄凄的回忆，往事如同发酵的海洋在她心中剧烈膨胀，她有一肚子的话要找人倾诉。找谁呢？唐凄凄想了半天，只有一个选择，就是马蔺。唐凄凄习惯性地摸了摸口袋才想起来今天一大早自己就把手机给砸碎了。"妈的！"她恶狠狠地骂了一句，拿出一块硬币在电话亭给马蔺打了个电话。

五分钟过后，唐凄凄已经坐在了咖啡馆里。马蔺不大愿意出来，她一直追问唐凄凄找她有什么急事，费了半天口舌，唐凄凄抛了句狠话，"你今天要不出来，我们就绝交。"电话那端沉默了片刻，马蔺是知道唐凄凄个性的，她只能妥协。

唐凄凄在等待马蔺的过程中并不焦躁，她也想在马蔺出现之前留点儿时间平息一下心情。她试着用各种平静的语气进行开场白，但是当马蔺刚坐下，唐凄凄就双手撑着桌子站起来急切地对她说，"我今天遇见王明朗了。"马蔺慢条斯理地脱下外套说，"你就为这事儿找我？"唐凄凄看见她眼角上挑，她在冷笑。突然，唐凄凄僵在那里，她痛恨自己没有掩饰好情绪。

唐凄凄没有说话，她慢慢坐下。

"你怎么不接着说啊？你在哪里遇见他的？他看见你没有？你们聊了些什么？"马蔺来劲了，她连珠炮般地发出一堆问题。

刹那间，唐凄凄兴致索然。她什么都不想说了，关于那个男人，关于他现在的模样和他身边的女人。

"你怎么哑巴了你？刚才还一个劲地催我出来，这会儿又不说话了。说说看，他现在怎么样？"马蘅伸长了脖子，脸使劲往唐凄凄这端凑着。

有段时间没有见到马蘅了，现在她已经是个准新娘了。气色比往常都好得多，脸庞圆润起来，火红色的长发染成了含蓄的板栗色，脸上的妆清淡下来，对人说话也是一副低眉顺目的样子，看来结婚真的能改变一个女人，马蘅居然会变得这么淑女。

"你那边的耳环呢？"唐凄凄指着马蘅的右耳问道。马蘅曾疯狂地在一边耳朵上穿了八个洞，戴了一排亮晶晶的耳环招摇过市。

马蘅摸了摸空荡荡的耳垂无奈地说，"早就摘了，刚认识我老公的时候就摘了，怕他不喜欢，他可是个很保守的人呢。"

唐凄凄一边拍着桌子一边大笑，惹得旁边的人纷纷侧目。

"你发什么神经啊？！别人都在看我们呢！"马蘅压低声音瞪着唐凄凄。

唐凄凄边笑边说，"你他妈就装吧，你怎么装也是个女流氓！等哪天你那个亲爱的博士知道了你的真面目，你就等着做怨妇吧！"

马蘅没有生气，她若有所思地注视着唐凄凄，然后缓缓说道，"怎么回事？是不是今天遇见你初恋情人受了刺激？想拿我撒气啊？我告诉你，我还偏不上当！我女流氓怎么了？怨妇又怎么了？总比你好啊，你倒是一身清白，现在还不是光棍一个。你就笑吧，等我结了婚去了国外，我看谁陪你。"

唐凄凄的拳头在膝盖上攥得紧紧的，她期望马蔺的反应是破口回骂，最好是盛怒之下打自己一耳光，那么她就有理由和马蔺好好打上一架了。多年前她就想这样做了，可是马蔺总是这副心平气和的样子，这是世界上蔑视对方最狠毒的方式。她永远不是马蔺的对手，唐凄凄的拳头摊开狠狠地抓着身下的坐垫。

"其实你不说我也知道。你是不是看见他和一个胖得像猪一样的女人在一起？那女人是个有钱的老板，包养他几年了。现在这个世道真是不一样了，女人有钱也可以玩男人。看来我们要像那个女老板致敬，她可是女权主义的先驱啊！"马蔺似笑非笑地瞅着唐凄凄说。

唐凄凄一言不发，桌上的咖啡冒着烟雾，马蔺感到她的表情变得很模糊，她不知道唐凄凄在想什么。"不就是为个男人吗？"马蔺觉得唐凄凄真是无可救药了，她伸了个懒腰对唐凄凄说，"晓霞，你别发呆了，赶快回去吧。就当你今天没有遇见王明朗，那个王八蛋还有什么好想的。我下星期结婚，你可记着给我当伴娘的事啊！"

唐凄凄木木地点了下头。

马蔺看了看表说，"那我先走了，不然我老公一会儿回去看我不在家又该问东问西的了。"

马蔺临走前拍了拍唐凄凄的肩膀说，"晓霞，你怎么永远都那么幼稚？你记着以后再别为男人的事失态，也别再为男人的事找我。我的意思就是，别把男人当回事儿！"

这段像绕口令一样的话，唐凄凄无比熟悉，早在五年前，或者更早的时候，马蘅就教导过她。可是现在马蘅还需要再次教导她，可见唐凄凄真的如朽木般了。其实唐凄凄早就在抗议了，她嘴里不停喃喃地说着，"我没把他当回事儿，我真的没把他当回事儿……"没有人听到这句话，也没有人知道发生了什么，只有一个穿着黑衣的女人坐在咖啡馆的烟雾中念着咒语。

4

就是十六岁那年，马蘅正式成为一个女流氓。她刚上高一的时候就开始早恋，此后学习成绩一落千丈。一天下午班主任叫来了马蘅的爸爸，唐凄凄和马蘅趴在走廊的栏杆上，她们看着两个人一前一后地穿过楼下的篮球场，胖乎乎的女老师像个领袖趾高气扬地走在前面，马蘅的爸爸佝偻着身体尾随其后。

"蘅，怎么办？"唐凄凄担忧地注视着他们的背影。

马蘅牵强地笑了笑说，"能怎么办，准备好回去挨打呗。"说完她用手比划出机关枪的姿势，冲着女老师远去的背影开始扫射，"我要杀了她！"马蘅紧咬着嘴唇说道。

那天下午放学她们两个都默不作声，走得异常缓慢。终于到进胡同的时候，唐凄凄对马蘅说，"你还是和他分手吧，要不你爸会打死你的！"

"不！就是打死我，我也不会和他分手！"马蘅一脸坚毅。

"他真的有那么好吗？"

马蘅靠在墙上闭着眼睛，灿烂的阳光在她下垂的睫毛上涂出一层金黄。"为什么不回答我？"唐凄凄用手臂碰了碰冥想之中的马蘅。

马蘅猛然睁开眼睛，瞳孔里一片雾气，充盈清澈，她淡淡地笑了一下，唐凄凄愣住了，这一刻马蘅之美是她从未见过的。她从身后灰暗的墙壁中剥离出来，宛若剪纸，轻薄纯白。在光线的裁剪下，她正在发育的身体，关节中的闭合与断裂之处衔接得如此完美，她已经进入了某种境界，体内散发出一种不可言说的香气。唐凄凄震撼之后慢慢缩了缩脚，她退出了她们之间的一道白色光线，心里忽生卑微。

"你吻过一个男孩的嘴唇吗？"马蘅微笑着。

唐凄凄没有回答，她没由来地叹了口气。

"你不会知道那种感觉是多么奇妙。"马蘅脸上呈现出奇异的光泽，目光迷离。说完她一把揪住唐凄凄把她推在墙壁上。唐凄凄注视着马蘅，马蘅的脸几乎贴着她的脸庞，随着呼吸的起伏她能感觉到马蘅饱满的乳房一下下顶着自己的前胸，她还闻到了从马蘅唇齿之间弥漫开的水果般的清香，马蘅温热的身体像羽毛一样拥簇着唐凄凄，皮肤柔软湿润，唐凄凄紧张地闭上了眼睛，这纯净且炙热的光芒来自于马蘅皮肤上细细的绒毛，让人不敢逼视。这时一股暖流在唐凄凄的唇边扩散，接着一个滚烫的嘴唇覆盖住了她，唐凄凄的手紧紧攥着衣角，她听到心里发出了爆破的声音,洁白的羽毛满天飞舞,她轻盈地腾空而起,马蘅的嘴唇中种植着一枚苹果树,微微开启,一树繁花纷纷洒洒地通过唐凄凄的舌头、上颚、气管,落在她的体内。

马蘅早已笑着跑开了,唐凄凄依旧闭着眼睛。谁知道那个倚在石墙之下的十六岁女孩在想什么呢?夕阳从树叶的缝隙之中流泻下来,这是色彩瑰丽的春天,树枝上坠满粉红色的花朵,她阖起睫毛,脸颊上带着红晕,吃吃地笑着。

回到家里,唐凄凄坐在桌边端着碗默默吃饭。妈妈和爸爸有一句没一句地搭着话,突然妈妈毫无征兆地扭头对她说了一句话,"晓霞,我今天逛街给你买了个胸罩放在你床上,你一会儿去试试。"

唐凄凄一口饭哽在喉咙里憋得满脸通红。

"今天我运气真好,一上街就遇着商场内衣大甩卖,那一堆胸罩放在那里,才十块钱一个……"妈妈一边兴高采烈地对爸爸说着,一边得意地笑着。这笑声刺耳,让唐凄凄头皮阵阵发麻,她紧紧扣着碗边,第一次发现母亲的笑容那么让人憎恶。

妈妈笑完后又继续对她说,"晓霞,你都十六岁了,应该学会穿胸罩了,别天天像个男孩一样啊。"唐凄凄咬着嘴唇低下头偷偷瞟了父亲一眼,爸爸神情自若地咀嚼着饭菜,不停地冲着前方点头。唐凄凄顿时胃部抽搐,想呕吐,她克制着自己,神情平淡地站起来放下碗,然后走进自己的小房间。

床上放着一件白色的胸罩，唐凄凄慢慢探出手把它拿了起来。胸罩上有些像汗渍般浅黄的东西，还有冒出的线头，硬邦邦的铁圈。唐凄凄低下头闻到一股霉味，她马上把胸罩远远地丢到地板上，重重地在床上躺下。唐凄凄烦躁地翻身，她无法入睡，手指却不由自主地落在了胸前，但是她想到的却是马蘅的乳房，温暖、丰润、洁白的乳房，她虽然没有亲眼见过，脑海里却能清晰地浮现它的形状。马蘅早就开始戴胸罩了，她会戴什么样的呢？唐凄凄从床上坐了起来，她呆呆地看着地板上那块白布，在月色下竟然泛着柔光静静蛊惑着她。她终于忍不住走了过去重新拿起胸罩，暗淡的阴影蒙蔽了某种不洁，这个玩意也不是那么讨厌了，唐凄凄举着它有些兴奋，她对着镜子脱下上衣，胸部微微隆起，背着光线像是两块补丁。唐凄凄双臂哆哆嗦嗦地穿过肩带，然后对着镜子四下打量。原本模糊的线条终于看出了些起伏，唐凄凄摸着自己光滑的颈脖笑了起来，她在镜前旋转，然后满意地踮着脚尖刻意扭动着身体回到了床上。

一个身穿胸罩，脚踏高跟鞋，发丝漫长的成熟女人，倦倦地靠在床上，媚眼如丝，曲线动人，唐凄凄为自己虚构了一个香艳的画面，好像还缺少了什么？唐凄凄想起了黄昏的那一时刻，现在还需要的，是一个缠绵的亲吻。她闭上眼睛，手指放在微启的嘴唇上，一点一点地摩擦，指尖氤氲出斑斓的烟雾，一切如梦幻，从她眼角缓缓渗出的泪水都变成了彩色。

第二天上学的时候，唐凄凄在胡同口等了很久马蘅也没有出来。马薷一定是出事了，唐凄凄很想去她家看看，但是一想起马薷父亲那张终日阴沉的脸，她便胆怯了。马薷迟到了，第一节课快上完的时候她才出现，数学老师今天脾气格外好地放过了她，马薷勾着头经过唐凄凄的座位，没有看她一眼，但是她却看到了马薷嘴角处的青肿。终于等到下课时间，唐凄凄马上跑到马薷的座位旁。

"你还好吧？"下节是体育课，班上的同学都已经早早地跑到了操场上，教室里只剩下她们两个人。

马薷抬头看着唐凄凄，她的眼睛红肿。"嗯。"她点点头，然后拉开椅子站起来往教室外走去。唐凄凄紧跟在她身后追问道，"你是不是昨天回去挨打了？你老爸怎么说？你准备怎么办？……"马薷一言不发，直到走廊的尽头她才突然停住脚步，唐凄凄险些撞到她身上，她马上停止一堆问题，而马薷背对着她，不知从哪里飘来一片树叶落在唐凄凄的脚下。

"放学后，你陪我一起去找他，好吗？"马薷依旧没有回头，说完她继续往前走。

"嗯。"唐凄凄轻轻应了一声，一脚踏碎了树叶，顺着马薷的背影而去。

她们躲在学校外的墙角，死死地盯着门口。大批的学生像潮水般退去，但是她们要等的人还没有出现。唐凄凄跺了跺脚看了马薷一眼，马薷面无表情直勾勾地盯着校门，唐凄凄不知道她找那个男孩有何目的，其实对于马薷的男朋友唐凄凄了解得并不多，只知道是隔壁班的一个优等生，瘦高个。自从马薷和那个男孩开始交往,她就离开了唐凄凄单独活动,她从来没有邀请过唐凄凄加入他们的空间,也从来不对唐凄凄透露他们之间发生的一切,而唐凄凄是个没有好奇心的人,偶尔远远地看见他们的身影就自动回避,她们之间的友谊有别于同龄的女孩。

终于等到了那个男孩,他低着头无精打采地拎着书包出现在校门口。马蘅突然冲了出去,唐凄凄站在墙角看着马蘅向他走去。他们没说两句话,马蘅举起手臂狠狠给了男孩一巴掌,然后就跑了。剩下唐凄凄和那个男孩惊愕地站在原地,过了一会儿男孩才缓缓捂住鼻子,唐凄凄看见他手指缝里流出鲜血。她本来也想离开但是思索了片刻还是走了过去。

"你没事吧?"唐凄凄一边小心翼翼地问道,一边从兜里掏出纸巾递了过去。

男孩抬头看了看她,神情冷漠。他嘴角抽动了两下然后从唐凄凄身边走开了。唐凄凄转身凝视着他的背影,在夕阳下,男孩走动时搅动的空气像金黄色的流水四下荡漾。他有一双干净的眼睛,唐凄凄盯着脚尖,很久很久。

5

唐凄凄坐在电脑前,一只只黑色的蚂蚁在眼前跑动,她笔下的那个女子已经死去,屏幕上流淌着红色的血液。唐凄凄盯着最后一个句号发呆,这不是她所愿,她要那个女子最终得到幸福,可是她为什么还是死了?当她制造出女主角后,她就挣脱了唐凄凄的意志，她在她自己的世界里厮杀，被欺骗、被侮辱、被抛弃，最后义无反顾地选择了死亡。唐凄凄发现不妙的时候数次动用删除键，旧的伤害抹去了新的伤害铺天盖地地来临，最后唐凄凄放弃了，现在她才明白要想找一个活下去的理由并不容易。她死了，但唐凄凄还在，只是在杜撰另一个女子的遭遇中，她发现自己的内心竟是这样消极和残忍。唐凄凄关掉文档，关掉一个又一个冰冷的故事，那些虚假的过程也许就是自己渴望经历的，譬如自杀。

唐凄凄吸完一支烟，喝下一杯冰冻的可乐打开了MSN。屏幕突然闪动了一下，唐凄凄苦笑，那是Raymond经常对她玩的把戏，果然对话框跳了出来，"还记得我昨天对你说的话吗？"

在一片淡紫色薰衣草的背景下出现一排红字。唐凄凄咬咬嘴唇想了想按下键盘。

"我已经忘记你说了什么。"

"你是个善于遗忘的女人，这并不好！"

"为什么？"

"只有受过伤的女人才会选择遗忘，因为她害怕。"

"不要认为你很了解我，也不要试探我的耐性，你没有权利揣测我。Little boy！"

屏幕上不再有新的话跳出来，也许我刺伤了他，唐凄凄用手指点着屏幕上Raymond的图标想着。但是我们不应该为了寂寞而欺骗自己，也不该纵容别人这样做，不是吗？

"但是今天我还是要对你说，我爱你！"过了一会儿，一句话在紫色的薰衣草上绽开。

唐凄凄笑了起来,这个已经和她聊了一个月的男孩怎么了?现在的年轻人都变成这样了吗?每天都要向别人索求爱,或者等待被索求吗?唐凄凄毫不犹豫地回了一句话:

"这不可能!"

"等你看着我的眼睛,你就会明白我是认真的。"接着,Raymond发来了视频请求。这是他们之间第一次视频,唐凄凄犹豫了下,她不知道自己该不该让这个躲在电脑中一个多月的聊友现身,在这之前,唐凄凄从来没有想象过Raymond是什么样子,虽然他和自己很谈得来,但是关于他的年龄、生活状况等等涉及现实的种种,唐凄凄一概不知,她从小就不是一个好奇的人。但是这次有些特别,一个男人在示爱时的目光将是怎样的?唐凄凄大脑一片空白,这种缺损促使她最终按下"接受"。

屏幕上先是一片漆黑,然后慢慢开始变亮,一张面孔像石雕像逐渐凸现,唐凄凄看见了真实的Raymond,他过于年轻,过于漂亮,更吸引唐凄凄的是他的眼睛,他的眼睛里像盛着一泓水,目光清澈,虽然隔着屏幕唐凄凄却感觉他就在眼前。这双眼睛唐凄凄似曾相识,多么干净的眼睛,唐凄凄的脑海中突然跳出一叠支离破碎的画面:金黄色的夕阳、回眸时的刹那落寞、被风吹得呼呼作响的白衬衣……唐凄凄使劲按住了隐隐作痛的胸口,她觉得自己快窒息了,而屏幕里的Raymond只是这样专注地看着她,鼻翼轻轻扑动,唐凄凄仿佛看见自己在他的瞳孔里放大、扭动，然后逐渐破碎，Raymond 长长的睫毛被打湿，他流泪了。泪水让唐凄凄心里一阵剧痛，她已经很久不流泪了，也受不了别人的眼泪，她伸出手轻轻地覆盖在 Raymond 的眼睛上，我不想看见这忧郁的目光，唐凄凄的手掌很快一片湿润，Raymond 在她的掌后一点一点地沉入水中，她马上关了视频。

他为什么流泪？为什么？

唐凄凄像是猛然被人刺了一刀，全身疼痛，心乱如麻。

"你怎么了？" Raymond 的话从荒芜的熏衣草中浮了出来。唐凄凄立马从椅子上跳了起来，"我恨你！我恨你！"她一边大叫着，一边迅速把 Raymond 从列表中删掉，并拔下电脑的插头。

等这一连串动作做完，唐凄凄才慢慢瘫坐在地上。房间里唯一的光源被切断，恢复了黑暗。唐凄凄抱着膝盖，她看见一个男孩站在卧室的中央，白衬衣的边缘模糊不清，散发着微光，牛仔裤里包裹着两条长长的腿，高挺的鼻梁从额前蓬松的头发下探了出来。他侧过头对唐凄凄微笑，一双眼睛竟比以往更加生动，它蕴藏着各种纤细的情感，像是痛苦、绝望，又像是解脱、快乐，这是那个叫做圣的男孩留给她的最后一抹目光，虽然身边还有其他人，但是唐凄凄固执地认为圣只是想传达给她，他知道凄凄是懂他的。他们长期以来不动声色的默契在这刻赤裸裸地暴露出来，这时的他们才是彼此最亲密的人。可是什么都没有了，一个人被空气所稀释、分解，由固体成为了液体，那个身影已消失，只剩下一摊黏稠的血液向唐凄凄涌来。唐凄凄从地上艰难地站起来，她走到了窗前，夜空里散布着璀璨的星星，她伸开双臂，晚风扬起宽大的睡裙，她模仿着圣最后离去的姿势，原来他是往天空的方向飞去了。

唐凄凄回到了床上，但是她无法入睡，她比任何时候都要焦躁，这是今夜 Raymond 送给她的礼物，他的目光强行把唐凄凄拉入了记忆的黑洞里。唐凄凄快速从床上跳了起来，她打开电脑登录 MSN，联系人里一片空白，Raymond，那个唯一陪她聊天的人不见了，是自己亲手把他推入浩渺的人海之中。但是现在唐凄凄需要他，就像一个万念俱灰的人需要一杯毒药般迫切。她不停地点击鼠标在网上寻找 Raymond，一无所获，直到她双手失去控制，在电脑桌上抖动不止。

唐凄凄喝下最后一杯冰可乐，她对着房间里寂寞的空气打了个嗝，然后拿起桌上的新手机拨了个号码。对方的电话已经关机，唐凄凄听到这个信号才松动了下紧张的手指，如果拨通了她又将用怎样的语气说出那句话呢？电话是打给马蘅的，马蘅——这个幸福的新娘，唐凄凄笑了笑还是对着手机艰难地说出了那句话——"蘅，刚才我看见了圣。"

圣的容貌永远不会改变，他会比我们更加年轻，这是死亡赋予他的特权。唐凄凄打开钱包从隐蔽的夹层抽出一张照片。上面的男孩穿着校服，无数次的摩挲已经让图像陈旧，他的笑容因了这陈旧而显得沧桑。照片的边角有隐隐的血渍，那个深夜唐凄凄站在校园的橱窗前砸破玻璃取出它的时候，血从手心流到了上面,当时并不痛,但是现在唐凄凄把照片握在手中却疼得发抖。

6

一夜无眠,什么都没有想,连思念都没有。唐凄凄坐在电脑前,握着照片的手已经僵硬,闹钟响了,她迟缓地扭过头看了看时间,今天和马蘅约好要去帮她选婚纱。唐凄凄强撑着站了起来,头昏沉沉的,她把照片小心地放回钱夹里,慢慢地走进卫生间洗漱。

到了婚纱店马蘅早已等候多时,她疾步迎上来问唐凄凄,"晓霞,怎么这么晚才来?"

唐凄凄对她撒了个谎,"昨天晚上在赶稿子。"

马蘅撇了撇嘴说,"还赶什么稿子啊!哪有人向你约稿啊?还把自己弄那么辛苦。"

唐凄凄面不改色地笑了笑径直走上了婚纱店的二楼。马蘅在更衣室里换衣服,唐凄凄坐在靠窗的椅子上,楼下是一条笔直的彩砖铺成的路,两边的树木光秃秃的,枝干上挂着些残雪,不时有相拥着的情侣走过,他们手牵着手,身体依偎着身体,像是很快乐的样子,假使一路这样走下去,想来也仅仅是快乐而不是幸福。一旦成为了永恒,他们就不会得到幸福,因为永恒是我们消受不起的。可是马蘅选择了结婚,她真的相信婚姻可以让她幸福吗?唐凄凄用手指在玻璃上画着圈圈,马蘅是个极其聪明的女人,她必然已经看到了结局,但是她还是妥协了。是不是这样呢？唐凄凄缩回了手指，她突然觉得自己的这些想法和怨妇一样可耻。

"晓霞，你看这件婚纱怎么样？"

唐凄凄马上转过头，马蘅穿着一件洁白的婚纱站在镜子前笑盈盈地看着她。唐凄凄没有回答，她完全被一种庞大、纯洁的气势压制了，她眼神直直地走到马蘅面前，马蘅曲卷的长发上插着一圈张扬的羽毛，带蕾丝花边的 V 领突出了马蘅锁骨及颈部的线条，散发出不经意的性感，背部裸露，分叉闭合在腰后的蝴蝶结处，下摆蓬松，在闪动的丝缎上罩着绣花的雪纺，整件婚纱中恰到好处地点缀着层叠的珍珠，耀眼的水晶，这一切太完美了，梦幻般的婚纱拥簇着马蘅，她的脸庞被一片瑰丽却纯白的色彩所融化，竟是美艳无比。唐凄凄再次被震撼，和少年时相比这刻的马蘅之美似乎到了她一生中登峰造极的地步。想到这里，唐凄凄突然胃部一阵剧痛，她捂着肚子无可奈何地对着这件惊艳的婚纱弯下了腰。

马蘅马上扶住唐凄凄问道，"怎么了？晓霞。是不是胃病又犯了？"

唐凄凄已经疼得站不起来，她强撑着点了点头。

"你带药了吗？"马蘅架着唐凄凄回到窗边的椅子上。

"没有。"唐凄凄虚弱地回答。

"那怎么办呢？"马蘅一边说着一边焦急地四下张望。

唐凄凄扯了扯她的裙角说，"没事的，我坐一会儿就好了。"

"那怎么行呢!你看你脸色都变白了。这样,我马上去给你买药。"

唐凄凄立刻说道,"不用,真的……"她的话还没有说完,马蔺已经拎着裙角匆忙跑下了楼。就在马蔺消失在唐凄凄视线的时候,她的胃忽然又不痛了。唐凄凄觉得很奇怪,她站了起来,胃真的不痛了,好像什么事情都没有发生一样。她透过玻璃看见马蔺出现在楼下,她穿着婚纱像一只洁白的小鸟在马路上飞翔,很多人站在原地注视着她的身影,他们一定是惊呆了。其实马蔺不必这样,只是胃疼而已,她跑出去不怕把婚纱弄脏吗?但是唐凄凄明白马蔺为什么会这样做。曾经有那么一个夜晚,唐凄凄的母亲病逝的夜晚,马蔺坐在床边陪着她哭泣,她哭得比唐凄凄还要凶,丝毫不在意之前唐凄凄的母亲骂她是女流氓,让她以后不要再来找唐凄凄。当时唐凄凄把头埋在马蔺怀里,马蔺轻轻拍打着唐凄凄抽动的后背,她对唐凄凄说,"不要伤心,妈妈不在了,你还有我,我会永远保护你的!"为了这句话,在唐凄凄读大学的时候,马蔺带了一帮人来学校把一个老是说她坏话的女生打了一顿;为了这句话,在寒风凛冽的冬天,马蔺陪她在石椅上坐了一夜,只是因为她想见王明朗;为了这句话,在唐凄凄生病的时候,马蔺彻夜不休照顾着她;为了这句话……够了!唐凄凄使劲掰着手指,马蔺就是这样,她对自己太好了,这种好霸道、强硬、尖锐,这种好让人窒息,好到置人于死地你都无力拒绝。

唐凄凄刚平静下来,马蔺就回来了,她气喘吁吁地提着裙角,头上的羽毛七零八落。马蕦把一袋药塞到唐凄凄怀里说,"晓霞,好些了吗?快把药吃了。"唐凄凄只能重新把手放在腹部,做出痛苦的表情,正在马蕦给她倒水的时候,店里的服务员走了进来。

小姐,你怎么能穿着我们的婚纱跑出去啊?你看看这下摆!服务员面露愠色指着婚纱责问马蕦。唐凄凄这才注意到婚纱的下摆沾了一些泥土。

马蕦毫不示弱地瞪了服务员一眼,"你还说呢,刚半天都不知道你们人死哪儿去了,我去给我朋友买药了,你说人命重要还是婚纱重要啊?再说了这婚纱是我选好的,不就四万块钱嘛,我买了,我自己的婚纱爱怎么糟蹋怎么糟蹋,你管得着吗?"

服务员听到她这番抢白脸憋得通红,但是看在她是有钱人的分上,只有忍住气一边道歉一边退了出去。

"蕦,对不起啊!害你婚纱弄脏了。"唐凄凄淡淡地说道。

马蕦左手拿着药片,右手端着水杯走过来对唐凄凄说,"哪儿的话,你还用对我抱歉啊!快把药吃了。"

唐凄凄接过药片迟疑了一会儿,马蕦一直盯着她,她只有咬着牙吞下。马蕦看她把药喝了下去笑容更甜了,这个表情唐凄凄很熟悉,马蕦是在享受唐凄凄接受她的付出时的满足,这让唐凄凄憎恨起自己,为什么总是无法回绝马蕦的牺牲?多年来就是这样,给予和接纳,马蕦总是有绝对的把握高高在上。

从婚纱店出来,唐凄凄又陪着马蕦去买内衣。在色彩缤纷的内衣店里马蘅如鱼得水，唐凄凄无聊地站在一个胸部高耸的木头模特旁边。突然马蘅尖叫一声，然后拼命冲她招手，唐凄凄走了过去，马蘅手里握着一款黑色的胸罩满脸兴奋。

"晓霞，你看啊，是'维多利亚的秘密'！"马蘅几乎是雀跃地对她说。

"维多利亚的秘密"？没有听说过。唐凄凄心里想着却没有说出来，她知道的无非是黛安芬之类的。马蘅把胸罩递给她说，没有想到国内也有卖的，今天被我碰到真是太幸运了。唐凄凄不以为然，不就是个内衣嘛，黑色带蕾丝边的，看起来没有什么特别之处，她随意翻过价格牌，385元，不算太贵。

马蘅观察着唐凄凄，她看起来很平静，马蘅不甘心地用手指挨个点着那些数字说，真的是一分钱一分货呢。唐凄凄顺着马蘅纤长的手指看去，脸顿时有点儿变色，原来自己少看了一个零，就这两片布居然要3850元。唐凄凄下意识地喃喃说道，这也太贵了吧！

马蘅终于看见了唐凄凄惊讶的神情，她得意地笑了笑，然后用随意的口吻说道，"还好啊，并不贵啊，反正都是我老公出钱嘛！我想我穿这件内衣一定很好看，晓霞，你等等我，我去试试了。"说完，马蘅从唐凄凄手里抽出胸罩步态婀娜地走进了更衣室。

唐凄凄注视着马蘅的背影，她不得不再次对这个女人另眼相看，从马蘅当年被学校开除在社会上浪迹多年直到自己开了家广告公司，她总是精力充沛、野心勃勃，只要她愿意这个世界上仿佛没有她得不到的东西,就像她的婚姻,一个没有文凭、出身低微、历史混浊的女人居然钓到了金龟婿,唐凄凄不佩服都不行,她哪点儿比马蘅差呢?高学历、有才华、有追求、容貌也姣好,却过得一天比一天心灰意冷。唐凄凄辞职后终于和马蘅的生活一样变得动荡不安,可是马蘅的动荡不安中是热气腾腾的,处处充满机会和刺激的,而属于唐凄凄的却是消沉和低迷,这都是该死的理想惹的祸,唐凄凄宽慰着自己,这也是她执迷不悟守护着的唯一骄傲。

逛完街,马蘅硬要拉着唐凄凄到她家去,说是要给唐凄凄一个惊喜。马蘅几年前自己买了房子,从马蘅辍学后家里人都不管她了,等她大姐嫁到另一个城市父母就跟了过去。虽然是小小的一室一厅,却让唐凄凄很羡慕,毕竟那是个真正属于自己的家。马蘅的卧室是粉红色的,窗台的玻璃瓶里插着几支玫瑰花,风铃响起,暗香浮动,粉色床单中的热带鱼仿佛也开始摇着尾巴游走。唐凄凄在马蘅的床上躺下,马蘅从抽屉里拿出一个包装精美的盒子放到她肚子上,"快起来看看啊。"马蘅笑眯眯地对她说道。

唐凄凄一打开盒子就忍不住叫了一声,里面装着一个黑色的香奈儿女士皮包,让她爱不释手。马蘅对唐凄凄说,"这是送给你的礼物,当伴娘的时候你一定要拎着它啊。"

"真的是送给我的?这包可不便宜呢!"唐凄凄看着坐在她身边的马蘅说。

马蘅搂着她的肩膀,"当然是送给你的了,钱算什么,我们可是好姐妹啊!"

"可是,你怎么知道我最喜欢香奈儿的包?"

马蔺笑着点了点唐凄凄的鼻尖说,"我怎么会不知道呢,你小说里的女主角可都是拎香奈儿的。"

唐凄凄意外地注视着马蔺,"你看过我的小说?"

马蔺点点头叹了口气说,"虽然你知道,我当初是不支持你辞职的,但是我一直都在关注你的写作,我偷偷读了你每篇小说,说实在的,每篇我都喜欢。你真的是天生适合写作的人,我从来没有对你说过,但你确实是我的骄傲。"

唐凄凄不可置信地听完马蔺的这番话,她从来没有想过有天马蔺会对她说"你是我的骄傲"。唐凄凄毕业的时候,马蔺已经换了很多工作,也认识了很多人,所以那份在银行上班的工作是马蔺帮她找的,其实唐凄凄并不感兴趣,她原本选择的是去边远地区支教,只是无法拒绝马蔺的一番苦心只得进了银行。那种暗中惊涛骇浪,明里滴水不漏的人际环境是唐凄凄最恐惧的,她硬撑了两年中了些许暗箭,只得认输放弃了。为此,马蔺咬牙切齿地骂她不争气,唐凄凄方才明白这份工作只是对马蔺有意义,甚至为了这份工作马蔺和秃顶行长进行了不可告人的交易,所以这次唐凄凄的退缩让马蔺做了笔吃亏的生意,这才是马蔺不能接受的原因。

马蔺还特意挽留唐凄凄过夜,一系列的反常让唐凄凄很意外,她问马蔺,"你今天怎么了?又是送我礼物,又是赞美我,还要我晚上留下来陪你。"

马蘅敲了敲唐凄凄的脑袋说,"你傻啊!今天是个特殊的日子啊!"

唐凄凄思索半天才说,"什么日子啊?"

马蘅叹了口气说,"我现在真不知道你是变神仙,还是变白痴了。今天是星期六,明天我就要嫁人了,所以这是我独身的最后一个晚上,你不陪我谁陪我啊!"

唐凄凄猛然回过神儿,今天都星期六了啊!无论是变成神仙还是变成白痴,但是从自己过上写作的生活以后,真的就成了只知晨昏,不管人间是何夕了。

晚饭是马蘅做的,很可口,唐凄凄破例吃了几大碗,她端着空碗站在厨房门口对马蘅说,"做你老公的人真幸福啊!"

正在刷洗碗筷的马蘅扭过头对唐凄凄说,"晓霞,记得吗?你曾经对我说过这样的话。"

唐凄凄盯着马蘅的背影,厨房里橘红色的灯光柔和地泼洒在两人之间,这时候的回忆都是温暖又夹杂着忧伤的。她们曾经拥有无数个这样的夜晚,这样空气湿润的厨房,唐凄凄的母亲去世没有多久,她就接到了大学录取通知书,是在离家很远的郊区。刚到校没有几天,马蘅就找来,她把唐凄凄带到离学校不远的一个小住所,告诉她,这是她们的家。从此,唐凄凄就从寝室搬出来和马蘅住在一起。马蘅每天给她做饭,她们一起吃饭、一起睡觉、一起洗澡,那时候唐凄凄很感激马蘅,虽然她从来没有对马蘅表示过,但她心里明白,马蘅是怕她孤独才搬过来和她住。唐凄凄再也不用天天晚上等熄灯后一个人躲在被子里哭泣，也不用天天吃食堂里都是沙子的饭菜，更不用对着一个寝室的同学强颜欢笑，这一切都是因为有了马蘅。虽然马蘅不喜欢看悲情片，但是她会坐在唐凄凄旁边不停给她递纸巾；虽然马蘅每天要早起赶车到市区的商场上班，但是她会整晚安静地倾听唐凄凄对母亲的思念；虽然马蘅对唐凄凄如此之好，但是唐凄凄最后还是对她说了："我恨你！"正是因为这句话彻底结束了她们长达四年的同居生活，起因看似是和王明朗有关，其实不尽然，这个原因是唐凄凄的秘密，马蘅一无所知。

吃完饭后，马蘅去洗澡。唐凄凄百无聊赖地打开了衣橱，里面挂着一排胸罩，马蘅有收集内衣的怪癖。唐凄凄的手指掠过一件件色泽各异、冷冰冰的胸罩，马蘅以前的家里也有这样一间衣橱放着各式各样的内衣。当时马蘅已经很久不来上学了，仿佛在一夜之间，她认识了街上所有流氓，并很快和他们混在一起。总是在黄昏时分，马蘅会夹着一根香烟站在学校对面，背着书包的唐凄凄远远地看到她，她会对唐凄凄笑笑，然后用猩红色的手指弹弹烟灰，对着唐凄凄吐出一个烟圈，虽然两人之间笼罩着烟雾，唐凄凄还是感到了马蘅的微笑中已有了触目惊心的沧桑感，也许马蘅每天站在这里就是为了等她放学，但是等唐凄凄准备穿过马路来到马蘅身边的时候，马蘅就迅速丢掉烟头坐上了机车，不同型号的机车，相同的是前面都有一个戴着头盔的男人，马蘅紧紧地匍匐在男人的背上从唐凄凄的眼前呼啸而过。唐凄凄不知道马蘅为什么会选择这样的生活，为什么她要早恋，而又是为什么她不为早恋向学校做检讨。那个男孩已经做了检讨，在升旗仪式上，当着全校师生宣布，早恋是错误的，并保证以后再也不和马蔺来往。男孩做完检讨后在台上站了一会儿，他的目光好像穿越了众人的头顶，检讨很深刻，但是马蔺却疑惑地发现男孩此刻的神情很平静，他既没有羞愧也没有惧怕，只是静静地站在高台上，一阵风吹过，他按了按竖起的白色衣领，面无表情地看了看天空然后走下台。从那时候起，唐凄凄更加确定了自己的猜测，马蔺爱着的男孩是个特别的人。

那天，学校正式下达了开除马蔺的文件，老师把文件交给唐凄凄让她送到马蔺家。唐凄凄来到马蔺家的时候，只有马蔺一个人在。就是在马蔺的房间里，她兴冲冲地打开衣橱让唐凄凄欣赏她收集的内衣，唐凄凄两眼发光把内衣一件件拿出来看，颜色都很漂亮，质地也柔软。"可是你怎么会有那么多钱买这些？"唐凄凄疑惑地问马蔺。

马蔺靠在窗户边点上一支烟，"都是那些男人买的。"她说。

"为什么要这样？你不觉得……"后面的话唐凄凄忍住没有说。

"我为什么不能这样？我知道你想说什么，不过我告诉你，"马蔺的脸凑近唐凄凄说道，"这个世界上有很多事比做女流氓还要可耻。"

唐凄凄走在胡同里，夜已经黑了，只有几盏昏黄的路灯照着寂静的路面。她把手插进口袋才想起来文件还放在里面，唐凄凄拿出文件，上面有个鲜红的公章，那是对马蘅的惩罚，但却没有任何意义，唐凄凄把文件撕得粉碎然后开始奔跑。跑着跑着，风从耳边呼啸所带来的快感突然消失，唐凄凄的胸罩带断了，她不得不停下来。唐凄凄把手探进衣服里，她摸着自己断了肩带的胸罩想起了马蘅衣橱里美丽的内衣，这让她毫不犹豫地把胸罩扯了出来，马蘅说得对，这个世界上有很多事情比做女流氓还要可耻，唐凄凄对着深不可测的巷子使劲抛出了自己价值十元钱的胸罩，抛出了她今天才顿悟的羞辱的青春时光。

7

她们并排躺在床上，刚沐浴完的身体散发着芬芳。马蘅的皮肤温热光滑，总让唐凄凄想起自己的母亲。唐凄凄背对着马蘅，她双手涂满润肤膏在唐凄凄裸露的背部游走，她们住在一起的时候，每晚马蘅就是这样给唐凄凄做护肤。马蘅的动作很轻柔，好像把唐凄凄当做易碎的瓷器般小心翼翼，房间里涌动着黏稠的香气，这种香气是女人最隐蔽的底色。

"蘅，你为什么要结婚？"唐凄凄打破沉默。

马蘅的手在她的背部停了停。"不为什么，人，特别是女人总是要结婚的啊！"马蘅轻描淡写地回答。

唐凄凄摇摇头说，"你以前可不是这样想的！"

马蘅把唐凄凄的睡衣放下来说，"可是我现在老了。"

唐凄凄马上转过身说，"别搞那么深沉啊，什么老了啊！"马蔺没有说话，她默默地看着唐凄凄，两个人脸对着脸，灯光虽然柔和但是在寂静的对视中，唐凄凄还是看见了马蔺眼角的细密皱纹，还有些发黑的眼袋，两腮呈现下垂的皮肤，唐凄凄心里一惊，为什么她以前都没有注意到这些？在她记忆里，马蔺似乎从少年起容貌都没有大的变化，如果有，也只是变漂亮、变妩媚，她从来都没有想过马蔺会变老。但这不是很正常吗？每个人都会不可抵抗地衰老。想到这里，唐凄凄忍不住叹气，马蔺就是她的镜子，她所看见这个真的开始衰老的马蔺也就是她自己。

马蔺仿佛看懂了唐凄凄的心思，她捏了捏唐凄凄的脸说，"别叹气了丫头，你不会变老的。"

唐凄凄笑出了声，"怎么可能啊！我和你可是同年同月同时出生啊，我凭什么不老啊！"

马蔺笑笑说，"因为你只是个天真单纯的小孩。"

马蔺愣了下，她不知该为此喜悦还是伤心。"不！不是这样的！"她争辩道。

"起码在我眼里，你是的。我看见你这样很欣慰，这个世界上像你这样干净的女人并不多，我们都是被污染的。"马蔺说完以后眼眶有些湿润。

马蔺从来没有对唐凄凄说过这些，今天她已经说了太多这样的话，唐凄凄并不怀疑她的真诚，她只是从这些话里觉察出伤感，就像面对一种人之将死其言也善的状况。但是明天并不是马薇的死期,而是她的婚期,这之间会有什么不同呢?

"你没事吧?"唐凄凄小心问道。

马薇摇摇头说,"没事。可能是明天就要结婚了,突然特别怀念以前和你住在一起的时光,不知道为什么特别舍不得你,心疼你。"

"你们是不是结完婚就要移民到国外?"

马薇点点头说,"是啊。他很早就拿了绿卡,公司也在国外,我们订婚的时候他就把我的签证办下来了,等我们结完婚就走。"

唐凄凄有些失落地说,"之前你都没有对我提起过,太突然了。"

马薇伸出胳膊搂了搂唐凄凄说,"不是我有意隐瞒,而是我不知道怎么对你开口,我总是有种奇怪的感觉,好像我选择结婚就是背叛了你。"

唐凄凄摇摇头说,"薇,你别瞎想。你结婚是好事,再说嫁的老公又是那么优秀,我应该祝福你才是。"

这时马薇的眼泪已经流出来了,"但是我一想到我走后就没有人陪你,心里就很难过。你只有我这一个朋友,以后怎么办呢?那么寂寞。我这段时间一直在想那件事情,也许当年是我错了,不然现在你可能已经结婚,甚至有了自己的孩子了,就不会孤身一人。"

唐凄凄愣了愣,"当年?你是指什么事情错了?"

马薇一字一句地说道,"就是当年,你和王明朗的事情。"

唐凄凄像是被点了哑穴，一时无语。过了一会儿她才对马蔺说，"你没有错，如果你当时不那样做，那么我现在会更不幸，你知道的，和那样的男人在一起怎么会幸福。"唐凄凄强作了个微笑，"确切地说是你让我看到了男人的真面目，你救了我！"她又补加了一句。

马蔺没有说话，她只是攥住了唐凄凄的手，她是在用这种方式来表达对自己的歉意吗？唐凄凄心里冷笑着。那个叫王明朗的男人对现在的唐凄凄来说，并没有刻骨的追忆，虽然唐凄凄在事隔多年再次邂逅王明朗才发现自己心里还遗留着伤痕，只是因为那些伤痕是马蔺制造的，能使唐凄凄痛苦的永远都只有马蔺一个人而已。

唐凄凄是在大学实习期间认识王明朗的，他是实习单位的销售人员。王明朗比起长期围在唐凄凄周围对她献殷勤的其他男人来说，并没有什么过人之处，但是唐凄凄居然倒追起他，这让马蔺匪夷所思。他们三个人一起吃过几次饭以后，马蔺就提醒唐凄凄——最好和王明朗分手，因为他不可靠。唐凄凄不以为然，马蔺一厢情愿地反复劝阻唐凄凄，但是她依旧如故，直到有一天马蔺打电话叫唐凄凄赶快回家，等到唐凄凄跑进她们的出租屋，她看见王明朗和马蔺赤身裸体地躺在床上。

那是特殊的一天，天气很好，阳光射入房间，透过窗棂像是一条条金黄色的铁锁链挂在唐凄凄和马蔺的身上，让她们好似囚犯。起初谁都没有说话，光线中有无数灰尘，它们搅动着房里充满情欲的气味。唐凄凄站起来用力推开了窗户，马蔺在她身后说，"我不知道当你看见你的女朋友和你的男朋友躺在一张床上是怎样的心情，不过，我都是为了你好。"

唐凄凄转过身注视着马蔺凌乱的头发，"你是什么意思？"她问道。

"我只是做了一个测试，结果你已经看到了，那个男人不值得你爱。"马蔺的神情很平静，没有丝毫不安。

唐凄凄低头抠着手指甲说，"不过这和你有什么关系？"

马蔺突然冲上来按着唐凄凄的双肩激动地说道，"怎么会没有关系！一直以来，我都把你当做我唯一的亲人，我希望你幸福，希望你好。如果你真的要谈恋爱，你可以找个爱你的好男人，可是你为什么会倒追王明朗？我早就提醒过你，他不可靠！从我见到他的第一面起，我就知道。他背着你给我献了多少殷勤、说了多少甜言蜜语，你知道吗？可是你就是不相信我说的话，你坚持和他交往下去，所以，我只能让你亲眼看到事实，你才会死心。不过我没有真的跟他上床，像他那样的男人我根本瞧不上。"

唐凄凄抬起头对马蔺笑了笑。

马蔺看到唐凄凄笑了，她松了口气然后轻轻拍了拍唐凄凄的脸说，"我就知道你会明白我的苦心。对于男人，我不想你在伤痕累累后才醒悟，我希望，你能从我这里得知他们的丑陋，这样你才不会被伤害、被欺骗。"

唐凄凄带着笑容一直等到马蔺说完最后一句话，然后她镇定地抄起窗边的花瓶掷向马蔺，并一字一句地说出了："我恨你!"马蘅走了,带着额头上流血的伤口离开了她们的家,唐凄凄抱着双膝坐在地上,脚边是破碎的瓷片和一摊鲜血,她知道马蘅再也不会回来了,马蘅知道了唐凄凄对她的恨,但是她永远都不知道,这恨并不是来自于她和王明朗睡在一起,唐凄凄早就明白王明朗不是什么好货色,只是为了那双和圣极其相似的眼睛,她可以无视一切,可是,唐凄凄最后一个微薄的安慰也被马蘅破坏了。

当她们现在躺在一张床上的时候,就像是被礁石隔离开的两股溪流重新汇合,她们已经各自洗刷了旧事中的不愉快,而那些事本来就是无关痛痒的。唐凄凄的心里格外平静,马蘅看她半天不说话,以为她还在为王明朗的事伤感,就使劲捏了捏唐凄凄的手说,"总有一天,你会遇见一个真正值得你爱的男人的!"

唐凄凄没有回应马蘅,她看着头顶的天花板,在柔和的光线之中她再次看见了圣,他在唐凄凄的上方,他们相互注视着,圣的脸比任何一次都要清晰,他凸起的眉骨、深陷在阴影中的眼眸还有紧紧抿起的嘴唇。唐凄凄似乎很少看过他笑的样子,他像一个影子总是模糊地出现在人群的远方,全身涂抹着黑色,连周身的空气也是阴沉的,从他出现在唐凄凄记忆中的那天起,就是这样。那不应该是真正的圣,他也会笑、会欢呼、会快乐,只是占有他这部分光明的人不是自己,那是恋爱中的圣。唐凄凄偏过头看着身边的马蘅,她在睡梦中,长长的睫毛像乌云遮盖了不愿看见的污垢,她有这种能力——不让自己痛苦。纵使马蔺开始衰老,纵使她在她的世界里,经历过唐凄凄所不知道的种种伤害,但是最终当她们躺在一张床上的时候,她还能闭上眼睛,嘴角挂着浅笑进入梦乡,而唐凄凄不能,就像是两个同时出厂的玩具,历经过各自的人间之旅后被重新摆在了橱窗里,一个还是完整无缺,而另一个却已面目疮痍。想到这里,唐凄凄从马蔺紧握着的掌中抽出手指,慢慢闭上了眼睛。

8

哗哗的水流声吵醒了唐凄凄,她打了个哈欠发现身边是空的,窗外还是黑蒙蒙的一片。这时马蔺从卫生间里走了出来,她仰着湿漉漉的脸说,"晓霞,你醒了?"

唐凄凄揉了揉眼睛说,"现在几点了?"

马蔺坐到梳妆台前一边梳头一边说道,"五点多。"

"天啊!"唐凄凄抱着枕头长叹一声,"你干吗起这么早啊?"

马蔺扭过头对她笑笑说,"我睡不着啊。"

"为什么?"

"紧张呗!"马蔺脸上的表情很丰富,甜蜜、羞涩,还有些不安。在昨天以前,马蔺还是一副镇定自若的样子,今天就不一样了,毕竟这一天是她生命中的重要时刻。唐凄凄重新躺下却无法睡着,她听着马蔺哼着小曲在房间里兴奋地走来走去,突然心中酸楚。

婚纱店的花车把唐凄凄和马蘅送了回来，马蘅的父母并没有来参加她的婚礼，还好有唐凄凄陪着她，算是娘家人吧。马蘅穿着婚纱站在窗边不停眺望，唐凄凄走过去对她说，"看把你急得，不就是嫁个人嘛！"马蘅没有在意唐凄凄的揶揄，她微笑着看着远方，过了一会儿才转过身认真地问唐凄凄，"今天，我美吗？"

唐凄凄看着一身洁白的马蘅，她画着娇艳的新娘妆，把憔悴和皱纹全部掩盖住了，毫无瑕疵，眉目之间竟有些圣洁的光彩。唐凄凄咬咬嘴唇慢慢说道，"很美，像天使一样的美！"

马蘅开心地笑着，"谢谢你！"她说。

唐凄凄苦笑着摇摇头没有说话。

伴着楼下响亮的鞭炮声，新郎终于到了，唐凄凄打开门，外面站了一群人，最前面的是一个穿着黑西装的男人。他就是曾源。马蘅站在唐凄凄身后说道。唐凄凄冲他点头笑了笑，这就是我的伴娘，也是我的好姐妹唐晓霞。又是"唐晓霞"，唐凄凄微微皱了下眉头，尽量保持着笑容。

一场婚礼就这样开始了，行婚礼仪式、被司仪指使着做游戏、交换结婚信物、敬酒……酒楼大厅里每个角落都是鲜花、气球和彩带，还有一堆衣着光鲜的人。祝福的话像沉积的厚重云彩铺天盖地地压了下来，空气沉闷，让人呼吸困难，这就是一场集体游戏，有主角和配角，还有群众演员。唐凄凄心不在焉地端着托盘和两个主角一起走过一张又一张桌子，那些人的面孔被夸张的喜悦表情压挤得变形，唐凄凄特别注意新郎曾源的神色，他的微笑恰到好处，举止沉稳，像个绅士，看来他在这样的环境里游刃有余。婚礼在一片繁华喧嚣中逐渐走到了尾声，整个一场下来，唐凄凄只有一种感觉——从身体到内心都疲惫之极，而马蓟早已喝得满脸绯红，步态踉跄。最后，当来宾都走了，唐凄凄只得和曾源一起把马蓟搀扶到了宾馆。

曾源全家早就移民到了国外，所以他在五星级的宾馆订了房间，听马蓟说他们准备两天后就出去度蜜月。新房在两楼，宾馆特地为他们铺设了红地毯，从大厅门口直到房间，唐凄凄和曾源一人架着马蓟一只胳膊走了进去。马蓟躺在床上，婚纱上沾着五颜六色的闪光小纸片，头上的羽毛早已变成了个乱鸟巢，脸上挂着被汗水冲刷后的残妆，斑斑驳驳，有些像谢幕后的小丑。曾源在给马蓟盖被子，唐凄凄先走了出去，客厅的墙壁上挂着一个硕大的囍字中国结，红彤彤的，仿佛黏在墙上的一片血渍。唐凄凄靠在窗前从香奈儿包里掏出香烟，一只拿着打火机的手伸了过来，唐凄凄抬头，是曾源。

"谢谢！"她说完低下头接上了火。

"你应该是叫唐凄凄，对吧？"曾源突然说道。

唐凄凄意外地看着他，这是今天第一次有机会这么近地打量他。正如唐凄凄最初所想，曾源果真出众，他皮肤白净，虽不是特别帅气，五官却收敛般的端正，看人的时候目光专注，像是能直入你的内心，这样清爽沉稳的男人让人觉得熨帖似的舒心，难怪之前马蓟一直不介绍他们认识。

唐凄凄定了定神对曾源说，是啊，这是我的笔名，不过马蘅一直叫我的原名，你是怎么知道"凄凄"这个名字的？

曾源笑了笑说，虽然我们之前没有见过面，我也不知道她所说的"唐晓霞"就是你。不过今天一见面我就认出你了。

唐凄凄更加疑惑，她确定自己从来没有见过这个男人。

曾源看出她的诧异，他接着说道，"你是个作家，对吗？"

唐凄凄点点头。

"那就对了！我可是你忠实的读者啊，我很喜欢你的小说，曾经在刊物上看到过你的照片，所以今天就认出你来了。真是没有想到啊！马蘅从来没有对我说过，'唐晓霞'就是作家'唐凄凄'，不然的话，我一定会早点儿认识你的！"曾源有点儿激动地说。

原来是这样。唐凄凄听了很开心。居然真的有人喜欢她的小说，并且关注着自己，这对一个写作者来说是莫大的幸福。不过，马蘅当然不会对曾源说这些，她可不会愿意他们早点儿认识。

唐凄凄和曾源之间的谈话由此变得热络起来，他们像一对相识多年的朋友，一起靠在窗边吸烟，聊着唐凄凄的小说。正在气氛热烈之时，曾源随意地问道，那你最近准备写什么小说？

空气好像瞬间凝固，曾源的这句话像个闷棒砸在唐凄凄的头上，她体内的血液一下子就停止了流动，手脚变得冰冷。如果曾源不问，唐凄凄差点儿就忘记自己来这里做什么了。她注视着曾源，他毫无防备，笑呵呵地看着自己，唐凄凄深吸一口气，等她确定自己已经做好准备的时候，她开始说话了，"我最近想写一个小说，名字叫'伴娘'。"

"伴娘？嗯，能给我讲讲吗？"曾源说。

唐凄凄吐出了一个烟圈，丝丝缕缕的烟雾缠绕着他们。"这个小说是写两个女人，就是新娘和伴娘之间的事情。"

曾源点点头说，"这个题材不错，两个女人之间的关系一定是很微妙的。"

唐凄凄瞟了曾源一眼，这个男人确实聪明，但不知道他说这句话是基于对小说创作的深层认识，还是对女人们的深层认识，总之他说对了。

"继续讲啊！"曾源催促她。

"嗯，其实故事情节很简单。伴娘在婚宴结束后找到了新郎，她想对他说……"

"等等！"唐凄凄话还没有说完，曾源就挥手打断了她，他搓了搓双手说，"让我来猜猜，她要对新郎说什么。"

唐凄凄苦笑了一下，"好吧，你先猜。"

曾源问她，"那个伴娘谈过恋爱吗？有男朋友吗？她和新郎之前认识吗？"

唐凄凄叹口气说，"你在干什么？搞心理分析啊？"

"说啊，这样我就有把握猜对。"曾源一脸期望。

唐凄凄没有办法了，她说，"好吧，我告诉你。这个伴娘爱过，却没有恋爱过，所以她没有男朋友，而她和新郎在婚宴上是第一次相见。"

"爱过，却没有恋爱过？和新郎第一次相见……好了！我知道她要对新郎说什么了！"曾源把握十足地笑了笑。

唐凄凄问，"说什么？"

曾源勾下头慢慢凑近她说道，"很简单，伴娘一定是要对新郎说，我—喜—欢—你！他们彼此一见钟情。"

唐凄凄稳稳地接住了曾源的目光，他们近在咫尺，唐凄凄能闻到曾源身上的古龙香水味道，她缓慢地闭上眼睛，深深嗅了一下这醇厚的气味，然后睁开眼睛对曾源脉脉一笑说道，"错！你猜错了！"

曾源有些意外，他直起后背眨巴了几下眼睛说，"我猜错了？那她到底要对新郎说什么啊？"

唐凄凄转过身，胳膊支在窗台上又点上一根烟。她的目光从窗外的地面逐渐延伸到空中，记忆如同薄雾漫漫远远地浮了上来。"伴娘找到新郎只是想给他讲个故事，有关于她和新娘少女时期的故事。"曾源站在一边安静地倾听着。唐凄凄继续说道，"伴娘和新娘从小一起长大，情同姐妹。在她们上高中的时候，新娘和邻班的一个男生相爱，后来被学校发现勒令他们停止恋情，并做检讨，结果新娘就去找那个男孩，让他和自己一起坚持下去，无论如何都不要分开，可是男孩没能做到。最后新娘被学校开除了，她开始和社会上的一群流氓混在一起，没有人知道她为什么要做出这样的选择，她就是她，任意妄为，从来不在乎别人的感受，也是从那时候起，新娘恨上了那个被迫妥协的男孩。她决定报复他，因为他背叛了爱情。新娘想尽了一切办法,她去学校骚扰男孩、追到男孩家门口大叫他的名字,甚至还指使那群小流氓殴打他等等,就这样反反复复干扰男孩的生活。男孩的学习成绩直线下降,从优等生变成了差生,他本来性格就很沉闷,这些事情对他来说应该是个不小的刺激,不过这都是次要的,重要的是,他一直还爱着新娘,所以他对新娘后来的变化感到痛苦、愧疚、自责,他觉得新娘的堕落都是因自己而起,应该是这样吧,一切的一切积压在一起,一定很沉重,重得让人直不起背,所以最终他选择了跳楼自杀,在学校的顶楼,在新娘和伴娘的面前。"

说完,唐凄凄扭头死死地盯着曾源,曾源的脸上没有表情,变得苍白,气氛变得压抑,两个人不停地吸烟,烟灰抖落在各自的衣服上。过了很久,曾源才说道,"那个男孩和新娘都太傻了,真是年少无知啊!"

"是吗?"唐凄凄兀自笑了笑,有句话在心里,她却没有对曾源说,"年少无知并不能成为宽恕的借口。"

"可是,伴娘为什么要把这件事情告诉新郎呢?"曾源喃喃地说道。

唐凄凄反问了他一个不相干的问题,"你爱马蘅吗?"

曾源不知道唐凄凄什么用意,他下意识地点了点头。

"那就够了。"说完唐凄凄走到茶几前把香烟掐灭在烟灰缸里,转过身她发现曾源无力地靠在墙边,指间夹着的香烟已经快烧到手了,而他毫无察觉。唐凄凄走上前去捏起那根烧完的烟,曾源没有动,整个人像是完全处于静止状态,连呼吸都没有了。唐凄凄把这根烟也使劲掐灭在烟缸里，然后走进了卧室。

马蔺还在沉睡之中，唐凄凄轻轻地走近她。透过窗帘的微光照在马蔺的脸上，她的嘴角依旧挂着淡淡的笑意，不知道是不是正在做一个美梦，她的梦里有谁呢？再走近些，唐凄凄不得不承认残妆之下的马蔺正在快速衰老，我们真的没有力量阻挡时光，没有力量阻挡与之相随的爱和恨。唐凄凄忽然又体会到了那种疼痛，心脏破碎、关节断裂，但她还是强撑着从包里拿出了钱夹，她抽出那张照片，从今天起圣将和照片上的血渍一同从唐凄凄的生命中剔除，她相信自己能做到。唐凄凄轻柔地拨起马蔺的手指，把照片放在了她的手里，然后在马蔺的额头轻轻吻了一下，"再见了，马蔺！再见了，圣！"

当她走出房间的时候，曾源已经不在了，不知道他去了哪里。唐凄凄站在囍字的中国结下慢慢笑了起来，双肩剧烈地抖动着，笑了很久唐凄凄才平静下来。她整了整衣领，打开房间的门，一道灿烂的阳光从走廊那端照射过来，圣张开双臂飞翔的瞬间，也看到了脚下这黄金铺就的大道吗？唐凄凄甩了甩手中的香奈儿皮包，带着眼角被震出的泪水缓缓地踏上了通往门外的红地毯。

疯

苏瓷瓷

打个手势,下午在阴霾里停止
透过白兰浮出稀薄的脸,疲倦 躺在眼底
我喜欢你华丽的嘴唇,含住黄金
闭上眼 从灿烂的门庭中进入

在夜晚听烟火的交战声,墙上长满牙齿
我想弄出点响声,把睡觉的人都吵醒
我想用针刺自己,会不会放出一屋的黑色?
让你们都回不去

候鸟 和孩子,各自忙碌着
和我无关的冻疮,在开放,紫色的背景下
气势汹汹地寻找对手
你是不安全的
离开吧,圣诞树下我已经吹了99个泡泡
等第100个灯泡熄灭后,你藏好!
我开始提着菜刀,一遍一遍地拉门

你到底想怎样

苏寒心里藏着一个秘密,这是一个重大的秘密,她觉得自己已经发生了翻天覆地的变化,虽然从外表看,她还是以前那个相貌普通、羞怯温柔的女子,但是她能清楚地感觉体内已经注入了某个人的气味。上班的时候,苏寒关注着童阳的一举一动,他和往常一样与漂亮的女秘书调笑,对下属开着无伤大雅的玩笑。苏寒手拿钢笔敲击着桌面——他怎么能做出一副什么都没有发生的样子?苏寒的下体突然疼痛起来,她走进洗手间蹲了一会儿,然后对着镜子里湿漉漉的脸仔细端详。

下班时间到了,苏寒看见童阳还在办公室,她故意磨蹭了半天,等同事们都走了,她站起来深吸一口气走进了童阳的办公室。

童阳正在关电脑,他看见苏寒进来,就眯起了眼睛微笑着问道,"你怎么还没有走?有什么事吗?"

苏寒愣了愣,这个男人看起来若无其事,"难道你忘记了昨晚的事情?"苏寒惊讶之中连老板都没有喊,就直奔主题。

"昨晚?"童阳思索了一下,然后拍着脑袋说,"哦——我想起来了,就是我们一起去宾馆的事情啊,怎么了?"

童阳坦然地说出来,反而让苏寒不知所措,她低下头看着童阳办公桌上的一摊水渍,它们不断地变换形状,然后汇聚成一条细线,缓缓地从桌边滴落下来。苏寒从兜里拿出手帕,慢慢地擦拭起来。童阳挡住了她的手说,"别擦了,你直接说找我有什么事情吧。"

苏寒并不理会,她继续擦拭着,等水渍都擦干净了,她才平静地说,"不是我们一起去宾馆,是你带我去宾馆的。"

童阳大笑着说,"这有什么区别啊?"

"有!"苏寒把手帕小心地折叠好放进口袋说,"当时我喝醉了,你没有送我回家,而是把我带到了宾馆,还做出那样的事情,这是你不对。"

童阳耸耸肩嘴角挂着一丝冷笑,"那你想怎样?"

"我?"苏寒感觉自己像被针刺穿的气球顿时变得干瘪无力,"反正你要对我负责!"她抠着自己的指甲说。

童阳点起一支烟说,"你有没有搞错啊!这是什么时代了?男欢女爱、两厢情愿,我要对你负什么责啊?"

苏寒的手指苍白,没有一点儿血色,青紫色的血管在手背剧烈搏动。她抬起僵硬的脖子,直视着童阳,"什么是两相情愿?是你趁我喝醉强暴了我!"

童阳英俊的脸庞抽动了一下,他弹了弹烟灰,"这个可不好说,你昨天是真的喝醉了吗?如果你不想被我强暴我能强暴得了你吗?"童阳突然凑近苏寒,苏寒被他身上散发出的烟草味熏得心跳加快，童阳在耳边哈着热气，带着猎人般自负和傲慢的表情，"你就不想跟我上床吗？"

苏寒一把推开童阳，她颤抖地抬起手指对着童阳尖叫，"我要杀了你！"

苏寒说完自己也呆住了，我说了什么？她的手指像利剑抵着童阳的胸膛，开水器突然呜呜地鸣叫，童阳明亮的双眼在一团烟雾中闪烁不停。

苏寒躺在床上，她盯着手里白色蕾丝花边的短裤，上面有一团红褐色已经发硬了的血迹。她眼前出现了晃动着的酒杯、洁白的床单、童阳古铜色的裸体和床边一只倾斜的红皮鞋。她身体摇摆着，关节传来呼呼啦啦的响声，苏寒在脑海里拼命搜索一些清晰和真实的感受，但是除了疼痛和眩晕，她一无所获。如果你不想被我强暴我能强暴得了你吗？童阳的话像只小虫子慢慢爬进她的毛孔里，让苏寒身体不由自主地抖动。苏寒攥紧了床单，她慢慢梳理着混乱的思绪，月色的反光像聚光灯一样直射苏寒的脸庞，她脸上突然呈现的笑容像舞台上的小丑，有点儿滑稽。

"童阳，你强暴了我！"

童阳急忙捂住她的嘴巴，看看周围，停车场没有其他人，"你叫什么叫啊！你是不是想让公司的人都知道啊！这对我们都没有好处，你到底想怎么样？"

苏寒掰开他的手掌气势汹汹地往外走。童阳跟在她的左右连声问道,"苏寒,事情已经这样了,你说你想怎样?"

苏寒停了下来看着天空,云朵像死鱼一样袒露着白色的肚皮,它丑陋地抱着一只只尖叫的小鸟。我想怎么样?一只鸟儿停在草坪上,树下一个小男孩举起了弹弓,它在等待被男孩打死,或者继续飞翔,这就是结果,不会出现第三种意外。苏寒转身看看童阳,他皱着眉头,金黄色的夕阳在他的唇间发光,他在等待苏寒提出条件。她此时的一句话,会马上确定下两人的结局,在决定童阳所要付出的代价时候,自己也会得到一个没有意外的答案,这是我要的吗?

"你想好没有,你要怎么样?"童阳不耐烦地斜了苏寒一眼。

"我要你向我道歉!"童阳的表情凝固了,他们对视着。童阳迟疑了半天,他不敢相信自己的耳朵,"什么?你让我向你道歉?就这样?"苏寒木然地点点头。

"那好吧,我向你道歉,苏寒小姐,对不起!我不应该强暴你,是我不对,请你原谅!"童阳忍住笑意,强作郑重地对苏寒说。苏寒点点头,童阳说,"那么我现在可以走了吗?"苏寒又点点头,童阳临走时像看怪物一样瞅了瞅在原地发呆的苏寒,她面色苍白,眼珠一动不动地盯着远方,双手垂落在衣裙边,显得脆弱无助,童阳本来想问问她是不是有什么不舒服,但他还是忍住了,这个时候最好别去招惹苏寒,既然她只想让自己道歉,那趁她没有改变主意前,还是别多嘴,自找麻烦的好。

苏寒在街头停下来，一辆红色的跑车靠在路边，她透过玻璃看见两个人的侧影，是童阳和一个女人。他们笑着交谈什么，女人不时开心地弯下腰，一缕酒红色的鬈发在额前摇动。童阳的脸慢慢转过来正对着自己，苏寒下意识地往后退了一步，童阳的脸消失在女人披落的长发后，他撩拨着她的长发，那个女人头上的白色花饰闪闪发亮，苏寒抬起手遮住了眼睛，直到她听见汽车发动的声音。

苏寒慢慢地往公司走着，她的脚步踏在路面上的光斑里，这让光芒和黑暗交替地出现在她修长的双腿上。她没有过多的表情，苏寒带着自己被强暴过的身体不着痕迹地混迹在人群中，她看见一只气球飞上了天空，地上的孩子在耐心等待着它重新降落，苏寒吃着冰淇淋发呆。

童阳在打电话，他陷在黑色的巨大沙发里，露出洁白的牙齿，这个电话过于漫长，苏寒伸了个懒腰换了一种姿势观望。童阳面带微笑，不时地用手捋着头发，也许电话那端就是他吻过的那个女人，苏寒站起身，突然身体传来嘎巴的声响，是一块即将老化的骨头在移动。她没有敲门直接走进童阳的办公室，童阳抬起头苏寒就站在自己面前，他一边继续通话一边拿眼神示意苏寒坐下，但是苏寒一动不动，像堵墙一样挡住了窗外投射进来的阳光。童阳慢慢端坐了身体，表情开始变得僵硬，说话也简短起来，很快他草草敷衍了几句就挂掉了电话。

"你有什么事吗?"童阳挺了挺身子,语调平稳。

苏寒以俯视的角度观察到这个男人后背绷得紧紧的,"童总,这是你要的文件,请你过目。"

童阳迟疑了一下接过文件,苏寒转身离去,童阳松了一口气重新拿起电话,拨了几个号码又觉得索然无味就挂掉了。

童阳站在墨绿色的电梯里,大楼里的人都走了,天黑了,地板上挤出几缕昏黄的光影,他按下"1",电梯门缓缓关闭,突然一只白皙的手插了进来,手指纤长,骨节凸起,涂着血红色的指甲油,这只手像一个独立的道具硬邦邦地竖立在惨白的灯光下,童阳心中一颤,电梯门又哗的拉开,顺着这只手他看见了神情冷漠的苏寒。

"你不是早走了吗?"童阳扭头问道。

苏寒靠着冰冷的铁皮墙,眼睛半闭着,睫毛垂落在眼窝下投出两团黑影,她没有回答,像是睡着了,血红色的指甲盖整齐地排列在白色的皮包上。

童阳无趣地盯着前面的电梯显示器,数字在跳动。鼻翼扑动的声音在电梯里格外清楚,童阳听到背后的声音越来越急促,他的手指在腿上不断地敲动,阴冷的呼吸声一寸寸逼近,他的手指僵住,后背上一滴汗水慢慢地咬着皮肤下滑,拉出一道道皱褶。呼吸声在他耳后停止,白色的灯光拍打着童阳的眼睛,他微微拱起身体,像一羽蓄积待发的箭刷的一下转身,苏寒还在原地,她像被嵌进了铁皮墙里,一直保持着闭目养神的姿态。童阳扑了个空,他有点儿尴尬地咳嗽了一声,真是神经过敏,他暗骂自己,好在苏寒眼皮都没有抬一下。

一楼到了,红灯亮,童阳径直走出电梯,他没有招呼苏寒,苏寒显然是心情不好,其中原因童阳自然清楚,他只求脱身不想多事。走出两步童阳才发现不对劲,怎么没有听到苏寒的脚步声?他转过身苏寒还待在电梯里,他正纳闷,这时苏寒睁开了眼睛,她的嘴角突然渗出一丝红色的液体,苏寒用血红色的指甲蘸了一下,然后手指停在同样鲜艳的嘴唇上。童阳刚张嘴,电梯门就开始关闭,苏寒在缝隙里缩小,红嘴唇红手指被铁皮墙的反光投射进童阳的瞳孔里,她消失了。童阳没来得及说出的那句话被空气吹碎,变成凉风跌入他的喉咙。童阳甩了甩头,电梯自顾自地上升,他的影子被隔离在外,长长的干巴巴地贴在墙上。童阳一拳打在自己的影子上,黑色的墙壁里传来沉闷的呻吟。苏寒站在电梯里,慢慢咀嚼着嘴里的圣女果,然后无法自制地大笑起来,笑得眼泪都出来了。

童阳一直盯着苏寒的嘴唇,她今天涂着粉红色的唇膏,两片饱满的嘴唇微微张开,湿润富有弹性,重要的是完整,没有破溃的痕迹,那些血是从哪里流出来的?苏寒和往日一样安静地在办公室里穿梭,一身素衣,轻声细语,没有任何异常。苏寒进办公室给童阳送了几次文件,童阳用目光追捕着她,他把注意力都放在苏寒的嘴唇上,生怕那里会突然渗出血液,然而什么都没有发生,苏寒依旧神情平淡,从容地忙着自己分内的工作。童阳心里七上八下,他知道昨天的事情不是一个幻觉,但苏寒的用意却让人揣摩不出。童阳约了阮丹吃晚饭,下班后他夹起包在苏寒之前跑出公司。

当童阳赶到"爵士情怀"的时候,阮丹已经到了。她是一个身材高挑的美人儿,童阳一坐下来就向她道歉自己来迟了,阮丹莞尔说,"我知道你们广告公司很忙,没有关系,我已经点了你最爱吃的菜。"

童阳也笑了,他为自己的选择感到满意,从诸多女友中挑出一个做老婆,对于情场老手来说风险不言而喻,但是阮丹没有叫自己失望。以她温顺的个性,婚后彩旗飘飘的生活不会只是童阳遥远的梦想。童阳和阮丹一边吃饭一边亲密地交谈着,阮丹和他商量着结婚前需要准备的事项,童阳心不在焉地附和着,阮丹说得两眼发光,面颊通红,童阳看着她兴致高昂的样子觉得可笑,不就是结婚嘛,以一种合法的名义长久行男女之事而已,至于那么激动吗?他嘴里应和着阮丹的种种提议,目光却四下瞟动,西餐厅里除了情侣倒是有几个单身女子,但是风姿却在阮丹之下,他无聊地弹着烟灰,青烟从指尖袅袅升起,遮住了桌子中间一朵塑料玫瑰。

当童阳掐灭烟头重新拿起刀叉时,一个女人正缓缓走近,她穿着红色的长裙,黑发高高挽在脑后,露出曲线优美的脖颈,下颌微微抬起,脚步轻盈。女人在童阳旁边的桌子停下,她拧起长裙的一角悄然坐下,不一会儿服务生就在桌上摆放了两套餐具,两个高脚杯里的红酒荡漾着,她拿起一个向另一个碰去,液体流入身体,另一只杯中的红酒在桌子上搅起了漩涡，显然不会再有人来。她开始专心切牛排，时而抬起头微笑，目光所抵达的地方只是一把漆黑的靠背椅，以及从椅子后射入的杂乱的光线。

"这个人真奇怪啊！一个人吃饭怎么放两套餐具？"阮丹摇着酒红色的长发说。

童阳拿起桌上的玻璃杯，仰起脖子，他的目光随之投射在屋顶，屋顶上一盏巨大的水晶灯露出繁多细碎的牙齿撕咬每一寸黑暗，他被喉咙中的一口开水烫到了，但是他没有吐出来，他柔软的舌头，环形的食道被灼伤，接下来将是身体。那个女人是苏寒，水带着刺终于划破了他的胃。

"我们走吧。"童阳放下杯子说。

"你才吃了几口，我也没有吃饱，再等一会儿吧。"阮丹一边嚼着生菜一边饶有兴趣地观察旁边的女人。

"不行！现在就走！我们去迪厅玩。"童阳的手指夹着一粒圣女果，指间滴滴红色流出落在白色的餐巾上。

阮丹看出童阳突然变得气色不好，不敢多问就拿起包跟在他后面走出西餐厅。

隔着暗红色的玻璃杯，阮丹变形的身体在不断扭动着，音乐声踏着癫狂的脚步从迪厅的角落扑上来。摇啊摇，摇啊摇，有的人站着，有的人坐着，他们的脑袋像被风吹过的麦穗，黑压压地垂下又扬起。童阳一杯杯地往体内灌注着酒精，他眼中出现了膨胀的霓虹灯和各式各样人体的残肢。当他准备闭上眼睛时，一条斑斓的热带鱼滑入人群，她妖娆地摆动着身上的鳞片，在一束雪白的灯光下仰着闪闪发光的脸庞。童阳揉揉眼睛，看见她裸露的小腹上一块褐色的胎记。她的长发散开，五官扭曲，两只颀长的胳膊像一个溺水者奋力舞动着，她两腿之间流出鲜血，随着哀号声逐渐凝固，只有腹部的那块褐色胎记像一只眼睛冷冷地看着童阳。红酒不断地翻腾，冲出了酒杯，落在膝盖上，他在发抖，童阳觉得全身酸痛。

"丹丹，那女人是不是刚才我们在西餐厅遇见的那个？"他强作镇定地问道。

阮丹背对着他摇晃着，"怎么可能呢，她们根本不是一个人。"

不！不是这样的。无论她怎样装扮，童阳都清晰地记得苏寒腹部的那块胎记。她此时在舞池中央疯狂舞动着，身边聚集着一群贪婪的男人，像一个正在被人强暴的女人痛苦、无力地挥动着四肢。童阳踉跄地向舞池中走去，你到底想做什么？他盯着脚下一双双晃动的皮鞋，黄色的、白色的、黑色的，最后是一只倾斜的红皮鞋，童阳抬起头突然眼前一黑，晕倒在地上。

苏寒洗尽浓妆换好睡衣在床边坐下，今天是她的生日，这个夜晚因为童阳而变得有趣起来，她想起童阳倒在她脚下时的样子，这是一场闹剧，填充了苏寒空虚的生活，苏寒翻开笔记本写下了几个新点子，她仔细地看了一遍，想到这些假设将横冲直撞在童阳的生活里变成现实，苏寒兴奋不已。她把笔记本锁进抽屉里，然后抱起身边的布娃娃，布娃娃没有眼睛，五官残缺，嘴角翘起。苏寒从桌上拿起一双长长的红色圣诞袜。"宝贝，来看看圣诞老人送了你什么礼物啊？"她边说边掏着袜子，苏寒从里面摸出一对黑色的塑料片，她高兴地摇摇布娃娃说，"看啊，圣诞老人从冬天跑到夏天来，专门为你送这个的！哦，对了，你现在看不见，不要着急啊！"说完苏寒把塑料片黏在了布娃娃的脸上，布娃娃重新有了眼睛，它有一张可爱的笑脸。"祝你生日快乐！你一定很喜欢这个生日礼物。"说完，苏寒抱着布娃娃亲了一下，"让我来看看圣诞老人送给我的是什么。"她拿起另一双袜子摸索着，是一管口红。苏寒高兴地拧开口红，饱满的朱红色在灯光下像一粒火种，苏寒闭上眼睛说，"祝我生日快乐，我太喜欢这个生日礼物了！"晚上苏寒用这管口红把自己的嘴巴涂得娇艳无比，然后抱着布娃娃进入了梦乡。

尖锐的刹车声划破了天空，童阳的手紧紧抓着方向盘，他摇了摇昏沉沉的脑袋紧张地望着车前，一个穿白裙子的女人站着，还好没有撞上，童阳长出一口气，还没等他下车，那个女人就转过身对他微笑着，是苏寒，童阳顿时无法动弹，他眼睁睁地看着苏寒消失在街头。"我操！"许久童阳才醒悟过来，他大骂一句一巴掌拍下去，刺耳的喇叭声嘶力竭地叫喊着。

童阳拉上了办公室所有的窗帘坐在黑色的沙发里，电话铃不时响起，他一动不动。这时苏寒推门进来，她把一份文件放在童阳的桌上什么都没有说就走了出去。童阳不记得是从什么时候起苏寒开始不敲门就闯进办公室,她做得理直气壮,不管童阳是在打电话还是在做别的事情。苏寒开始强硬地在他的生活轨道中来去自如,如果我今天撞死了她,事情又会如何发展?童阳嘴角浮出一丝苦笑,他知道这只是一个设想而已。他在考虑要不要找苏寒谈谈,苏寒就像空气一样包围了自己,童阳挥出一拳,空气依旧在流动。

童阳放弃了加班,他和公司一群下属一起离开公司,然后踏上拥挤的公车回到家里。阮丹打电话来叫他出来玩,但是童阳拒绝了,阮丹失望地挂了电话,童阳点起一支烟,一阵风从窗户里吹进来,他脱下外套走进洗手间。一张鲜红的嘴唇正对着他,童阳吓得后退一步,这张嘴巴印在镜子上,上下唇都很饱满,童阳的手指贴在镜子上,沿着嘴唇的外延移动,冰冷的镜子里童阳的脸色苍白,一块红色的印记烙在他的脸颊上,他慢慢擦拭着,唇印糊成一团像肮脏的血渍遮住了镜子里的自己。童阳突然想起了什么,他转身往卧室奔去,打开衣橱拽出一件白衬衣,衣领上满是红色的唇印,他恶狠狠地把衣服扔在地上,继续往后翻,每件衬衣上都长满了嘴巴,它们张开着齐声嘲笑童阳,童阳吼叫着把一堆衣服都拉出来,他用脚使劲践踏,用手撕扯,用嘴巴咬着,一条条白布在房间里飞扬,童阳倒在破碎的布条中,像一个被绷带紧裹的病人,艰难地呼吸。

晚上八点钟,童阳躲在衣橱里,从缝隙中他打量着自己的房间,月光落满一地,没有开灯,家具上反射着凛冽的白光。

电话铃响了几次，但他都没有接，童阳蜷缩在窄小的木柜里，他全身发冷，手指不停哆嗦，只有一双眼睛炯炯有神，他听见细细的咀嚼声，牙床在摩擦，是白蚁在蛀木头，他觉得自己的骨头已经变得越来越轻，它们也快被淘空了。这时，传来一阵轻缓的敲门声，童阳用手捂住嘴巴，等了几天她终于要现身了，他立起身子紧张地从柜子缝里张望，怦怦的心跳声在黑暗里回荡。敲门声逐渐急促、响亮，童阳伸长了脖子，敲门声却戛然而止。童阳轻轻地伸展了一下僵硬的双腿，这时他听见钥匙转动锁眼的声音，她来了，童阳头上冒出细汗，他不敢擦，汗水一点点落到嘴边，童阳张开嘴巴，舌头上传来苦涩的味道。一个女人借助月光摸进了他的房间，她踮着脚尖手里拧着鞋子四下张望，当确定房间没人时，她把鞋子放下弯下腰把脚放了进去，然后径直爬到了童阳的床上，她拥着童阳的被褥埋下头深吸一口气，然后摊开四肢躺下。童阳正准备推门跳出去，女人却在这时抬起一只手，童阳缩回了手，他看着女人拿着口红在嘴唇上涂抹着，然后她匍匐着亲吻枕头、床单、被子。她弓起身体嘴唇每落下一次，她都会发出"哦，童阳"的低吟，她在不停地颤抖，童阳感到整个房间都在颤抖，他终于冲了出去，童阳按下墙壁上的开关，强烈的灯光瞬间绽放。女人的动作凝固了，她的脸还扎在被褥中，长发披散着。

童阳走到床边，他注视着女人单薄的后背冷笑道，"苏寒，果然是你。"

苏寒慢慢抬起头，她用手把胸前的长发拢到耳后，然后转过脸来看着童阳。"那又怎么样呢？"她冷冷地说。

童阳冲上去一把揪住她的头发，用手夹起她的尖下巴说，"你还想装神弄鬼，你到底想怎么样？不就是被我睡了一次嘛，你要多少钱才肯放过我，你说！"

苏寒瞪着他不说话。

童阳说，"我知道你恨我。"

苏寒突然冷笑了一下说，"不，我不恨你。"

童阳愣了一下，绝望地说，"不是这样的，我知道你恨我，你恨我！你去报案吧，要不你干脆杀了我！"

苏寒冷冷地说道，"不！"

"你到底想怎样？"童阳问她。

"我不想怎样。"

"你不想怎样？"

"我不想怎样！"

苏寒说完突然抬起脚踹在童阳的腹部，童阳痛得松开手，苏寒趁机一跃而起往外跑去。童阳挣扎着扑上去，他一把揽住苏寒的腰把她使劲一甩，苏寒尖叫一声跌落在床上。童阳冲上去骑在苏寒的身上，他用双腿紧紧夹住苏寒的腰，苏寒的双脚不停地踢腾，两只手在童阳身上乱挠，童阳脸上和手臂上火辣辣的，有几处被苏寒抓破，他好不容易压住苏寒的手腕，但是苏寒依旧像一匹野马一样在床上疯狂蹦弹。苏寒胸前的扣子崩断了几颗，在厮打中，饱满的乳房若隐若现上下跳动，她在童阳的身下不断挣扎，腹部贴着童阳的下体来回摩擦，童阳觉得血液突然涌上头顶，他失去控制地掰开苏寒的双腿，然后一边掐着苏寒的脖子一边猛烈进攻。苏寒仰着下巴，头发垂落在地板上，她用指甲抠着童阳的双手，童阳更加用力，苏寒发出呜呜啦啦的声响。床单上都是变形的红嘴巴，童阳大声地喊着，"苏寒，你是不是喜欢被强暴啊？你就是个婊子，我现在让你看看我是怎么强暴你的，你去告我啊！你最好把我送到监狱去，你听见没有！我强暴了你，你把我杀了吧！"童阳拼命抽动着身体，他断断续续的哀号声淹没了苏寒的呻吟。

终于一切平静下来，童阳松开双手，疲惫地挪开身体，苏寒没有任何反应。童阳的目光从苏寒的裸体移至她的脸庞。苏寒面色惨白，脑袋软绵绵地垂在床沿，脖子上有一道深深的红印。童阳突然心底升起一股寒意，他慢慢地把手伸到苏寒的鼻孔下，然后猛然缩回。"苏寒！苏寒！"童阳恐惧地叫着，他用手拨弄着苏寒的脸庞，苏寒的头随之左右摆动。当他停下来，苏寒的脸重新歪到一边，"她死了，我杀死了她！"童阳跳起来紧紧靠着墙壁，他清晰地看到苏寒苍白的脸上挂着一丝诡异的笑容。

童阳在宾馆待了一个晚上，他一夜无眠，地上丢满烟头。一缕阳光落在童阳蓬乱的头发上，他抬起头盯着镜子，眼睛里布满血丝，脸颊深陷，他把烟头摁在镜子上，火光在他瞳孔里慢慢熄灭。他想清楚了，先到公司收拾物品，然后去自首。走在路上，童阳看着熙熙攘攘的人群，以后我将再也见不到这么明媚的阳光了,他已经不再感到恐惧,而是一种奇怪的踏实感,他长出一口气加快了步伐。

童阳终于来到了墨绿色的电梯前,他平静地靠着墙壁看着显示屏上的数字跳动,一楼到了,电梯门打开,一个女人弯着腰对他鞠躬,"童总,早上好!"童阳神情恍惚地挥了挥手,女人慢慢直起身子,她站在电梯里冲着童阳微笑着,长发披散,红色的指甲整齐地排列在白色的皮包上,脖子上还系着一条红色的丝巾,窗外的阳光让人头晕目眩,电梯的门久久没有关上。

冰凉 冰凉的

苏瓷瓷

我还是回来了,一个人
毫发未损地回来了

一个奴隶交出身体
找到最脏的角落,把自己平放在泥土下
月亮在头顶 月亮在肚脐 月亮在脚趾
我 就是棺木,漆黑的脸 三个月亮暴病而亡

来年又是春天,小小的春天
一个20岁就消失的姑娘,重新出现
我们一起展开双臂,拦住低微的命运
一片雪花融化在海洋

你替我救出了爱人,救出了发芽的手指
为我留出身边的位置,我慢慢地起身
踮起水淋淋的脚尖,在黑色的针孔里流血

我将感激 树木移至另一个国度
空地,一寸寸恢复冰凉

杀死柏拉图

1

晚上十一点半,电话铃声响起,沈郁迷迷糊糊地翻了个身,母亲的声音从门缝里挤进来,"三更半夜的谁啊,沈郁,快点儿接电话!"沈郁猛然惊醒烦躁地拿起听筒,一个沙哑的女声传来,"沈医生吗?是我啊,我睡不着觉想和你聊聊!"

我操!你睡不着觉和我什么关系!你睡不着觉就有权利打搅别人的睡眠吗?沈郁攥紧听筒,气得浑身发抖,她做了一个深呼吸,然后尽量把声音调整得比较轻柔地说,"我知道了,你还是因为忘记不了自己被抛弃的事情,忘记不了过去的阴影,但是你还年轻,以前的事情都会随着时间慢慢淡忘,你不要强迫自己去回忆,你要振作点儿往前看,好男人多得是,只要你心里充满希望,一切都会好起来的,好吗?"沈郁根本不给那个女人说话的机会,她皱着眉头,一边恶狠狠地翻着白眼,一边故作温柔地说出一堆安慰的话。

那个女人显然不满足沈郁这种一成不变的腔调,她在电话那头挣扎道,"可是……"沈郁知道这个转折过去将是无穷无尽的抱怨,我他妈的简直成了一个怨妇的垃圾桶!她揪断了几根头发,但声音听起来还是那么耐心、平和。"这样吧,你现在起来泡杯牛奶,听点儿轻音乐,数下小绵羊,实在不行你就吃几片安眠药。"说到吃药的时候,沈郁的声音明显粗暴,这种平衡开始失重,可能那个女人也感觉到了她的异样,只好心有不甘地说,"那好吧!谢谢你啊,沈医生。"还没有感谢完,沈郁就截断了她,"不用谢!"砰的一声挂上了电话。

电话再也没有响起,沈郁怔怔地坐在床上,她在悔恨自己怎么给了这个名叫"图图"的女孩一个打扰她睡眠的机会。图图有病,她真的有病,沈郁在值夜班时接到她第一个电话后就下了判断,是抑郁症,她因为失恋而反复自杀、失眠,对一切失去信心,天天把自己关在房间里,怕光怕陌生人,这不是抑郁症是什么?图图确实一直在吃药,只是效果不佳,所以她把电话打到精神病院。沈郁耐心地听她讲了三个多小时,最后劝她来住院,但是图图斩钉截铁地拒绝了,沈郁有点儿恼火,医院有个不成文的规定,每收一个病人,都要给医生回扣。她烦透了这类只想打电话做心理治疗但不给医生付钱的病人,最后她敷衍了图图几句就果断地挂上了电话。没有想到此后的一个月,图图的电话准时在晚上十一点半响起,沈郁痛苦不堪,但她又不敢发作,做为医生,在上班时间对来电话咨询的病人要态度和蔼,办公室里挂着一块写满规章制度的玻璃框,其中就有这一条。沈郁多年的行医生涯中经常遇到这样的病人,但没有给她带来过多的苦恼，她常常在病人絮絮叨叨的话语声中睡去，但是图图不同，她不是自言自语的倾诉而是每隔一会儿就要提高嗓门问，"沈医生，你睡着了吗？"或者"沈医生你在听我说话吗？"沈郁擦了擦口水，从梦中醒来回答，"我在听啊，你继续说！"有时候沈郁实在太困了就没有回应，这时电话那端就会传来凶恶的吼声："我要投诉你！"沈郁被吓得一哆嗦，马上睡意全无。

一个月后，沈郁的夜班终于要结束，图图又打来电话，沈郁拨弄着手边的玫瑰花听她诉说自己的爱情经历和被抛弃后的痛苦，沈郁都会背了，但她却一反常态兴致勃勃地插了几句话，甚至压抑不住喜悦地对图图说到有人送给自己一束花，这些异常来源于方自强今天提出要和沈郁建立恋爱关系。图图那边沉默许久，然后对她说了声"恭喜你"，这次通话很短，图图好像没有什么话了，挂电话前沈郁告诉她这是自己最后一个夜班，这意味着从明天起接听图图电话的会是另外一个医生。沈郁的心情非常好，但是图图却哭了，"可是我不想和别的医生说话，我只想和你聊天，我和你说话的时候能感觉你就在我身边，就像姐姐一样温柔地看着我，我怕陌生人，没有你我的病情会越来越重的！"沈郁没有想到图图居然这么依赖她，她愣了一会儿，心里有点儿不忍，自己这么幸福，但有人却那么痛苦，最后她思索片刻把家里的电话号码告诉了图图。没有想到此后图图转移了阵地，每天晚上十一点半把电话打到了她家里。沈郁苦不堪言，她故意不接，但是电话像警报器一样叫个不停,为此她还大骂过图图,然而一切如故。迫于无奈,沈郁只有把电话挂起来,但总有忘记的时候,图图就这样见缝插针地刺破了沈郁原本安静的夜晚。

2

早上起床,母亲穿着黑色的短袖衬衣,两手交叉放在胸前,皱着眉头盯着桌上的早饭。沈郁小心翼翼地洗漱完毕坐到桌前,她随手摊开一张报纸翻动着,母亲重重地哼了一声,沈郁马上合上报纸专心吃饭。"小郁啊,昨天那么晚是不是方自强给你打电话?"母亲斜着眼问她。"不是啊!是……"沈郁还没说完,母亲手臂果断地一挥说,"我不管你们怎么谈恋爱,但请你务必转告方自强同志,不要每天三更半夜打电话来,虽然他出身于小市民家庭,但这种基本礼貌我想他应该知道。"

到了单位,她先给方自强打了个电话问他在做什么,方自强不耐烦地说,"这么早我能做什么,当然是在单位上班"就挂了线。沈郁依然开心,只要每天早上能听到方自强的声音,她就觉得非常满足。交班完毕后,沈郁开始接诊,一个又一个愁眉苦脸的病人来到她面前,坐下来开始倾诉自己的痛苦,她习惯性地戴着口罩把自己捂住,手里的钢笔在喋喋不休的话声中旋转起来,沈郁一边压抑着厌恶,一边装作温情脉脉的样子安慰病人。她一只手插在白大褂兜里拨弄着一管口红,一边在想象和方自强晚上的约会,有个来做心理治疗的男人叫了几遍医生，她都没有听到，男人突然一拳砸在桌子上，"老处女！"他对着沈郁五官扭曲地叫道。"你！"沈郁蒙了，血往头上涌，她站起来愤怒地指着男人却说不出话，头顶上的电风扇呼呼啦啦地旋转，沈郁猛然走到门口拉开办公室的门，"谁是他的家属？"她变调的声音在走廊响起，一个老太太颤巍巍地走上前，"医生，我是他妈妈，他情况怎么样？"沈郁怒气冲冲地说，"他有病，有严重的精神分裂倾向，你现在马上去住院部去给他办住院手续。"等护工把挣扎着的男人拉进病区后，沈郁从抽屉拿出一面小镜子端详起来，眼眶周围一圈黑晕，眼角和额头出现细密的皱纹，嘴唇干瘪地下垂着，连白皙的皮肤都像是被泡得肿胀的馒头，沈郁叹了口气，刚才的愤怒化为幽怨，真是岁月不饶人，三十二岁的女人这么不堪一击。

直到一天的工作结束，沈郁还没有恢复过来，她心情郁闷地进值班室换衣服。一件黑色的衬衣，一条咖啡色的长裤，扎着长辫子，脚下是母亲送给她的一双式样老旧的黑皮鞋，脸色阴郁，越看越像一个老处女。沈郁破例解开衬衣最上面的纽扣，露出雪白的脖颈，然后从工作服兜里掏出新买的口红，她笨拙地涂在嘴唇上，照了照镜子，又把头发解开披散着。这样会不会看起来年轻一点儿？方自强会喜欢吗？沈郁左照右看心里总觉得别扭，她一看表，约会时间快到了，她跺跺脚还是恢复了原来的打扮，衣领把脖子包裹得丝毫不露，擦掉口红的嘴巴显得青紫，大辫子甩在身后，戴上眼镜夹着军绿色的布包，沈郁急急忙忙冲了出去。

3

　　沈郁流着眼泪躺在床上,她咬着枕巾压抑着自己的呜咽声。哭了好一会儿,沈郁扯过床头的台历,日期上画着一些红圈,那是和方自强约会的日子,她把这些充满幸福的时光孤立出来,多少次当她看到台历上被红色包围的日子,心里就充实起来。现在呢?它们张着血淋淋的嘴巴在嘲笑她,我失恋了,方自强把我抛弃了!沈郁拿起笔在八月十三日上恶狠狠地打了个红叉,她在空白的地方不停地写上方自强的名字。方自强说,沈郁,我真的没有办法再和你相处下去了,你是个让人疲惫的女人,沈郁画下一个叉;方自强说,沈郁,你是一个古板、没有情趣的女人,我们不合适,沈郁又画下一个叉;方自强说,沈郁,你活得太压抑了,被压抑得已经没有性别了,沈郁画下一个叉,当沈郁披头散发、双眼红肿地停下来时,纸上的"方自强"已经被一个个鲜红的大叉压得面目全非,像是被反复执行了枪决。她拿着发卡往自己身上乱戳,她恨方自强,更恨自己,为什么他要抛弃我?为什么我连一个男人都抓不住?身上已经布满斑斑点点的红迹,沈郁却没有感觉。"小郁,你躲在房间里做什么?快出来吃饭!"母亲敲着门叫她。沈郁慌忙应了一声,她找出一件长袖衣服藏起伤痕,擦了擦脸上的泪水,让自己镇静下来后走到客厅。

　　"你刚在做什么啊?"母亲端坐在饭桌前问她。

　　"我在看书。"沈郁装作若无其事的样子开始喝汤。

母亲突然问她,"你下班的时候不是打电话说不回家吃晚饭的吗?"

沈郁不耐烦了,"朋友失约了,我就回来了,怎么我不能回来吃饭吗?"

母亲惊奇地看着她,"小郁!你今天怎么回事?居然会顶嘴了!怎么一点儿规矩都没有,你看你还像个高干家的子弟吗?简直比方自强那个小市民还恶俗!"

沈郁像是被蛇咬了猛然站起来,"妈,这是什么年代了?我算什么高干子弟啊?再说你又没有见过方自强,你怎么知道他恶俗,我们就比他高雅啊?"她在心里还暗暗说了声——他妈的!

母亲的脸顿时变得铁青,她缓缓起身整了整衣襟说,"沈郁,我可告诉你,不管现在是什么年代,你最好都给我记住,你父母都是高干家庭出身,你不是普通人家的女孩,别因为那个叫方自强的男人就忘记了自己的身份,就和小市民混为一团,自甘下贱,没一点儿傲气!"

沈郁看着母亲阴沉的小眼睛和干瘪的嘴唇,她站在灯光下,一块黑影遮住了脸颊,只露出了刻薄的尖下巴。我们长着一样的脸孔,沈郁面对着母亲,就像看到了苍老的自己,她深深的厌恶,却又无奈地看着母亲成为一片乌云盘踞在她体内,她凄凉地撇了撇嘴巴。

"你冷笑什么?沈郁!你居然敢嘲笑你的母亲?"

我没有,沈郁心里辩解着,但她居然没有说出口,并且真的笑了起来。

"你!"母亲指着她浑身发抖,"我一辈子受苦受累地把你拉扯大,要不是你我会老那么快吗?要不是我老得快,你父亲会抛弃我吗?"沈郁第一次觉得母亲皱纹迭起的脸这么丑陋,按她的逻辑看来,父亲的离开是自己造成的啰?

"你这种没有良心的人,难怪男人都看不上,好不容易找个男朋友,还是个烧锅炉的工人,我们家的脸都被你丢完了!"母亲头发蓬乱,手舞足蹈,唾液四溅,像一个魔鬼。

沈郁感觉自己的眼前一点点黑下来,我要被吞噬了!她双手紧紧地抠着桌沿,歇斯底里地大叫起来:"你为什么不说说你自己,你自私自利,脾气古怪,说一不二,蛮横霸道,所以爸爸才和你离婚的!什么狗屁的高干家庭,都他妈的是假正经、假清高,你出去买菜还不是和小贩子讨价还价,还顺手牵羊拿别人的鸡蛋。我找不到男朋友,你说是什么原因,从小到大只要看见我和哪个男生接近一点儿你就骂我下贱,我十六岁了你不给我买胸罩,反而找个布带子让我把胸缠起来,不让我打扮,不让我唱歌跳舞,天天叫我走路要碎步,笑不露齿,现在怎么样?你看你终于把我培养成了淑女是吧?其实,我这种人不叫淑女,我他妈叫老处女!你知道不知道?!"

啪!一个响亮的耳光扇过来打断了沈郁,沈郁偏着脑袋,头发掩住了半边脸,她头也没抬,就这样慢慢地走进自己的房间。

沈郁一头扑倒在床上,脸上隐隐作痛,她思维混乱,但心情却平和了不少。"不就是个男人吗？他不要我我还看不上他呢！"沈郁对着墙壁自言自语，她继续说着，把自己如何通过朋友介绍认识方自强，方自强和她吃过几次饭，说过什么话，带着什么样的表情等等都温习了一遍，不知过了多久，房间里已铺满了月光，突然电话铃响起，沈郁像溺水的人抓住了一根稻草，急忙闭上嘴巴拿起听筒，是图图。

"沈医生，你睡了吗？我是图图啊。"图图怕她和以前一样发脾气，小心翼翼地说。

"没有，没有，我没有睡。我，我正想找人说话呢！"沈郁脱口而出。

图图那边短时间的沉默，然后她奇怪地问，"不会吧？做医生的也失眠吗？也需要找人倾诉吗？"

沈郁自嘲地笑笑说，"是啊，我也遇到问题了，并且我从小到大没有一个朋友。"

就这样，图图不再是一个人说个不停，沈郁开始和她共同探讨失恋问题，表达对男人的仇恨。最后两个人竟不知不觉地谈了一个晚上，直到沈郁要去上班，她才挂了电话。

此后每天晚上十一点半，图图打电话来沈郁不再愤恨，她像一潭腐烂的湖水，失恋后的幽怨泛着白沫不断地向电话那端的图图涌去。

4

八月二十号，沈郁拿起台历在上面画了一个圈，然后她换上睡衣坐在床边等图图的电话。图图的电话准时在十一点半响起，沈郁今天准备和她谈谈自己的童年，几个小时过去了，沈郁灰暗的童年还没有讲完，图图就打起了哈欠，"沈医生，真对不起，我有点儿困了。"

这句话像根鱼刺卡在沈郁喉咙里，"你困了？你不是一直失眠吗？怎么现在困了？"

图图懒懒地回答，"我也不知道，突然很想睡觉。"

"哎！你别睡啊！我还没有讲完呢！我们再聊一会儿吧？再说你现在睡也不一定就能睡着啊！"沈郁焦急地说。

"不行我就去吃两片安眠药，不过我现在真的感觉很累，想睡觉，要不我们明天再聊，好吗？"沈郁听见图图那边传来窸窸窣窣脱衣服的声音。

"你不能睡！你不是有抑郁症要做心理治疗吗？我这不是一直在给你治疗嘛，你坚持一下我们说说话，你的病就能很快痊愈的。"话没说完，听筒里就传来嘟嘟的忙音。

沈郁没有回过神，她呆呆地拿着电话，一声接一声地喊着，"图图！图图！"

沈郁眼睁睁地看着白光一点点爬进房间，她松了口气，等了几个小时，天终于亮了，可以去上班了。

上午快下班的时候，主任安排她帮另一个出差的医生顶十天的夜班，沈郁暗自着急，她怕图图晚上打电话找不到自己，如果她打家里找不到我，她可能会再打到医院来吧，沈郁心里忐忑不安。结果，到了晚上十一点半，沈郁放下手中的病历，可是电话没有响起。如果图图打到家里是母亲接,她会告诉图图我在医院顶班吗?自从上次和母亲争吵后,她们再也没有说过话,母亲也不管她了,整天一言不发地坐在客厅的角落织毛衣。怎么办呢?她应该想到我在医院啊!沈郁在病区里来回走动,病人都已经睡了,走廊里只坐着一个打瞌睡的小护士,找不到人说话的夜晚让沈郁非常不适应,她又等了几个小时,电话还是没有响,沈郁只好到治疗室找了几片安眠药走进值班室。

漫长的十天终于过去了,最后几天沈郁吃安眠药已经没有什么效果了,她睡了一两个小时后就醒来,没事做,沈郁就找了支铅笔在墙上乱画,等她交班的时候,值班室的墙壁上都是黑乎乎的牛鬼蛇神。

5

沈郁一边梳头一边盯着电话,她瞟了一眼床头上的闹钟,已经十二点了,图图怎么还不打电话来?她放下梳子抱起电话抚摸着,话机上的数字键发出幽蓝的光芒,金属做成的机壳冰冷坚硬,它像一个得道的高僧,内藏玄机而又沉默地看着沈郁。闹钟指向两点半,沈郁放弃了等待,她把电话重重地放下,摸起桌上的剪刀伸向胸前的长发,一缕乌发飘然落地,仿佛黑色的潮水逐渐淹没了脚背,窗外的野猫全身光秃秃地从她身后走过。

图图再也没有打电话来,沈郁莫名其妙地和她断了联系,图图突如其来的抽身让沈郁有点儿不习惯,她睁着眼睛聆听着黑夜里的声响,树叶坠落、老鼠搬家、猫在交配……这些万物所发出的热闹的声音如钉子般扎在她的身上，沈郁躺在床上像是蜷缩在阴沉的坟墓中，寂静压得她翻不了身，沈郁双脚叠在一起来回蹭着，干燥的碎屑从皮肤上脱离，如果继续下去，我会不会像橡皮一样把自己擦得丝毫不剩？她抑制着可怕的念头，心中涌起一股仇恨，她恨图图不负责任地抛弃了自己。沈郁猛然从床上跳下来，她抓起电话，一片忙音在她耳边响起。沈郁把它想象成图图的呼吸声，然后开始和往日一样对话起来。沈郁模仿图图的腔调回应自己的话，她变得兴奋起来，兴致勃勃地说到天亮。到了医院，沈郁双手插在工作服兜里，耸着肩膀远远地看着围坐在一起聊天的同事，她犹豫了半天，然后鼓起勇气凑了上去，她张张嘴巴想插入他们的话题，但是那一瞬沈郁的脑袋里变得一片空白，她心里囤积了太多的词语，而张开嘴巴的时候，它们却像岩石般沉重得无法从喉咙里被搬挪出来。最终，沈郁还是和往常一样带着怪异的表情默默地站在一群人中间。

沈郁回到家中，她被倾诉的欲望憋得满脸通红，好像受了莫大的委屈。她下定决心要找人谈谈，于是沈郁翻出一本市民电话簿，开始拨打那些陌生的号码。不要怕，反正他们也不知道我是谁，沈郁提起电话安慰自己说，她深吸了一口气，然后用颤抖的手指按下一个个数字键。连线声响起，沈郁又有些后悔，她不甘心放下电话，却暗自期待着没有人接听，这时一个男人的声音传了过来，"喂。"在深夜里这一个字的回音却是如此尖锐，沈郁吓了一跳，她嗯了半天说不出一句话。"是谁啊？你找谁啊？说话啊！"男人的声音中带着睡意，不耐烦地问道。沈郁愣住了，是啊，我是谁？我要找谁？还没有等她反应过来，男人骂了句"神经病！"然后重重地挂了电话。沈郁全身瘫软地放下电话，她没有勇气再继续拨打别的号码，这让她更加怀念和图图聊天的时光，没有紧张和不安，自从和她失恋后，沈郁更是产生了一种和图图同病相怜的亲近。她想起图图以前重复过无数遍的关于自己失恋的事情，那时候她是多么厌恶图图的絮絮叨叨，但是她现在却希望图图能再打电话过来，哪怕再说上一万遍，自己也不会厌烦。沈郁嘴里不停念叨着"图图，图图，你为什么不给我打电话了？""图图，你现在在做什么？""图图，我心里很难受！""图图……"沈郁怀里捧着电话静静地躺着，她的嘴巴在月光下不停地嚅动，直到天亮沈郁晕沉沉地从床上爬起来的时候，她才做出了一个重要的决定。

下午阳光明媚，沈郁从电信局里走出来，她手中攥着一张纸片，从这张纸片中，她了解到在她去医院顶夜班以后图图就没有再打过电话。但是没有关系，沈郁已经记住了一个经常在晚上十一点半拨进她家的电话号码，这样我就不用等了，她不打给我，我可以打给她。我可以打电话给图图了！沈郁在人声鼎沸的街头露出笑容。

沈郁拿起听筒，手指飞快地拨动一串电话号码，她的心怦怦直跳，当她再次听到图图的声音时，她竟然高兴得流出了眼泪。她没有告诉图图怎么会知道她家的电话号码的，没有提到这其中的挣扎，图图也没有问她，像是早就知道沈郁会打电话给自己，她们省略了那段失去联系的时光，不着痕迹地恢复了对话。沈郁激动地喋喋不休，图图也一直回应着她。她们开始谈男人。

图图说，"沈郁，你是个处女吗？"

沈郁嗯了一声，图图在那边窃笑。

"你笑什么啊？"沈郁有点儿恼火。

"没有什么，不过沈郁你有没有为此觉得羞耻啊？你不想男人吗？"

是处女又如何？我可不是一个随随便便的女人，有时候会想想男人，但也只是想想，我从小到大都讨厌和男人有肌肤的接触。

图图又笑，"我没有说做处女不对，但是做一个三十二岁的处女不仅古怪而且有点儿可笑。你讨厌和男人有肌肤之亲，难道你想一辈子搞柏拉图之恋啊？这样有违人性，你啊，还不知道其中的好处！"

沈郁叹口气说，"连精神病人都骂我是老处女，我对男人没有吸引力呀……"

图图鼓励她说，"你别那么自卑，要想吸引男人很容易，首先你需要好好打扮打扮……"

图图总是能让沈郁感到惊奇，沈郁的生活开始带着刺激、欢快、好奇流动起来，图图为她开启了一扇窗户，沈郁甚至觉得自己生锈的躯体也逐渐发出了绿芽。

6

一个星期天的上午，沈郁在逛街，突然一张熟悉的面孔闪过，是方自强。他搂着一个女人的腰，谈笑风生地向自己走过来，沈郁马上躲到街头的广告牌后面。他们越走越近，那个女人穿着水红色的超短裙，露出白皙的大腿，领口开得很低，乳沟若隐若现，她脸上擦着白白的粉底，嘴巴画成桃红色，分外诱人，眉眼修饰得很精致，走起路来婀娜生姿。狐狸精！沈郁在心里暗骂道，她看见方自强像一头发情的公牛，情绪亢奋，喘着粗气贴着女人的耳边说话，女人笑得花枝乱颤，真不要脸！沈郁忍不住攥紧拳头。他们旁若无人地调笑着走进路边一个卖性保健用品的小店。沈郁慢慢从广告牌后面走出来，她气得满脸通红，有什么好气的？不过是我不要的男人，居然找了个这么庸俗的女朋友，沈郁顿时火气消了一大半，她心里充满了对方自强的鄙视。

中午沈郁破天荒地找了家西餐厅吃饭，刚要进门时一个十八九岁衣着破烂，一瘸一拐的男孩拦住了她，他伸过来一个肮脏的铁钵子说，"阿姨，可怜可怜我，给点儿钱吧！"阿姨？她看着面前的乞丐勃然大怒吼了声："滚开！"周围的人都盯着她，小乞丐吓得走开，沈郁扶了扶眼镜，气势汹汹地走进餐厅。她要了份牛排却全无胃口，我真的看起来那么老吗？连十几岁的半大小子都叫我阿姨，沈郁拿起餐巾纸遮住自己潮湿的眼睛。沈郁叫了一瓶红酒，她一口气喝了大半瓶。

走出餐厅,外面阳光刺眼,沈郁觉得头晕目眩,她扶着墙边,马路上人来人往,女人们都穿得花花绿绿,阳光射在她布满灰尘的黑皮鞋上,沈郁缩了缩脚,她突然感觉很羞愧,自己的装束和身边的人格格不入,陈旧破败。男人都喜欢性感、会打扮的女人,这是图图说的;这个世界上只有懒女人和笨女人,没有丑女人,这也是图图说的。是啊,图图说的都是真理,不然她一个堂堂医学硕士,家境富裕的女人怎么会被一个从小在小弄堂长大,初中都没毕业的男人抛弃。沈郁心中的闷气化作一股动力,我要改变自己,要让方自强看看自己瞎了狗眼放走了我沈郁!想到这里,沈郁强打精神,快速地走进一家又一家服装店。

买衣服和化妆品、烫头发、做美容,等沈郁折腾完,天已经黑了,她对着路边亮着灯的橱窗打量自己。她穿着和方自强身边那个女人一样的超短裙,这让她第一次发现自己的身材居然这么凹凸有致,远远胜于那个庸俗的女人,头发像盛开的菊花蓬松地垂落,卖化妆品的小姐给她画了个烟熏眼,娇艳欲滴的红唇,再配上沈郁惯有的忧伤表情,流露出暧昧、颓废的风情。沈郁对现在的自己非常满意,她手拎大包小包,穿着细长的高跟鞋,趔趄着往家走去。突然,一声口哨响起,一辆轿车在她的身边停下,"小姐,我能送你回家吗?"沈郁醉眼迷蒙地看着车里的人,好像是个英俊的小白脸,他满脸期待地说,"我载你一程吧。"沈郁轻佻地笑了笑,随后上了车。她全身酥软地躺在车里,她只听清了小白脸问的一句话,"我们去宾馆吧。"沈郁点了点头开始打瞌睡。

当沈郁躺在一张大床上的时候,开始清醒过来。卫生间里传来哗哗的水流声,小白脸在里面一边洗澡一边哼着小曲。沈郁有点儿紧张地蜷起了四肢,没有得到过性爱的女人是可悲的!图图的话在耳边响起。我不想做老处女,我等这个时刻已经等了三十二年。沈郁想到这里,突然兴奋不已,她重新摊开四肢,闭上眼睛。这个过程太快了,沈郁还来不及品味,身体就痛得抽搐起来。"我靠!你还是个处女啊?"小白脸看着沈郁的下身惊恐得声音都变调了,沈郁点点头说,"怎么了?"小白脸匪夷所思地看着她开始迅速地穿衣服,"你怎么不早说啊,他妈的!"沈郁看着他穿好衣服拿起随身物品飞快地消失在门外。沈郁不知道哪里出了问题,那个男人像遇见鬼一样被吓跑了,沈郁呆坐了半天,突然爆发出一阵狂笑。

7

沈郁睁开眼睛,房间里像被罩上了黑布,什么都看不见,她拧开床头上的台灯,黄色的光线洒满一地。沈郁拍拍脑袋,想起自己在家已经睡了一天,她又想到了昨晚的事情,这将是我一生中最重大的秘密,她拿起电话决定和图图分享,图图一定会不可置信,会尖叫,或许还要羡慕自己的勇气。

电话拨通了,但是没有人接。图图是不是不在家?应该不会的,以往电话一通图图就会马上接起来,这说明她和自己一样长期守在电话旁,再等等吧。

过了一会儿,电话真的有人接听了,沈郁刚张嘴巴,那边就传来一个苍老的男人的声音。"喂，你找谁?"

沈郁愣了一下，"我找图图。"

"找图图，你是谁?"那个男人奇怪地问道。

"哦，我，我是她的心理咨询师沈郁，请问她在吗?"沈郁想这个接电话的男人可能是图图的父亲。

"哦，你是替她治病的医生啊!"图图的父亲开始抽泣。

沈郁被搞得莫名其妙，"怎么回事啊? 您怎么哭了啊?"她对着电话那头号啕大哭的男人说。

图图的父亲强忍住哭声回答，"沈医生啊，我女儿已经死了!"

死了?! 沈郁一下子头蒙了，不会吧? 图图怎么会死了呢? 我只有昨天晚上没有和图图通话，难道图图昨天就出了什么事情? "大伯，您别哭了，您快告诉我图图出了什么事啊?!"沈郁急切地问道。

"图图喝安眠药自杀了!"

喝药自杀了? 沈郁两眼发黑，怎么会这样，怎么会这样呢?

图图的父亲继续说道，"八月二十号的晚上，图图一个人在家喝了几瓶安眠药，等我第二天早上回家已经晚了……"

沈郁还没有听完，听筒就掉到了地上。八月二十号的晚上图图就喝药自杀了! 她双手哆哆嗦嗦地拿起日历，八月二十日被一个红圈围了起来，旁边还写了一排红色的小字：今晚图图提前挂了电话，我很难受，一夜无眠，活着真是太痛苦了!

给我的小女儿

苏瓷瓷

我沉醉于一场梦,也将惊醒于一场梦
梦里有你粉嫩的脸蛋,在果园中落下
土拨鼠的春天是粉红的,我和它们从你的小脚下爬过
你站在星星上,麦秸般的骨骼一寸寸向我逼近

我的小女儿,我不祈求你漂亮
我不祈求你聪明 我也决不祈求你 幸福
我只祈求你 有天鹅绒般华丽 温暖的伤口
祈求你 相信所有的男人 并且爱他们
棉花开在缝隙中,它堵住了我下辈子的肮脏
女儿,这时 我属于你

我可以带着臃肿的身体 带着黄褐斑等待你
我知道你在路上行走,经过医院 红灯区;
经过坟墓和一场婚礼,咯咯地笑个不停
为了等你,我几乎忘记自己
我不要年龄 不要美貌 不要宴会
一个人,一幅骨架
在小花袄前等你

你来之前,我不想露出乳房
你来之前,我已经老得 不能再爱你的父亲

囚

  我在这个房间里待了很多年。这个房间很小，厚重的落地布帘遮住了唯一的窗户，若干年过去了它还是那么漆黑。以前我还会去另外一个房间，另一个女人的房间，和我这个屋子的唯一区别是多了一个电视机，我经常偷偷溜进去看电视，黑白的画面让我幼小的心灵明白——这个世界单调、陈旧，和我的房间没有什么区别，所以当妈妈禁止我再进入她的领地时，我没有抗议，我记得最后一次看电视，里面有个女孩和我长得很像，电视里说她十四岁，我想我应该也是十四岁，此后每到夜晚我就用指甲在床梆子上划一道痕迹，根据记忆深处模糊的算术，一列列深浅不一的划痕让我深信不疑，今年我十八岁了。但是我不知道妈妈多大了，这么多年来，她仿佛从来没有改变，总是一头黑发、身材窈窕，但是满脸皱纹、目光混浊，她不过于年轻，也不过于苍老，时间在她身上凝固，从我叫她"妈妈"的那刻起，她就保持了身着黑衣、嘴唇干瘪的姿态。

  新的一天通常是这样来临的，白色的光线先是在布帘上凿出一个小斑点，然后缓慢地扩大，它随着窗帘的起伏荡漾着，变成一个大大的球体，散发出微弱的光芒，模糊的边缘像舞动的手掌往四周打下痕迹，整个光圈被拉扯得变形，最后终于完全摊开，透过黑色的幕布，整面墙都在发光。我躺在床上看见自己的脚趾变白，上面的血管流动着蓝莹莹的液体。很多小鸟在窗外鸣叫，它们蛊惑着我，我走到窗户边小心翼翼地拨开一丝缝隙，外面的景色凶猛地扑向我的瞳孔，我反复被它们这样惊吓，这使我不得不眯起眼睛。不知道我这里距离地面多高，但是我能很清楚地看到楼下草地上颤动的野花，一大片仰着红色的脸庞，像一个硕大的伤口在一望无际的原野上独自破溃、流淌。还有树木，一棵连着一棵，绿色的布条远远地飘上了天空，没有人，也没有别的什么新奇的玩意，单调的色彩在每天泛滥着，甚至没有季节，永远的血红和永远的疯绿。我长久地对着镜子观察自己的身体，我能看见那些蓝色的河流在奔涌、交织，这是白色，我的手指掠过皮肤，坚硬的毛孔里发出咯吱的响声。它们在我视线中碎片般飘扬，那是一场雪，是若干年前的片断。一个叫洋洋的男孩来到我的家，他脱下厚厚的棉裤让我握着他的一坨肉，洋洋的脸在我头顶微笑，他是我的邻居，我的好朋友，我的手握着他两腿之间的东西，柔软、滚烫，我的手心不断出汗，于是我也脱掉了裤子，他俯下身体，两腿之间的那坨肉在我大腿上来回蹭着，他说，"我上次看见我爸爸妈妈就是这样玩来着。"我从来没有见过自己的爸爸，我不知道妈妈有没有和他做过这个游戏，我觉得很新奇，于是咯咯地笑起来，这时候门开了，妈妈出现在眼前，她愣了一会儿，手中的菜篮掉在地上，土豆咕噜噜滚到了我的脚边，妈妈没有捡而是像一个上了发条的布娃娃开始不停大叫起来，非常滑稽。随后她冲过来一把拉开洋洋，使劲摁着他的头往墙上撞，洋洋撕心裂肺的哭泣声在房间里回荡，很快引来了他的爸爸妈妈。两个人进来就和妈妈扭打起来，辱骂声、花瓶破碎声、骨头击打声交织在一起，我坐在地上，没有人管我，这些混乱的声响无休无止，慢慢地我困了，不知不觉闭上了眼睛。

等我醒来，地板上落着淡淡的月光，我躺在妈妈的怀里，她的泪水不断打在我的脸上。"离离啊，妈妈对不起你啊！他们欺负你是个傻子，没有爸爸，他们都要遭雷劈的啊！都怪妈妈没有保护好你，妈妈该死啊……"我是"傻子"？这是我第一次听妈妈这样说我，什么是傻子？我为什么没有爸爸？我嘴里乌拉乌拉地嚷着，想让妈妈给我解答，但是她哭得那么响亮，泪水不断滑落，我伸出手想帮她擦掉，但是却摸到一掌鲜血，妈妈受伤了，光线暗淡，我看不到她的伤口，我想她一定很痛，不然她怎么会紧抱着我不停地哭泣，我心里很难受，我的眼泪也流了出来。

第二天妈妈用一块黑布蒙上了我的眼睛，她说要和我玩个游戏，我在妈妈的怀抱里跌宕起伏，她身上淡淡的体香让我着迷。她在行走，我的耳边传来车流声、脚步声和喧闹的人声，最后伴随着一阵火车的鸣叫声，我睡着了。等黑布摘去后，我发现我坐在这个房间之中，直到现在我仍坐在这个房间之中。镜子里的这个女孩通体苍白，像一页纸片，长发厚重地盘踞在脚下，两只眼睛如深不见底的黑洞。感激这面镜子，它把我和空气区分开来，我的手按在乳房上，它见证着这里一天天的膨胀。我对这乳房无比爱慕，因为它光滑饱满，一粒粉红色的樱桃种植于此，让我全身散发着芬芳。这让我更加惧怕死亡，每隔一段时间，我的双腿之间就会流出大量的鲜血，妈妈给我身下垫上厚厚的卫生纸，她握着我的手说，"离离，别害怕，每个女人都要经历这些，你不会死的。"她真是我的好妈妈，她知道我内心的恐惧，然而却错误地理解了这一切。等她走后，我抽掉身下的纸张躺在一片血泊之中回想最后一次看电视的那个晚上。那个晚上我确定自己已经十四岁，也是那个晚上我被自己下体咕咕的流血声惊醒。它在床单上像花朵一样大块大块绚烂地绽放，我全身的力气随着它们被床褥稀释，躯体变得轻飘飘的，脑海里堆满白茫茫的雪片，它们迅速地坠落又融化，一条冰冷的流水瞬间灌入骨缝之中。我开始不停颤抖，身体滚烫，妈妈来到房间发现了我的异常，她冷静地给我铺上纸巾，喂我喝下一杯红糖水，她不断说着，"离离，别怕啊，有妈妈在会没事的。"我不怕，我只是即将成为一个女人，我来月经了。持续几天的流血和高烧让我猛然开窍，月经，我不会写这两个字，但是我明白它的含义。我在妈妈身边抖个不停，恐惧不是来自对流血的害怕，而是我突然对自己身体的了如指掌。几天过后，不再出血，但是那种犹如动物般的灵敏在我身体中复苏，我的世界不再溷浊，我对自己不再一无所知，这让我有不祥的预感，总害怕自己随时会死去，以此作为代价。

我活着，在隐秘的恐惧中度过了大约四年的光阴。每晚我都做同一个梦——从高高的悬崖上掉下来，在半睡半醒中，我感觉自己的腿使劲蹬着被子，直到被子被蹬出一个破洞，我才发现自己被拉长了。微弱的光线下我的影子贴在墙上，它不再是模糊的一团，而是凹凸有致的一条。我可以不走动伸开手臂拿到镜子，我的腿经常被墙壁磕得青紫，裙子吊在身上已经遮不住屁股，妈妈不得不频繁地给我买新衣服。我蜷起四肢，尽量不让自己受伤，但是房间变得越来越狭窄，我不能自由走动，它装不下我了，我在膨胀，逐渐溢了出来，它变成了我身体中的一小部分——硬邦邦的壳。我的下体长出浓密的黑色毛发，柔顺，像海草般光滑，也像海草般充满腥味。还有胸部，不断有人死去，两堆白色的坟墓越来越高，我使劲压制着它们，想要挤出那些死人的残骸，但是樱桃熟了，我只能放弃，遗忘可怕的幻想，承认它们是乳房。我越来越爱从窗帘的缝隙中窥视外面，我前所未有地羡慕和嫉妒辽阔的土地，就算我变得无比庞大，我想它们也能承担得起，我应该住在原野上，不然这个房间会折断我所有的关节。是我的身体发出渴望，而不是心灵。妈妈白天都不在家，她把饭菜放在我的房间门口，还有马桶，我依稀记得我们屋里还有厨房和厕所，但是它们对我缺乏吸引力，逐渐淡出我的脑海，我习惯了待在自己的房间里，吃掉食物、排泄食物后把它们推开关上房门，一个人拍打着地板上的影子玩。

一天晚上我又被自己的梦惊醒，我站在悬崖上却没有跳下去,直到我醒后这种最终没有坠入地面的悬空感还在折磨着我,我一定要跌下去,我拉开窗帘,几根铁条拦住了去路,原野上泛着波光,墨绿色的海浪翻滚着,被月光染白的树冠像溺水的尸体,浮肿而又刺目。我的双臂奋力伸出去,身体在铁条上来回摩擦,青蛙在草丛里叫唤,它们邀我去跳水,可是我挤不出去,身体已经擦出了红色的火花。我放弃了这个出口,轻手轻脚地走出房间,多年来的黑暗生活让我瞳孔发着绿光,我能看清在黑色屏障下的物体,我走到大门前,身体顶着铁门往前冲,它纹丝不动,这时我听到轻微的脚步声,回头妈妈站在身后,她罩着宽大的黑袍看着我。"离离,你出不去的!"我还在暗自使劲,她流泪了,"离离,妈妈不会再让你受伤,你要听话,好好待在家里哪里也不要去!"

我哪里也不会去,我只想踩踩泥土,不然我会一直悬在空中,一直悬着……我急切地望着妈妈,用哀求的目光,可是妈妈像面对着空气,她一边向我走来一边流泪说着,"离离,你要去哪里啊?外面都是坏人,他们会伤害你、折磨你、杀了你。他们会笑话你,你不是处女了,天啊!这都是我的错,我应该早点儿把你藏好,这样他们就找不到你了,女儿,过来!妈妈爱你……"她的头发被风吹起,像一根根利箭刺向四面八方的黑暗,苍白的脸庞被泪水打湿,浸泡在海水里的尸身漂起来,浮肿而又刺目。我靠在铁门上汗水滑落在脚边,汇聚成蜿蜒的溪流,一块散发着肉体腐烂味的黑布慢慢地,慢慢地盖住了我的身体。

处女是什么？处女就是仙女。我不再是处女，我曾经有惊心动魄的美貌，现在却遗失了，因此我被他们抛弃。我开始想念洋洋和其他小朋友，想念面目不清的一小部分童年，你们要等我，我相信自己会重新美丽起来，当我再度成为处女的时候，我会回到你们之中，那时候你们就不会伤害我、遗弃我。我更加安心地待在房间里，我有了一个目标，注意力不再被窗外的昆虫鸣叫和光线所蛊惑，我专心致志地孕育着自己的美貌，像仙女等待骄傲地重返人间。我想知道自己是否越来越美了，所以在一个黑夜，当一只老鼠从我的身边爬过时，我立刻蜷起了身体，可是它敏捷地爬到了天花板的管道上，我嗖地蹿起也抱住了管道，我小心翼翼地向它靠拢，它又跳到地面上去，我一翻身轻飘飘地落在地上，我伸出纤长的手指向它爬去，它跑开了在角落里乱窜，我贴着地面快速前进，终于在床下逮住了它。我用长发在它身上打下一个个死结，它被裹得紧紧地拼命摇着尾巴，我在床上躺下，把它捏在指间。我美吗？它幽绿的小眼睛翻了翻不理睬我，我对着它尖尖的小脑袋打了一巴掌，回答我，我美吗？它索性闭上眼装睡。我非常愤怒地折腾了它一晚上，直到天亮我才发现红褐色的血液打湿了我的长发，它尾巴下垂已经气绝身亡。我松开头发，它的小身体僵硬，我拧着它的尾巴从窗户扔了下去，沉闷的坠地声惊起一片色彩斑斓的蝴蝶。

我在等待第二只老鼠的到来，每天晚上耐心地趴在地板上，目光四下搜索。我能听到老鼠在楼外墙壁上爬行的声音，但是每当它们靠近窗户的时候都调头溜走了。我不耐烦地在地板上磨指甲，长长的指甲把地板刮得遍体鳞伤。终于有天，我听到窗边发出声响，那不是老鼠，老鼠的声音没有那么响亮，我轻轻地贴着墙壁，眼睛盯着窗帘。窗帘外传来金属断裂的声音，把我吓了一跳，我的门反锁着，所以没有惊动妈妈。一会儿，窗帘被掀起一角，一只黑乎乎的脚探了进来，然后一团黑影跃入落在地板上，我看见一个浓眉大眼的男人，他蜷着身体在黑暗中四下摸索开，一直到捉住我的脚趾，我迅速地捂住他的嘴巴，他的眼睛瞪得大大的，一脸惊恐，来不及发出的尖叫被我捂在了喉咙里，我冲他笑笑，他的喉结蠕动了一下，我慢慢放下手掌，他惊魂未定地看着我，身体绷得紧紧的。我又笑了笑，然后捋着自己的头发，他缓缓起身用诧异的目光观察我的反应，我专心做着自己的事情，他恐惧地倒退了一步，准备逃跑，这时，我一把抓住了他的脚踝，我仰视着他，手指缓慢在他脚上摩擦，他停住蹲下身体，他身上有股粗粝的阳光味道，我的胸口开始隐隐作痛，我握着他的手放在了乳房上，他的表情缓和下来，不再紧张，只是有些迷惘，这让他看起来纯洁而又天真。慢慢地，他的手替代了我的，在我的乳房上使劲揉搓起来，呼吸声越来越急促，我缓缓躺下，摊开四肢，撩起裙子遮住了自己的脸，里面什么都没有穿，他俯下身子压住了我，我的身体开始流水，指尖脚边水花四溅，他笨拙、粗鲁，伴随着他一阵压抑的呻吟，我感到双腿之间热浪涌出。他站了起来，拉下我脸上的裙子，对我羞涩地笑笑，"你还是个处女，你真美!"他是我的天使,虽然说这话的时候他嘴里满是蒜味。他走向窗户转眼消失,我的周遭是一泓血水,我满心欢喜地飘了起来,仙女都是诞生于湖泊之中。

妈妈欺骗了我,我更愿意相信那个男人的话,我还是个处女。而首先让我对她失去信任的是另一件事情。很早的时候,我说过我还会走出自己的房间,有天妈妈的房间里传来奇怪的声音,像是一个受伤者的哀鸣,我轻轻来到门边看见妈妈躺在床上,她弓起双腿黑袍撑开,右手淹没在两腿之间,左手搭在乳房上,她的身体随着右手上下挪动而起伏,越来越剧烈,床开始吱吱作响,她的脸奋力往后仰着,双眼紧闭,嘴巴张得大大的,发出那种恐怖的呻吟。她的身体不停抖动,越来越快,五官都抖得变形了,最后她尖叫一声全身慢慢松懈下来。我站在门缝处脚下一摊水,无法动弹。妈妈的右手无力地垂在床边,一股水腥气弥漫开来,她缓缓扭头看见了我,我很紧张,她下床把我抱了起来。"离离,你在看什么?"她的瞳孔在收缩,慢慢沉入眼白中,"妈妈在做游戏,知道吗?"我点点头,妈妈把我抱到我自己的房间。也就是那天晚上我开始流血,我洞悉了自己和她的身体,她欺骗了我,我再也不进她的房间。此后,我躺在地板上捕捉妈妈那边发出的微弱的动静,敏锐的听觉告诉我她每隔几天就做一次游戏,被门缝压瘪的呻吟让我恶心。

妈妈没有察觉有一个男人出现过,她像往常一样走进我的房间对我说,爱我。我用目光责问她,你为什么骗我,我还是个处女！但是她很快就离开了，我的目光落在墙上，风声时轻时重。一晚的光阴洗涤了我的皮肤，它们不再僵硬，而像绸缎般柔软，那个男人再次越窗而入，晚风荡漾，两个人的毛发宛如茂密的丛林垂下头颅，我们在潮湿的地板上相互进攻，宁静的夜晚一截截发白的肉体长出苔藓，我迷恋这种糜烂的交媾，在烂得不能再烂的躯体上存在一种奇异的生机。

我的脸庞变得越来越红润，眼神也灵活起来，一动弹身体里就跃动着水花，妈妈没有发现我的变化，她早出晚归精心照料着我的生活。第七个晚上，那个男人又进了我的房间，当我正准备撩起裙子时，突然妈妈闯了进来。"你是谁？你要做什么？"妈妈惊恐地大喊着挡在我的面前，那个男人也被吓住了，他下意识地掏出一把水果刀。妈妈伸开手臂护着我说，"你别伤害我的女儿，你想怎么样都可以！"我焦急地在她身后喊着，"他是来找我的，他不会伤害我！"但是妈妈听不见，她慢慢地逼近寒光凛凛的匕首，对着男人说，"来吧，要怎么样随便你，但是请你放过我的女儿，她还是个孩子，她什么都不懂。"男人镇定了下情绪，他看着这个手无寸铁的女人，目光开始上下游离。妈妈好像感觉到了什么，她背对着我猛然撕开长袍，健康红润的皮肤、浑圆的屁股、金黄色的汗毛和身上成熟的蜜桃香气都让我震撼，我从来没有想到妈妈宽大的黑袍下隐藏着如此完美的裸体，我自惭形秽地拼命扯着裙子，想盖住裸露的双腿。那个男人的表情在变化，从震惊到震撼，目光逐渐贪婪，我的心揪做一团，却无力起身。三个人的呼吸在空气中纠结,终于男人收起了匕首,他冲向前拦腰抱住了妈妈从我的身边走过。我伸出双手什么都没有抓住,妈妈的泪水落入我的手掌,我的门被锁上,他们进了妈妈的房间。我爬到墙边聆听着,他重重地把妈妈甩在床上,一会儿妈妈发出了凄厉的叫声,然后是抽泣声,我的指甲嵌入墙壁,地板在晃动,妈妈的哭声变得越来越小,最后只剩下两个人粗重的喘气声。我头抵着坚硬的砖头,妈妈开始发出那种怪异的呻吟,我拾起地上的黑袍,我痛恨那种声音,貌似痛苦的淫荡,我把长袍撕成一缕缕的碎片,我什么都明白,妈妈为什么不杀了那个男人?她的身体背叛了自己也背叛了我,泪水跌入黑布,转眼无影无踪,我坐在破损的乌云中独自悲伤。

那个男人并未就此消失,每天晚上我从门缝里能看见他一掠而过的身影,他再也不用翻窗户了,他从我们的大门坦然地进入。他无耻地霸占了我们的领土,有天晚上我听见他对妈妈说,"你是我的第一个女人。"我用拳头砸着墙壁,你说谎!我才是你的第一个女人。妈妈笑了,我能想象出此刻她灿烂的表情,地板又开始晃动,我用四肢压住它,它却震得我全身酸痛。白天的时候妈妈依旧来房间看我,只是她有些心不在焉,目光游离。我注意到她的皱纹已经消失,嘴角挂着隐隐的微笑,整个脸庞都被一圈光晕笼罩。她不再对我喋喋不休,甚至忘记在离开前说爱我,她已经完全沉浸在自己的梦境中。没有人知道我的痛苦,她每天身上滋生出的微小变化都像一把刀,慢慢剔开我的皮肉,我越来越怕光线,甚至害怕看见自己白花花的皮肤,我用被子把自己裹得严严实实,再也没有什么能在窗帘上凿出光亮的洞口了。

某天当我醒来,我发现房间的门敞开着,我奇怪地走出来,一直走到铁门前,轻轻一推铁门居然也没上锁,我惶恐地关上打开的铁门跑进自己的房间,是妈妈走的时候忘记上锁了吗?这是从来没有发生过的事情,我坐在房间里静静思索着。晚上妈妈回来了,她蹑手蹑脚地走进我的房间打开灯,我站在她面前,她吓得瘫坐在地上。妈妈用狐疑的目光看着我,然后起身离去,临走时又重新锁上了我的房门。我看得出来她有点儿失落,我回避着原因,和她一起等候那个男人的来临,男人终于来了,他从我的门缝一闪进了母亲的房间,他们在嘀嘀咕咕商量着什么,然后说话声消失,随即肉体摩擦的声音铺天盖地向我涌来,我已经习惯了,躺在床上一一掰断长长的指甲。

第二天妈妈破例没有出去,她来到我的房间笑着对我说,"离离,还记得妈妈曾经和你玩过的那个游戏吗?今天我们再玩一次,好吗?"我点点头,我知道这是个阴谋,但是我对此很好奇。妈妈拿出黑布蒙住了我的眼睛,她的双手在颤抖,她的眼泪落在我的头发上,我的头皮阵阵发冷。"离离,妈妈是爱你的,永远爱你!"她泣不成声地说完后把我背在肩上。我心里很平静,透过厚厚的黑布我依旧看清了一切,我们离开房间,下了楼梯,我看见黑色的草地上停着一辆车,里面坐着那个男人,面庞发黑,一切都是黑的,天空,还有车窗外逐渐出现的人群、楼房和道路。车开出了很远很远，一些我陌生的热闹的场景都消失了，到达了一个我习惯存在的偏僻的野外。妈妈把我从车里抱了出来，我被放在花丛中，她冰冷的手指在我脸上反复摸索着，泪水不曾停止，"离离，妈妈爱你！"她不停地说，直到那个男人不耐烦地走上前拉开了她，她终于挪开手掌，他们一同离去，妈妈的双肩不断抖动，但是她没有回头，我狠狠地咬着舌尖，黑色的血液黑色的花蕾，我一动不动直到车开走。

我眼睛上依然蒙着黑布，赤脚踏在滚烫的地面上，我重新经过了那些人群，他们奇怪地看着我，我毫不眷恋这个曾被自己遗忘的世界，我要回家，回到妈妈身边，我内心深处的那双眼睛永远睁开着，它带领着我走上归途。天已经黑了，那些人和奇形怪状的建筑被我抛在脑后，我往夜晚里最深的洞穴走去，不知走了多久，我看见那栋原野中的白楼，有一盏灯隐隐发光，像浩渺海洋中的灯塔，我走上台阶来到铁门前，推门往前，妈妈手中的镜子摔成碎片，从黑布下我看见她陈旧的、扑满灰尘的皮肤，我慢慢拉下布条，她的皮肤又恢复光泽。我走上前去用布条套住了她的脖子，她直勾勾地看着我没做任何反应。"离离！"我收紧了一下布条，她终于颤抖地叫出了我的名字，从她的瞳孔里我看到了自己的笑容，像一个仙女一样美艳惊人。"离离！"她被勒红的喉管里又发出第二声，我的双腿之间又开始流血，那年我十四岁，你用呻吟开启了我紧锁的身体。"离离！"她的脸上失去血色，白雪落下，那年我六岁，你埋葬了我失贞的身体。"离离!"她双眼上翻,体内的水分哗啦啦地流出,那年我诞生,嘴里含着你子宫里的羊水,爸爸被一个傻子吓跑,他永远不会回来了,是你对我的爱让他抛弃了我们。"离离!"这将是最后一声呼唤,我的四周被蒙上层层幕布,我害怕阳光,我害怕被伤害,你要陪着我,今生今世永不分离,因为我爱你,妈妈,你也爱我!

妈妈闭上眼睛的那刻,我开始说话,"妈妈,你不能放我出去,你要永远把我关起来,我们永远在一起!"妈妈听到了,她流完最后一滴泪水后笑着倒地,黑色的布条紧紧扎在她白皙的脖子上,我在她身边躺下,这个夜晚是多么宁静,没有鸟鸣,没有风声,没有呻吟,只有门外一个男人逐渐逼近的脚步声……

抑郁症患者

苏瓷瓷

一个下午,她开始吃太阳
金黄色的温度烫伤了喉咙
她拼命抬头,屋顶越来越高
但是那句话始终找不到安置的地方

她戴上墨镜,来到街上
黑水下赤白的岩石 在拐弯的地方伸出脚
被擦破的皮肤 长出苔藓
"这种生机蓬勃的腐烂,存在于海洋"
我却不能面无表情地告诉她:
你不再是你

张开鲸鱼的嘴巴,没有水,是陈年的干旱
她不是无所想,也不是身世不明
那句话卡在喉咙,随后的字眼只能耐心等待
病历本藏在怀里,逐渐饱满的胸膛
要找到一个空隙生根 开花

已经走了那么久
从臃肿走到了消瘦,从陆地走到了海里

直到那句话深深嵌入体内
因为痛,她成为了真正的女人
她想说——我和你们一样!

你和我们一样!
医生拿起手术刀,把水母轻轻挑破
岸边摆放着我们的双腿 我们的细腰
我们肿胀的扁桃体

左 右

　　这一天的下午四点，也许我们都会遗忘此后发生的一切，但是肖苒注定不会。这个时候，她面对的是一扇黑色的铁门，她已经在门外等待了很久，外面的阳光很好，楼下孩子们的嬉笑声被微风吹得时近时远，这扇门沉默地拒绝着她，肖苒转身准备走。"吱"，门在她身后打开了，她扭头，一个肤色苍白、瘦高个的男人站在门里，他穿着皱皱巴巴的黑衬衣面无表情地说，"你来了？"肖苒点点头，男人侧开身子说，"进来吧。"肖苒低着头，擦着男人的胸膛走进房间。

　　房间里光线很暗，窗帘都垂落下来。肖苒站在房间中央，她局促不安地看着男人，男人没有理会她，自顾自地走进卧室坐在电脑前。肖苒扯了扯衣服对着男人的背影说，"你好，我叫……"还没等她说完，男人头也不回地打断她，"你不用告诉我你的名字，你做你自己的事情就可以了。"肖苒脸红了，她看着男人衬衣下包裹着的宽厚肩膀，突然觉得很羞愧。她咬了咬嘴唇走进厨房。厨房里的餐具摆放整齐，只是上面落满厚厚的灰尘，肖苒拿起一块抹布，开始擦拭起来。等她把客厅都清扫干净后，那个男人还坐在电脑前，肖苒不敢进去打搅他，她看见另一间卧室的门关着，肖苒走上前推了推，门锁着。

她想了想还是走到了男人的卧室门口，"对不起，我想问一件事。"

"你说。"

"那个房间锁住了，我想请问需不需要打扫？"

男人停了下来，他侧着头看了看窗户，黑色的布帘挡住了外面的世界。他沉默了一会儿说，"不用，你可以打扫我的卧室。"

肖苒嗯了一声，轻轻地走进男人的卧室。靠窗户的地方有张天蓝色的大床，木地板上放着一套音响和一打碟片，墙脚处靠着一把断了弦的吉他。男人坐在电脑前吸烟，墙壁上钉满了照片，都是风景，在不同城市截下的四季都盛装在这个房间里。肖苒一边拖地一边偷偷抬头看着照片，一望无垠的油菜花、孤舟上的红嘴巴小鸟、铺满落叶的小径还有被白雪压弯的树枝，大自然的美丽盛开在墙壁上，肖苒仿佛看见一个男人孤独地出现在原野之上，他举起照相机，"咯啪"一声，手指落下，宛若心碎的声响。她无法控制这种想象，虽然她不是这些作品的主人，但是她开始不由自主地伤感。

肖苒拖完地板拿着抹布走到男人身边，男人被烟雾笼罩着，电脑桌上放着一沓凌乱的照片，烟灰缸里堆满烟头。她靠近男人那边的耳朵开始发热，肖苒伸手准备去整理那沓照片。"你不用管了，我自己来收拾。"男人白皙的手指在鼠标上不断移动。肖苒点点头，马上走出房间。

"晚餐要吃什么？"肖苒站在门口问他。

"随便，钱在客厅的电视柜里，你自己拿。"他还是没有回头，屏幕上出现一个拿枪的杀手，男人手指晃动着，一阵尖锐的枪声从电脑里爬出来。

肖苒拉开柜子，里面放着一些面值不等的钞票，她随手翻了翻，发现里面放着几个药瓶，肖苒偷偷看了看男人瘦弱的背影，男人正专注地盯着屏幕。肖苒从抽屉里抽出几张钞票，拿起菜篮走出房间。

等她回来把饭菜做好以后，夕阳已经躺在了楼顶。晚饭做好了，肖苒把饭菜端到客厅的桌子上说，"我走了。"男人坐在黑暗里，枪声一直在响，不知道他杀死了几个敌人，或者自己被杀死了多少次。"好的。"他说。肖苒打开房门，她看了一眼男人黑发浓密的后脑勺然后关上了门。

肖苒穿着睡衣走到桌前，橘黄色的灯下放着一张卡片，上面写着：于克，男，28岁。摄影师。家庭住址：和平小区六栋401室。服务内容：清洁房间、清洗衣物、做晚餐。肖苒把卡片夹到一本书里，书里塞满了这样的东西，她不记得这个叫于克的男人是她第几个家政服务的对象，不过她不需要记住，她像家人一样为这些人精心料理生活，只是为了自己能更好地生活。肖苒从抽屉里拿出一包药品，她戴上口罩取出注射器开始加药，乳白色的药品慢慢流入葡萄糖瓶里，肖苒透过瓶子凝视着，窗外的树枝变成了白色，一根根像水藻一样变形地晃动。她插好输液器把吊瓶挂在窗上开始排空气，肖苒用手指弹着输液管，里面的小气泡纷纷往瓶里涌去，如果让它们就这样进入身体，那么它们会在身体里繁殖、充盈。我变成了一个绚烂的泡沫，阳光出来就会不留痕迹地消失，肖苒按捺住了幻想，开始给自己注射。右手刺向左手，那么容易就进去了，肖苒还没有感觉到疼痛，白色的液体冰冷地占据了全身。她靠着窗户坐下，闻着窗外的栀子花香味，在闪烁的星星下闭上了眼睛。

　　白色的窗帘被风吹起，呼吸机独自鸣叫着，心电监护器上的灯光眨巴着五颜六色的眼睛，肖苒又回到了这里。一个空旷的房间，雪白的顶灯，无数条导管通向一张洁白的病床。一个女孩躺在上面，胸部缓慢地起伏，脸颊异常丰润，嘴巴和鼻子都插着管子，她却没有反对，也没有表现痛苦。她微笑着，看见自己的腹部渐渐膨胀，肖苒看着女孩脖子上一道暗红色的痕迹，你在笑什么？肖苒摸着她的脸，二十岁的皮肤却是那么僵硬，你无法不让她微笑，虽然鲜红的血液已经慢慢从她的鼻孔流出。肖苒尖叫，"医生，你快来看看，她出血了！"没有人，除了她们，就是庞大的机器，它们发出轰隆隆的巨响，一列火车吐出白烟从房间中一次次穿过。

　　肖苒睁开眼睛，桌上的白纸在房间里飞扬，起风了。她看看吊瓶，已经空了。窗上的花瓶被风吹得摇摇欲坠，肖苒马上扯掉针头扑过去关上了窗户。她回过头，地上的白纸在流血，它们一点点展开殷红的图案，肖苒抬起手，血液从手背流向手指，在指尖凝聚成晶莹的颗粒，一滴滴坠向地板。肖苒关了灯在地板上躺下，她闭上眼睛聆听着血液渗入白纸的声音。

肖苒站在于克家门前，上面贴着一张纸条：我出去了，钥匙在信箱里。肖苒打开墙壁上的信箱，拿出钥匙开门进去。房间里有股浓浓的烟草味道，地上堆满了空酒瓶和烟头，肖苒深深地吸了一口气，她挽起袖子开始清扫起来。擦拭家具、拖地板、清洗烟灰缸后，肖苒很快无事可做。阳台上晾着几件衣服，肖苒百无聊赖地坐在客厅的沙发上，她在考虑自己是否应该离开，于克也没有交代回不回来吃晚饭，或者再等等吧，说不定他一会儿就回来了，肖苒在客厅来回走动，突然她想起上次看到的药瓶，好奇心驱使她拉开抽屉取出了药瓶，上面写着"阿米替林"。肖苒很意外，她对这种药非常熟悉，这是用来治疗抑郁症的。肖苒若有所思地关上抽屉，她坐到沙发上调整了一个舒服的姿势，闭上眼睛，带着疑惑开始等她的客户。

一个男人走到她的面前，他低下头怔怔地看着她。肖苒睁开眼睛，男人的鼻尖几乎挨着自己的脸，他的眼睛里像盛着一泓水，目光清澈，他的鼻翼轻轻扑动着，身上散发出烟草的香气，是于克。肖苒不知道他要做什么，于克没有说话，他只是这样专注地看着她，于克的脸庞在黑暗的房间里显得更加苍白，肖苒看见自己在他的瞳孔里放大、扭动，然后逐渐破碎，于克长长的睫毛被打湿，他流泪了。泪水让肖苒心里一阵剧痛，她已经很久不流泪了，也受不了别人的眼泪，她伸出手轻轻地覆盖在于克的眼睛上，我不想看见这忧郁的目光。她的手掌很快一片湿润，于克在她的掌后一点一点地沉入水中。

"咚咚"的钟声响起，肖苒猛地站起身，一条毛毯从身上滑落。她仔细看了看四周，地板上浮出了青白的月光，房间里只有滴滴答答的钟声和自己急促的呼吸声。肖苒拍了拍自己的脸，我真是的，怎么睡着了呢，还做一个莫名其妙的梦。她低下头注意到脚边的毛毯，肖苒把毛毯捡起来，她愣住了，是谁给我盖上的？于克中途回来过？肖苒马上把毛毯叠得整整齐齐地放到桌子上，她懊恼万分，怎么能在客户家睡着了呢。肖苒觉得浑身不自在，她感觉有一双眼睛在注视着她，她在房间转了一圈又回到客厅，客厅里的家具上铺着微白的光芒，晚风吹拂着窗帘。肖苒走到那间紧锁着的卧室门前，她下意识地推了推，门纹丝不动，她把耳朵贴在门上，没有听见任何声响。肖苒转身走出房门，她把钥匙重新放到信箱里，然后站在门口探着身子对着寂静的房间轻轻叫着：于克，于克。没有回应，她的叫声在墙壁上颤抖。

肖苒的手背已是一片青紫，她拍打了半天还是找不到一根充盈的血管。她坐到椅子上把腿跷起来，小腿处微蓝的血管在搏动，她拿碘酒涂在上面，然后把针扎进去。输液管里的药水在她的体内流淌，她清楚地感觉到一种腐烂的气味正渗入细胞之中。肖苒想起了今天下午的梦，梦中于克的脸庞是那么清晰，这个只见过一面的男人对着她流泪，这到底是现实还是梦境？肖苒看着墙壁，上面投射着窗外树干的黑影。她一直盯着这些摇摆的黑块，直到一个女孩出现在她窗前，女孩穿着白裙子，披着长发，她两只赤脚不停晃动，双手撑在窗沿上。

"你别坐那里，很危险，会摔下去的！"肖苒腿上扎着针，她无法移动。

女孩并不理会肖苒，她哼着歌曲，身后的夜景像一块沉重的幕布。女孩对着肖苒伸出了一只胳膊，肖苒看见她洁白的手腕上密密麻麻的刀疤，女孩死死地看着她，肖苒被她阴郁的眼神压得喘不出气。女孩另一只手上拿着刀片，刀片在疤痕上轻轻摩擦，像是暖风抚摸着野花。肖苒全身僵硬，她紧张地注视着女孩。一刀，肖苒抽搐了一下，两刀，肖苒开始尖叫，"停下来，求求你不要这样！"女孩漠然地看着她，三刀、四刀、无数刀，她在自己的胳膊上划出深深的痕迹，她的皮肤一缕缕地绽开，没有鲜血，像风干了的白色花瓣，一片片落在地上。肖苒终于流出了眼泪，她喃喃地说，"你为什么要这样？为什么？"女孩停了下来，她没有回答，只是站起来转过身，她扶着窗户看了肖苒最后一眼，然后跳了下去。

液体已经全部流入体内，肖苒拔掉针头，她的眼泪已经干了。肖苒走到窗口向下张望，楼下是墨绿色空荡荡的草坪，只有两层楼的高度，比树冠还矮，她不会摔死的，肖苒告诉自己女孩没有死。她没有死，她就会再出现，肖苒想起女孩最后那一眼，那种眼神眷恋却又冷漠，它种植在自己的心底，长出利齿,她会永远跟着自己。

早上起床,肖苒去路口的诊所开药。诊所里的老大夫看到她笑了笑说,"来了?"

"嗯。"她在老大夫对面坐下说,"我想开点儿吊瓶。"

老大夫奇怪地问她,"怎么,你扁桃体炎还没有好?你已经打了好几天针了。"

肖苒低下头不做声。

"把嘴巴张开,我看看。"老大夫拿着一根棉签走到她面前。肖苒只有张嘴。

"你扁桃体已经恢复正常了,没有必要再打针了。"老大夫看着她。

肖苒想了想说,"我是要开点儿阿托品,我心动过缓。"

老大夫狐疑地看了看她。"您放心,我也是学医的,不会拿自己生命开玩笑,我去医院做过心电图的。"肖苒解释道。

捧着一大包药,肖苒走在街上。阳光让她难受,肖苒感觉所有的行人都在看她。肖苒小心翼翼地沿着墙边匆忙行走,她只盯着自己的脚下,周围是喧哗的人群。走着走着,肖苒猛然感觉头顶有块乌云笼罩着她,她的四周出现了一片黑影,肖苒抬起头,天空蔚蓝,万里无云。肖苒目光向上不断地搜索着,突然她看见对面一座四层高的房顶上坐着一个人,她依旧披着头发,穿着白裙,两只赤脚伸在楼外调皮地前后踢腾着。药瓶掉在了地上,阳光下玻璃碎片像钻石亮晶晶地洒落在肖苒脚边。

肖苒打开信箱，一把钥匙躺在里面。她走进房间，客厅里的地板上是横七竖八的啤酒瓶，轻微的鼾声从卧室传出来，肖苒轻手轻脚地走到卧室门口，于克躺在床上睡着了。原来他在家，肖苒慢慢地走到床边，于克蜷着身体，双手抱着膝盖，像刚诞生的婴儿。肖苒发现他的手上捏着一张照片，她看了看于克，于克像个孩子一样撅着嘴巴，睡得香甜。肖苒试探着用手指夹住照片，轻轻一抽，于克没有惊醒。肖苒把照片翻过来，上面一个女孩长发垂落，脸色苍白，她浓密的睫毛覆盖下来，眉头微微皱起，四周是一片黑暗，她在睡梦中忧郁。这是我，肖苒紧紧捏着照片，于克依旧在沉睡。那天他确实回来了，他拍下了我睡梦中的样子。肖苒感到不安，他为什么要这样？肖苒把照片塞进兜里离开了于克的家。

等肖苒买菜回来收拾房间做好晚饭后，于克还没有醒来。肖苒关掉电灯，黑暗一下子聚拢起来，夜在窗外一点一点地活动开了，没有星光的云层轻柔地搅动着。一阵微风像觅食的野兽在房间四周潜行，肖苒关上窗户，于克翻了个身，背朝着肖苒，好像呻吟了一声。肖苒凝神静听，于克的呼吸逐渐又深沉和均匀了。肖苒靠在窗边凝视着于克，于克又黑又软的头发弯曲在太阳穴和脖子上，挺直的鼻子，柔软的嘴唇，蜷缩着的身体，孤独而又无助。肖苒觉得异常疲惫，于克沉静的睡态让她产生了一种冲动，她走过去轻轻躺在于克的身边，于克的身上散发着温暖的气息，肖苒闭上眼睛，她重新回忆起自己二十岁生日那天。那天在生日聚会上肖苒喝了不少酒，当她去医院上夜班的时候还是醉眼蒙眬,后来她趴在桌上睡着了,病区里静悄悄的,像现在躺在于克身边的感觉一样,原本是一个平静、安全的夜晚,而后她才知道这只是噩梦的开始。

于克全身抽搐了一下,肖苒马上从床上跳起来,于克依旧安然地躺在宽大的床铺上。肖苒给他盖上被子,她轻轻地把于克耷拉在额前的头发捋到耳后,然后走出房间。

肖苒躺在自己的床上,她翻动着影集,一只脚露在被子外面,药液从针头里流入脚背蔓延全身。照片上的女孩穿着洁白的护士裙,带着燕尾帽,一脸灿烂的笑容。有的是她在上卫校时照的,有的是在她工作过的精神病医院照的。那时候我是多么年轻和幸福啊,生活的美景才刚展开就戛然而止,此后将是漫长无期的黑夜,肖苒叹了口气,她把那张从于克手中取出的照片插进了最后一页。一只冰冷的手放在肖苒的小腿上,那个女孩出现了,她坐在床边看着肖苒,眼神空洞。肖苒把手中的影集递给她,她看了于克照的照片笑了,肖苒第一次看见她微笑,像一朵绽放的向日葵,在灯光下柔美的脸庞散发出金黄色的光芒。她说,"抑郁症。"肖苒想了想也笑了,她说,"是的,抑郁症。"

肖苒一直偷偷注视着于克,于克反穿着 T 恤,窗帘依旧蒙住了所有的玻璃,他站在一片灰蒙蒙的光阴里拉扯着胶卷。黑色的胶卷像他身上落下的头发,堆积在脚边,于克使劲揉搓着长长的胶卷,眉头皱得紧紧地。肖苒失手打碎了烟灰缸,于克没有回头,他烦躁地踢开脚边的胶卷走到客厅,然后摸出一个瓶子倒了几粒东西吞了下去。肖苒蹲下身拾捡着碎片,她满脑子都是抽屉里的药瓶,心里忐忑不安。玻璃划破了手指,肖苒含着伤口,甜腻的血液在舌尖流动。于克走出家门,等肖苒做好饭后,他抱着一堆啤酒回来。

肖苒说,"饭做好了,我走了。"

于克靠在墙边有气无力地说,"你,你能不能陪我一起吃饭?"

肖苒想了想点了点头,房间的光线已经暗淡下来,肖苒打开客厅的灯,于克马上用手掌遮住眼睛,"能把灯关上吗?"肖苒犹豫片刻关了灯,桌上的饭菜变得模糊不清,只有淡淡的热气在升腾。肖苒在桌边坐下,她拿起碗筷拨弄着碗里的米粒。于克拿起啤酒开始猛灌,房间里只有液体流入喉咙咕咚咕咚的声音,肖苒停下来,她紧紧地捏着筷子,于克没有看她,他一瓶接一瓶地喝酒。肖苒几次想开口制止他,但是房间里太安静了,静得无法容纳其他的声音。于克的眼睛越来越亮,他终于停了下来呆呆地看着肖苒,抑郁症患者的目光比黑夜还要阴沉,肖苒想起了那个女孩,她分不清是谁在看着自己,她恨透了这种眼神,它冷冷地直射过来,让肖苒几乎窒息。于克的脸庞融入身后的背景中,时间已经不早了,肖苒慢慢站了起来。

"我要走了。"她说。

于克依旧盯着她没有任何反应。肖苒拉开椅子往门口走去，突然身后传来巨大的响声，于克从椅子上摔了下来，肖苒连忙跑过去搀扶他。于克像失去了知觉，带着浑身酒气躺在肖苒的臂弯里。

"你醒一醒，快起来啊!"肖苒摇晃着于克沉重的身体，于克闭着眼睛不动弹。肖苒再也没有力气把他拉起来，只好坐在地板上，任由于克躺在她的怀中。肖苒看着他安然的沉睡，突然鼻子一酸，这个男人和她一样是孤独的、脆弱的。肖苒对这一切无能为力，她在忧郁中强撑着面对漫长的时光，现在她又在见证另一个人这样生活。于克心里的隐痛和自己一样被深深地埋藏着，她不敢翻动，只能像此刻——两个人依偎着坐在黑暗中。

天亮后，于克醒来，肖苒的身体已经麻木。于克起身什么都没有说，他摸了摸肖苒的头发，然后弯下身把肖苒抱到了床上。他仔细地给肖苒盖上被子，然后关门出去。肖苒躺在于克的床上，于克身上的气味环绕着她，肖苒闭上了眼睛，没有任何人打搅她，那个女孩也没有再出现，她踏实地进入睡梦中。

那天过后，肖苒开始发现自己和于克之间的变化。他们相互偷偷注视着对方，那些暧昧不清的眼神让空气变得胶着起来。他们在房间里各自忙着自己的事情，但是另一个人的心跳声和呼吸声，却清晰地被对方感知。肖苒有些紧张，她期待着一些事情的发生，却又为之恐惧。于克在想什么？他越来越消瘦，肖苒费尽心机地变换着花样做饭，于克仿佛明白她的用意，他强迫自己吞下大量的食物，但是于克一直没能胖起来。

日子一天天过去，阳光一次次照射进来，把他们的影子交织在一起。

这个春天快要过完了，温煦暖和，没有风，也没有云，蓝天上笼着淡淡的橘黄色的烟霭。肖苒在阳台上择菜，于克在房间里收拾东西，肖苒透过玻璃窗悄悄注视着他，于克拉开电视柜，把里面的钞票和药瓶都塞进脚下的旅行袋中。他又要出门了吗？肖苒心不在焉地拨弄着手里的青菜。他们之间保持着惯有的沉默，她没有问于克要去哪里，于克也没有对她交代什么。肖苒做好晚餐走到客厅对于克说，"我走了。"于克抬头看了肖苒许久才说，"好的，你明天不用来了，这是你的酬劳。"于克递过来几张钞票，肖苒的心里一阵剧痛，她慢吞吞地走上前，小心地接过来。肖苒克制着自己没有回头，走出房门。铁门在她身后砰的关上，肖苒觉得自己的双腿沉重得难以迈步，她无力地靠在墙壁上，一切就这样结束了吗？她慢慢地蹲下来抱住自己的膝盖，把头深深地扎在胸前，像一只冬眠的刺猬。

几个小时过去了，肖苒扶着墙壁重新站了起来，她拖着自己麻木的双脚慢慢走到信箱前，她取出了那把钥匙，然后轻轻插进锁里。门打开了，没有开灯，于克双手抱着膝盖，垂着头坐在地板上，他的身体在月光下抖动着。肖苒走过去蹲下来，她伸出双手搭在于克的手上，于克抬起头，他的脸上挂着泪水，像一个无辜的孩子看着肖苒，表情忧伤。肖苒怜惜地握紧了于克的双手,于克感觉到了从肖苒掌中传来的温暖,他一把抱住肖苒,把头埋在肖苒的怀里开始大声哭泣。肖苒紧紧搂着于克,她仰起头,泪水滴落在于克的黑发里。不知道哭了多久,他们躺倒在地板上,马路上的霓虹灯照射在天花板上,一层层地扩散又消失。于克的左手紧握着肖苒的右手,他说,"我可以吻你吗?"肖苒点点头,于克侧过身柔软的嘴唇轻轻覆盖下了,然后他又平躺着,闭上眼睛,肖苒带着唇间淡淡的烟草味也闭上了双眼,房间里一片寂静,他们手拉着手在黑色的布景中沉睡。

肖苒睁开眼睛,天亮了,阳光扑面而来,让她眩晕。她的掌中空荡荡,肖苒侧过头,于克不在身边,地板上放着一张纸条,肖苒坐起来拿起纸条,上面写着:我走了,对不起!我只能走,感谢你陪我度过的时光,感谢你给我做的晚餐,感谢你让我在你怀里哭泣,你忧郁的样子让我想起另一个女孩,是她让我无法宁静,只能不停地流浪。当我爱上她以后才知道她患有家族遗传的忧郁症,后来被送进精神病医院。在她二十岁生日的时候,她在医院上吊自杀了,因为那天我没能赶去给她过生日,一切都晚了。我走以后这套房子属于你,我不会再回来了,但是我一定会好好地活着,也希望你能快乐地生活!

纸片落在地上,肖苒慢慢地站了起来,她环顾四周,空气清新,烟草的味道荡然无存。风把一扇门吹开,是于克原来一直深锁着的另一间卧室,肖苒木然地走了进去,房间里空荡荡的,墙上贴满了照片,一模一样的照片,一个穿着白裙子的女孩在金黄色的向日葵中微笑,她的长发在风中舞动,在镜头中露出两颗调皮的小虎牙,她的眼睛里盛装着揉碎了的夕阳。是的,一切都晚了,当肖苒睡醒后推开病房的门,一条床单挂在女孩的脖子上,她下垂的足尖在肖苒的眼前摇摆。肖苒摊开四肢紧紧地贴在墙上,满墙的照片被风吹起,它们张开翅膀轻盈地翻飞,肖苒终于闭上眼睛,她说,"我们都在这里。"

她

苏瓷瓷

她想隐身,在黑蚂蚁的小爪前
之前是污迹斑斑的走动,但即将消失
如同在镜子中逮捕自己
一场空荡荡的布局

这样的一个夜晚,她交出了喉咙
被语言所蒙蔽的黑夜已经成为事实
从此学习手语
在闭目前挥动稀薄的空气

不要对她说:绝望
她了解那些有关于:一张床上依偎着的两个人
笑容后晦涩的流水声;眉目之间空旷的蝉鸣
她熟读这些剧本,并常年沉湎于练习

苹果在她的手中烂掉
她依旧拒绝走动
从这端到末端,任何遥远的距离都长不过
她低头的瞬间

那瞬间里
她已扎根在空白的无垠

使劲扳动螺丝,你们也无法再重新铸造出一个女人
她坚硬的骨骼让人不安
如果你也曾拥有更多柔软的夜晚
你就会知道,她的嘴唇从未开启

我们该保持沉默,不要靠近她
把她。连同秘密一起退还给寒冬
"是的,我该走了
因为雪即将融化
而你们
始终找不到一种准确的
战栗"

绿肥红瘦

一切由一场婚礼开始。

红米站在新娘的身边，此时阳光正艳，端照在新娘身上，一袭白裙光芒四射，眉目精致，唇齿媚丽，完美的裁纸刀剪出一抹影，在繁复的杂色中轻盈浮出，笑语莺莺，无懈可击。唯有红米落在背阴处，未施粉脂，一手指时时按着裙子侧面即将绷开的拉链，粉红色是红米最为讨厌的，她喜欢火红，侵略的颜色，不讲任何道理，一点燃即灰烬。也只有她能与之匹配，面冷、手凉、目光烁烁，漠视温和。而这衣服又过于纤细，套在红米丰满的身体上，迫使她缩手缩脚。这是伴娘的宿命，红米站在新娘身后瞟着她裸露出的灰白色后背，她沉湎在纯洁的薄白中，四肢舒展，颈脖优雅抬起，若不是身边密友都已嫁做他人妇，新娘也不会请红米这个表妹来当伴娘，让她素面朝天，让她紧衣着身，让她粉红落地，机关算尽，新娘松了一口气，确定遏制住了身边女人的美，这个主角充满自信地绽开一团锦簇。红米一反往常，对于表姐的安排一一顺从，毫不在意她的排挤，这是她的大喜之日，花只开此季，而后风光不再。

红米豁达地交出明媚,嘴角挂着悲怜的微笑。

若不是遇见周早,红米连坏掉的拉链都不必管,让它春光乍泄去吧。她的表姐夫也是奇人,竟拉了周早这种人做伴郎。端着放满香烟和喜糖的盘子站在那里,虽是玉树临风,却面无表情,眼神空洞,不沾一丝喜庆之气,也不主动招呼前来参加婚礼的亲友,一副事不关己的样子。等结婚仪式即将开始时,他还呆呆站在门口,新郎吆喝了他一声,周早才猛然一醒,懒洋洋地随着他们一起步入大堂。他在发呆,慢慢地红米松开那根手指,反正他也不曾注意,这般辛苦又是何必。他们一同站在舞台上,两个主角发挥超常,郎才女貌浑然天成,引来阵阵掌声,两个配角在放空状态下正好维系住平衡,演出圆满。一直到仪式结束,准备敬酒时,红米才得以喘口气。表姐在包厢里换敬酒服,红米找了个偏僻的柱子,靠在那里从包中摸出一支烟点上。刚吸两口突然一人快步走来,待红米站好,那人已经走到身边,是周早。红米依旧叼着烟,等着周早对她说出第一句话。周早却径直伸出双手往她身上探来,红米一惊,后退一步倚在柱子上,周早已双手捏住了她绷开的拉链。

"别动。"周早说了两个字后,就专心地收拾起拉链来。

红米四肢僵硬地贴着柱子,周早纤长的手指在自己的腰侧游走,偶尔隔着衣服的碰触,让ми红心惊肉跳。从这端看去,周早奇长的睫毛扑动着,像小鸟的翅膀,含着惊惶的光线,露出的一点点鼻尖上有细汗,茂密的发间芳香干燥。红米低眸打量着向她弯下腰的这个男人,指尖的烟灰纷落。

"好了。"周早直起身，盯着被整好的拉链，满意地搓了搓双手。红米缓缓说了声，"谢谢。"她寻找着周早的眼睛，终于等他的目光离开拉链朝向自己。不足一步的距离，四目相对，周早散漫地看着她，红米心里冷笑，这样的男人并非第一次见识，摆出一副漠然的样子，和殷勤万分的男人没有区别，无非是表现形式不一样，只要走向极端，必是有所企图。红米准备保持沉默，等着他先发制人。周早的目光已经从红米的脸上移至指尖，他再次伸出手，这下是取走了红米的香烟，他把烟蒂丢在地上，然后用脚使劲踩了几下。

　　"别吸了。"周早说完看也没看她就转身走了。红米有些蒙了，这个男人在她的意料之外，不按规矩出牌，乃高手中的高手。他已往大堂门口走去，红米迅速追上去问道，"你去哪里？婚宴还没结束呢。"周早停下，红米站在他身后。"离开这里。"周早说完继续往前。

　　红米一个箭步冲上去挡住了他的去路。"带我一起走吧！"她妖娆地缓缓伸出右手，殷红的指甲盖在原野上煽风点火。她看到周早听完这句话后竟有些动容，他第一次认真地凝视着面前的女人，这句话在记忆的深处被爆破，带着鲜红的汁液飞溅到他脸上，疼得他眼眶潮湿。一抹淡绿色的光线在眼前摇曳，那只曾经被抛弃的手重新出现在周早的眼前，已为朽骨，却仍旧欣欣向荣。周早一把攥住了它，这是一个结束。红米心里窃笑，这是一个崭新的开始。

红米如愿以偿地和周早睡了一觉。一切发生得太快,当然这在红米的情史中并不算特例,尤其对于一见倾心的对象,她向来是速战速决,不留活口。原本红米从床上爬起来以后,周早就该成为过眼云烟,和她生命中曾经过的其他男人一样,被打上过期的标签,老老实实地站在蒙尘的队列中。只是整个过程破绽百出,让红米耿耿于怀。先是周早牵着她的手从婚宴逃走后又对她置之不理,接着她死缠烂打地拽着周早去喝酒,然后周早跟跟跄跄地随她去了宾馆,最后是红米从床上爬起来时,周早呢喃着叫出一个人名。那个名字显然不是"红米",这让赤身裸体站在床边的红米不禁打了个寒战,趁着周早还没醒,她狼狈不堪地离开了宾馆。这简直是自找欺辱,红米靠在窗前一边不耐烦地梳头,一边骂自己。她早就应该看出周早对她很冷淡,从婚宴开始两人相遇时,周早就没对她表示过多大的热情,即使去喝酒、酒后上宾馆,都是红米要求的,并热火朝天地投身其中。如果说周早在床上对她的温存,让红米确定了自己不是一厢情愿,那么周早在梦中唤出的那个名字,则彻底让她明白,方才的情深是假以她名给了另一个女人。这是红米的奇耻大辱,也是她第一次在男女关系中受到重挫。红米怎么也想不通,周早居然可以无视自己,难道她还不够美吗?难道她还不够风情万种吗?难道她还不够光芒四射吗?难道周早帮她系拉链、掐香烟不算调情吗?在愤怒中,红米竭尽全力地回忆着另一个女人的名字,有一瞬,她几乎想起来了,一片淡绿色的轻纱在她眼前飘荡,最后像苔藓一样层层包裹住红米,她只能束手无策地进入黑暗。

此后几天，红米一直被这个名字所折磨。她为此好奇，究竟是个怎样的女子，能让一个好看的男人念念不忘，睡梦中也占据着他的心。自己是否也曾被人深深惦念着？红米第一次失去了自信。以前，她从没考虑过这些，和男人之间永远都是一场没有悬念的游戏，她稳操胜券，一切都终止于肉体关系，她确定他们都是迷恋自己的，所以无一例外地在事后对她纠缠不清，试图继续下去。即便不是爱，也最少证明他们都是在乎她的。只有周早，现在他消失了，把红米关在杂草丛生的门外，任她妖娆盛放也不开窗，冷漠是王的标志，他端坐在自己的城堡中，封闭所有光线，山花烂漫也不应允一丝红彩浸入。这并没有使红米灰心丧气，反而让她看到新的出路，对于所向披靡的游戏，已使她厌倦，这次是战争，她面对的是两个敌人——周早及他心里的女人，红米摩拳擦掌、激动难耐，饲养多年的美貌和风情终于有了用武之地，她将把它们发挥到极致，她将交出全部的自己来与之对抗。

红米从表姐夫那里要来了周早的手机号码。她紧握着手机蜷在沙发里，几个小时过去了，四肢已开始麻木，红米仍旧没有把握对着电话那端说出第一句话。桌上满瓶红玫瑰开得正浓，红米盯着它们，你还好吗？你在忙什么？你在哪里？她凝视着一片绯红，眼前是周早潮湿的面孔，在宾馆暖黄色的光下，那些肌肤娇艳欲滴。红米喋喋不休地说出这些话，她要从中找到最温暖同时也是最锐利的一句，刺向周早冰冷的胸膛。

她始终不满,在烦躁不安中红米毅然举起手机,她决定把这个问题丢给周早。

"喂?"当手机那端传来周早的声音后,红米松了一口气。

"我想你了!"红米不假思索,脱口而出,这句话出乎她自己的预料,微颤却妥帖。

长久的沉默后,周早说了句,"你是谁?"

一瞬间,红米恨不得杀了自己。她被呛得脸通红,知道自己用力过度,那边无人接应,使这句暧昧的话蠢笨地砸向灰尘中。她索性可笑到底,冲着周早果断地说道:"我是红米,我很想你,我要见你!"

事情比红米想象中简单。她花费了若干时间来练习如何完美地衔接起和周早之间空白的几天,如何欲说还休,如何半推半就,如何欲擒故纵,结果还是枉费。周早一言不发扒光她的衣服往床上一丢时,她就知道了,这个男人不需要她的语言,不需要她的表演,甚至不需要她的情感,他将再次简单而又潦草地干掉自己。红米想到自己处心积虑布置的那些细节,觉得太矫情了,没有什么比这更让她绝望的了。上床,不再是她所追求的,即便她再和周早睡一万次,也是距离遥远。周早很快在她身边睡着,这次,他没有叫出任何女人的名字。红米失神地注视着周早,他是一个经得起推敲的男人,无论怎么看,你也难以找到一点让人遗憾的地方,只有这样的男人才配得上自己,红米痛心地认定。可是,她该拿他怎么办呢?这个男人一见面就拉着她上床,她还来不及展示什么,就被歼灭,这太浪费了,红米充满怨恨。因为无视,因为忽略,她被周早变成了一个只有肉体的单薄女人,其实,她有多么丰富的内心世界啊,可是无人欣赏。一想到充盈的内心被荒废,即将杂草丛生,红米终于忍不住在周早身畔流下了眼泪。

红米从来就不是一个轻易认输的女人。她一直坚持给周早打电话,多半时间被周早拒绝,一旦周早答应与她见面,她就隆重地装扮好自己。虽然,周早一如既往地不会和她一同出现在公园、电影院、餐厅等公众场所,他同意见面的地方永远是宾馆,但红米依旧不敢草率,像个王后般带着耀眼的外表和娇嫩的内心出现在猩红色的地毯上。对着镜子,她看见一袭红裙的自己,美,在这个房间里已经成了乏善可陈的东西。她依旧燃着高傲的烈火,只是指尖已冰凉,一旦触到那个男人的皮肤,她就冷得发抖。享受自己的痛苦,成了一件欲罢不能的事情。同样从镜子里,她看见自己狼狈地扑倒在床上,裙子像破碎的花瓣丢弃在地上,男人手指所到之处,豆蔻瓦解,只遗焦土,王后变成妓女,她完全可以拒绝这样的简化,但她也在这污秽的过程中洞悉了自己的渴望,她需要被爱,被重视,这两样东西只有周早配给予。

红米躺在周早背后,这个男人即便在睡着的时候也是双手抱肩,身体蜷起,不留一丝空间让她容身。他从来没有仔细地端详过她,从来没有耐心地听完她说过一句话,从来没有对她谈及过自己的生活。他像谜一样存在着,关闭了内心,只敞开身体，除了留在自己体内的液体，红米抓不住一点儿印迹，她在周早那里一无所获。她束手无策地盯着天花板，一片片光影在荡漾，她缓缓伸出手，期望能抓下一块覆盖住冰冷的身体，在触手可及的晃动中，她开始充满睡意，在即将闭上双眼时，她听见周早大叫了一声：绿裳。绿裳，红米一下坐起，她想起来了，这就是第一次和周早上床，他曾经唤出的名字；这就是盘踞在周早心里的那个名字；这就是蒙蔽住她的那个名字。红米盯着周早，看着他在睡梦中伸出手，对着空中像要抓住什么，"别走！"他又说了两个字。

"绿裳，别走！"红米紧咬着双唇，这句话铺天盖地砸向她。血液自唇间流出，红米慢慢舔干，然后她使劲摇晃周早，把他唤醒。周早睁着迷蒙的眼睛，冷漠地看着她。红米还没等他发问就急急地说道："你爱我吗？"

周早不可思议地瞟了她一眼说，"你发什么神经？"

红米紧箍着他的手腕，把脸凑近，一字一句地说，"你，爱，我，吗？"

周早看了她半天，他看到了一双恐惧的眼睛，两片颤抖的嘴唇，一张扭曲的脸。他一点儿也不感到害怕，甚至还露出了微笑。"不爱！"他饶有兴趣地回答。

他正在戏弄我。红米悲凉地还以笑容。"那么，你爱的是绿裳？"当她说出这个名字后，周早突然脸色灰白，他渐渐握紧了拳头。

"告诉我，绿裳是谁？"

周早的脸色越来越难看,他像被人击中了腹部,身体慢慢蜷起。红米正为他奇怪的反应而困惑,突然,周早从床上一跃而起,他拾起地上的衣服,开始快速往身上套。在周早拉开房门的刹那,红米飞速从后面抱住了他。"无论绿裳是谁,我都不会在乎,我只要你能爱我,好吗?"

周早一反手,把红米使劲往地上一推。然后,他头也不回地,走了。

红米听着周早的脚步声逐渐消失,她让他受伤了,不,不!如果她真的有伤害他的能力就好了,击中他的是绿裳。红米只是灰尘,轻轻一弹,就落到了地上。她瘫坐着,撕扯自己的头发,它们轻易地就离开了卑贱的主人,在地毯上瑟瑟发抖。镜子里的光一明一灭,城里的人都睡死过去,夜梦连绵不断在漆黑的天际游荡,唯有红米,坠落于此。她需要一点儿声响,来击破沉闷的痛苦,于是,她起身举起双拳砸向墙壁上的穿衣镜,晶莹的玻璃片散落,红米站在一片破碎中,欣赏着飞溅的血液。

红米曾经对"嫉妒"感到陌生,一直以来,她都是这个词语的主人。可是现在,每当她想起绿裳时,就妒忌得浑身发抖。单单是她的名字,都足以让红米愤怒。绿,多么淡雅,多么生动;裳,多么轻盈,多么飘逸。绿裳,她暗暗唤着,脑海里随之出现一件淡绿色的霓裳,它暗香浮动,摇曳生姿,宁静而幽深。绿裳,她轻轻唤着,竟然记起了多年前背过的两句诗——"绿筱媚清涟"和"裳舞忆花残"。红米请了病假待在家，一个上午她都在和这个名字撕斗。她眼前已经出现了许多关于"绿"和"裳"的画面，也不由自主地背了一堆和这两个字有关的诗词，只要和这两个字沾边的，都是美好的情境。红，艳俗；米，臃肿。红米又念叨起自己的名字，她第一次发现"红米"经不起推敲，尤其不适合用于呢喃，既刺耳又蠢笨。红米怨恨起父母，如果当年他们能取"紫衫"什么的，那也不至于从称谓上就败给了绿裳。而这个动人的名字之下，又是一个什么样的女人呢？

红米拿起一管口红，她在墙上画出一个女人的脸。她会是这样吗？不，她的眼睛一定是大而深，像一泓秋水。鼻子呢？该是小巧的吧。嘴唇应该怎么办呢？轻薄的？还是性感的？红米反复修改，努力地对着白墙拼凑自己的对手。绿裳一定是美的，红米毫不怀疑，只是她美到什么程度，红米就没把握了，她恨不得把四大美女的脸都搁在绿裳身上，如果她亲眼见过四大美女的话。她对自己的作品不满意，用口红涂得面目全非，然后再重新下笔。一管口红都磨完了，红米还是没能勾勒出让自己满意的形象，墙壁上遗留的，似一团团血渍，触目惊心，却没有着落，红米丢了口红开始不停地给周早打电话，一遍一遍，无人接听。他是有意的，他不会再理会她了，只因为她提到绿裳吗？红米迫切地想知道这一切都是怎么回事，她想知道周早和绿裳之间的故事，她不想缺席。可是，周早凶狠地甩了她，虽然他们拥有无数次的高潮，周早依旧毫不可惜地把她扔了。红米难过得大哭起来,她边哭边骂周早,也骂自己下贱。每骂一句,她就知道自己是多么不甘心,直到她哭得四肢无力,声音沙哑,她又重新坚硬起来,我不会放弃的,红米告诉自己。她缓缓抬起头,墙上无数个血红的脸庞向她压来,红米操起桌上的水果刀扑过去,她把刀狠狠地扎向那些脸庞,"绿裳,我要杀了你!"红米声嘶力竭地吼道。

绿裳不必等着红米来杀了。她已经死了。

红米从表姐家出来,她手里捏着一张照片,失魂落魄地在街上行走。这个城市里的玻璃橱窗上不停印出她的面孔,有时,红米突然撞见镜子里的自己。一张恍惚的脸,如果还有人能从中发现生机的话,那也是些许强撑后即将崩溃的迹象。红米已经失眠了整整一周,在冷峻的黑夜中她一遍遍酝酿着如何干掉绿裳,把她从周早的心里彻底剔除。她创造了无数阴谋,并为之惊喜和振奋。可是绿裳死了,死于五年前的一场车祸。当表姐夫告诉她之后,红米的眼睛立刻黯然,她不是为死去的绿裳难过,她是为自己悲哀。她的对手是一个死人,她的一腔怨恨投向的是空白,还有日日拼凑出的脸庞,五花八门的阴谋,都成了可笑的把戏。红米找了一片草坪疲惫地倒下,她举起手中的照片,上面是表姐夫、周早和绿裳。绿裳果然穿着淡绿色的薄纱裙,风把下摆吹起,极其瘦弱的身体仿佛也随之舞动。但她不是红米心中的绿裳,她眉目稀疏,一张苍白的小素脸,头发倒是又黑又长,梳成两个麻花辫。除了有点儿忧郁的气质以外,她过于清淡,过于普通。周早和现在比起来,精神焕发,显得更俊朗,绿裳根本配不上他,但是,周早一手紧握着绿裳的腰,脸上是无比灿烂的笑容。

我竟然会输给这样一位毫不起眼的女人,红米咬牙切齿。她从表姐夫那里知道了周早和绿裳的故事。周早爱了四年的初恋女友和别的男人去了国外,失恋后他一蹶不振,曾经反复自杀过,直到遇见绿裳。就是这样,在绿裳之前,周早有很多女人,在她死后,也有很多,现在红米也成了其中之一。红米知道,周早拥有过的女人和自己一样,无非是他的性伙伴,而唯有绿裳,是让周早重新具备爱的激情的人。她是怎样把周早从失恋的阴霾里拉出来的?怎样一步步逼退另一个女人的身影?怎样使自己逐渐登上宝座,成为周早的女王?红米却做不到,她连绿裳的一个小手指都擦不掉。过程一定是艰辛的,如同她现在一样,况且绿裳还长得极其平凡。她精通巫术,擅长下蛊,红米羡慕她的魔法。绿裳能做到,那么,我也能。红米打起精神鼓励着自己。如果,我可以耐心一些……红米兀自笑了起来,她仿佛看到绿裳在前方向她招手,她即将靠拢她,只要她沿着绿裳的足迹,一切就会尽在红米的掌控之中。

红米把一头褐色的长发焗成漆黑,买了一叠淡绿色的裙子,洗掉了红色的指甲油,找遍全城才买到和绿裳一样的花布鞋。在烈日之下,她在街道上匆忙穿梭,寻找着绿裳身上的一针一线,她要成为绿裳,这个荒唐的尝试刺激着红米,新奇中蕴含着惊喜。红米捏着绿裳的照片站在镜子前。两条乌黑的麻花辫,褪去脂粉的脸,一条飘逸的绿裙,脚下是白底粉花的布鞋,指甲很干净,她努力地收敛自己的目光,使它更加柔软,凄楚。

红米用一个陌生的号码给周早打了电话。周早一听是她的声音,就准备挂电话。"请你和我见一面吧!我要送你一份特别的礼物。"也许,周早是存了些好奇之心,他答应和红米在宾馆见面。

看到红米的瞬间,周早呆住了。她穿着绿裙子,扎着麻花辫,有风从窗户里袭入,小心地卷起了她的裙角。她一只脚踩在另一只棉布鞋上,眼眸低垂,双手轻柔地搭在裙边,矜持地抿着嘴唇。那时,周早以为他被飞驰的光线强行载入了另一个场景,他使劲闭上眼睛,一群鸽子张开洁白的翅膀从暗夜里哗啦飞过,等尖锐的鸽哨声消失,他重新睁开眼。那个站在窗边的女人,是红米。她的褐色卷发呢?她的火红裙子呢?她殷红的指甲盖呢?她晶亮的高跟鞋呢?她脸上五颜六色的化妆品呢?她气势汹汹的高傲呢?它们怎么都消失了。红米见周早失神地注视着自己,她淡淡笑了一下,往前走去。

"怎么了?"红米停在周早的身畔,抬头望着他。她看见了周早的睫毛在颤抖。

周早不知道和这个低眉顺眼的女人说些什么。今晚的她,如此陌生而又如此熟悉。断了联系的这段时间,她做了些什么,什么样的情绪在推波助澜,让她开始变得不像自己。

红米看出周早的困惑，他站在门边纹丝不动，身体绷得很直。他很紧张，他有些迷失，红米得意地想着。"看见我，是不是让你想起了绿裳？我们像不像？"红米逼近一步。

周早眯起了眼睛，"你想要干什么？"

红米张开双臂环住了周早，她听到温暖的胸膛下剧烈的心跳。"如果你只爱绿裳，那么我就要变成绿裳。"她伏在周早的怀里等待着回答，她感觉周早缓缓抬起了一只手臂，他将温柔地落在她的头发上，充满疼惜地抚摸着她。她闭上眼睛，等了很久。

"那不可能。"周早终于说了一句话。红米抬起头，"那可能！只要你给我机会，我就能成为她。"

周早突然惊醒般猛地推开她，"那绝对不可能！"说完，他再次仓皇地逃跑了。

"那可能！那可能！那可能！"红米的叫声在房间里盘旋。她没有追出去，那终究是一个懦弱的男人，除了爱着一个无法复生的女人外，他只会一次次地逃避。死亡，使一个人永恒。如果绿裳没有死，红米知道，她和周早以后将发生的所有故事。他们会相互厌倦，相互猜疑，相互伤害，不再有爱，爱只是一个寻找自我的过程，一旦有了回应者，它立即脆弱得不能对抗琐碎、现实、惯性、约束。所有的童话都是在公主和王子终成眷属后结束，没有人想知道他们此后要过的生活，欢喜的底线在此戛然而止，非要走下去，人人都知道，悲剧已现端倪。她嫉妒绿裳，嫉妒绿裳在爱还没有来得及露出破绽的时候,从容死去;她也嫉妒周早,嫉妒他能自欺欺人地一直缅怀着绿裳,又可以对别的女人敞开身体。唯有自己是可悲的,窥破爱,却还是想得到,也一直为了这没有得到,而更痴迷。

没有人能阻拦她成为绿裳,没有人,包括她自己。

红米收集了有关绿裳的大量资料,这当然不是所有,但她已尽了全力。她知道绿裳吃素,她最喜欢绿色,最擅长做番茄蛋汤,最爱听的歌是莎拉·布莱曼,最喜欢的作家是萨冈,不喜欢说话,长年在安静中欣赏夜空……

看起来,她们应该没有相同之处。红米钟情的歌曲是Damien Rice 的,书是吉本芭娜娜的。虽然还有差异,但她也知道了,绿裳一样是一个内心丰富的女人,这是红米的唯一欣喜。她不再去上班,开始练习插花、烹饪、女红、轻盈的步子、羞涩的笑容、温柔的颔首,开始学习莎拉·布莱曼的所有歌曲,背诵萨冈的所有著作。她清理了全部的化妆品、大红色裙子、灿烂的首饰、五颜六色的高跟鞋、明亮的灯台、Damien Rice 的 CD 和吉本芭娜娜的书籍,她丢掉了所有能丢的,再用绿裳的印迹填充起自己。但是这远远不够,红米不时地对照镜子里的自己和照片里的绿裳,瘦若无骨的绿裳让红米为自己丰腴的身材恼怒,我一定要先瘦下来,她决定了新的目标。

白开水、蔬菜、瓜果、粉红色的果导片,红米对它们厌恶至极,却不肯低头。她不想再吃一块肉,为此,远离了朋友们的盛宴。房间里几乎没了光线,黑夜里她站在阳台上就着月光往自己身上缠保鲜膜,红米恶狠狠地把不透气的塑料紧紧绑在大腿、小腿、腰间和丰满的乳房上,最后如同一个病入膏肓的人,僵硬地倒在躺椅里。她盯着天空里的群星,音响里流出的是莎拉·布莱曼的声音,红米仿佛置身于空旷的原野上,四周是一浪浪如海涛般翻涌的荒草,她看到了满天的繁星坠落下来,像携带着闪电扑火的飞蛾,每一颗星子都是一个亡灵,它们带着湿润的眼眸投入大地的怀抱,其中有一颗就是绿裳。可是人间也是这么寂寞,红米闭上眼睛不忍再看璀璨的幻灭,我们都将去往不知名的远方,而只有她一个人目睹了尘埃落定的过程。

为了加快瘦下来的速度,红米开始服用各式各样的减肥药,确实很有效果,她看着自己的皮肤逐渐变得苍白,然后它们萎缩,一寸寸地离开自己。晕厥反复袭击着红米,她弱不禁风地享受着自饥饿而诞生出的空白,有时,她会想起周早,但糟糕的是她竟然忘记周早长得什么样,没有关系,反正她会再次出现在周早的面前。当我成为像绿裳一样的女人,他就会接纳我,红米带着欣慰的笑容,全身无力地瘫倒在睡眠中。

红米很久没有自己做饭了,冰箱里的食物都发霉了,她也懒得理会,因为无故旷工,公司已经辞退了她。红米每天坐在家里发呆,楼下小吃店天天给她送便当,便当盒堆了一沓,上顿的饭还没有吃多少下顿的又积压上去。她每天坚持吃一些饭,又无奈地把它们吐出来。房间里光线总在不知不觉中暗了下来，镜子里的红米眼窝深陷，四周都是黑晕，下巴尖刻，嘴唇干裂。没有开灯，不知谁家传出的二胡声戚戚哀哀地飘来，红米强撑着从沙发里挪到窗边往外看，一群衣着鲜亮的少女嬉笑着走过，对面夜摊上人声喧哗，很多男人打着赤膊划拳喝酒，恋人们在华灯之下相拥而行，脚下的霓虹灯如这个盛夏的果实，鲜艳无比。她疲惫地关上了窗户，热闹的场景已是漫漫远远的回忆。红米木然地想到，这场疾病是从何而起，又该如何结束呢？

破茧成蝶的过程注定是漫长的。红米看着那张照片，她的容貌已被过度节食破坏，失去了光泽，不再夺目，却由此更加接近绿裳。乳房变得贫瘠，肋骨变得陡峭，她离绿裳越来越近了，每当她觉得再也撑不住的时候，一个绿色的身影就会出现在她身边，她乖巧地把手放在红米头顶摩挲，轻轻地问她，你真的要放弃吗？红米失去了主张，她是为谁在做些事情？无论她为了谁，她都无法抽身而退了，因为绿裳的薄纱已经裹住了她，她不会轻易离开。也许这是幻觉，剧烈节食中因饥饿而引发的幻觉，只要她重新开始吃肉，吃她一向钟爱的高热量食物，她就能把绿裳抛之脑后。红米真的这样做了，而结果是不停呕吐，把咀嚼后的肉块彻底地又吐了出来。反反复复，无路可退，终于，死去的女人将在自己的身体里枯木逢春，她将与自己合二为一。

红米丧失了选择的权利，只能让自己继续瘦下去。她手里握着一把白色的减肥药，据说有奇效，但没能通过试验上市。

只差那么一点儿,她就可以和绿裳一同随风飞舞。喝下它吧,让一切没有出路的爱都被药片浸泡,慢慢腐烂吧。当她的舌头感到苦涩的时候,一声"红米"让她惊悚,是绿裳在呼唤我吗?只有风声,只有飘荡的窗帘,只有口含毒药的红米在现场,我们来一起见证,红米是如何渐渐地离自己而去的。不用喝水,药片就融化在了口里,这个速度太快,连苦都没来得及叫出来,它就扑向了红米。

红米带着不祥的预感躺下,她甚至给自己准备了一本萨冈的小说,然后躺在床褥中安静地等待来自身体的撕裂。我将是目击者和施刑者,见证一个女人和另外一个女人重叠所遭到的恶毒报应。红米以为自己会拿着这本小说心不在焉,但是当一个个铅字投影于瞳孔中时,她却心无旁骛地沉浸其中。小说中那些飘散着死亡气息的病态的生活,让她清醒地感受到了孤独。是的,孤独。就像此刻这房间里压抑的呻吟和痛楚抽搐的身体,它们来自于一个亡灵,它们让她为之战栗,让她全身发冷。她感到绿裳正在自己的体内挣扎,空气里弥漫着浓烈的血腥味,和屠宰场的味道一样,血液汇聚成诡异、艳丽的花,花瓣在扩散,从床单流落到地板上,停滞,渐渐变成坚硬的红色岩石。如果,我不会再醒来。红米在疼痛中告诉自己,那么,我该是多么幸运。为此,她激动得热泪盈眶。

她来了,她来了。穿着淡绿的裙子,额前细柔的刘海在阳光下像垂落的黄金流苏。她向我招招手,开始奔跑起来。阳光透过她跃动的长发照耀在我脸上,点点碎金飘落一地。我跟在她身后飞奔,她不时扭头对我欢快地喊着,"红米,快点儿啊,快来抓我!"我来了,我张开双臂离她越来越近,就在我快要触及她的瞬间,她消失了。

你在哪儿?我四下张望,一望无际的草地,绿得让人迷茫。

我在这里!一个巨大的浴缸出现在我眼前,她的声音从里面传出,我慢慢靠近,我看见她了,她赤裸着身体,全身浸泡在一池血泊中。她依然带着微笑,眼睛阖起,灰白的脸庞随着红色的波光荡漾,像是陷入沉睡之中,血液溢出,蜿蜒着淹没了红米的脚背,红米踏进浴缸里躺在绿裳身边,双手紧紧搂着她,红米的双腿之间也开始流血,它们交织在一起,充满淡淡的青草香。

红米渐渐睁开眼睛,从墙上的穿衣镜里,她看见了躺在床上不堪盈握的那个女人,那个女人是绿裳。

周早以为红米不会再出现了。当几个月后,他再次接到红米的电话,觉得非常不可思议,这个女人总有不可熄灭的热情,她从不气馁,无论受到怎样的冷遇,她都会倔强地再次出现。为此,周早心里竟有些颤抖,他破例答应红米在咖啡馆见面。

当他看到一个女人在靠窗的位置向他招手时,他指尖一麻。走过去,一步步,极慢,手里蓄积出冰冷的汗水。终于,他们面对面了。女人把双手压在桌子上支撑着自己站了起来,她穿着绿裙、梳着麻花辫，脚下是一双花布鞋，身姿完全是绿裳的复制，不，不是复制，她比绿裳还真实。只是满目疮痍，除了目光是柔和的，其他的都让人不寒而栗。

周早不敢再看她第二眼，他目光闪躲地恍惚着，这个女人是谁？她不是红米。这个女人是谁？他完全糊涂了，她只是一个陌生人，周早不停地在心里强调着，想借此驱逐恐惧。

"你到底是谁？"周早再也忍受不了两人之间的沉默，忍受不了女人对他的注视，他愤怒地冲她吼道。

"我是绿裳。"女人坚定地告诉他。

周早使劲地掰着自己的双手，"不！不！你不是绿裳，你不可能是她，她已经死了。"他不停摇头，一群蚂蚁从沼泽里爬出来，聚在他的脚下，贪婪的撕咬，一缕缕的刺骨。

"带我一起走吧！"女人毫不在意他的反驳，只是伸出一只青筋暴起的手放在他的眼皮底下，她轻轻地对他说，"带我一起走吧！我就是绿裳，你不会忘记的，这是我的遗言。"

周早呆呆地看着她，看着绿纱在两人之间飘起，它总能笼罩住所有人，那是我们谁也无法摆脱的青翠的永恒。

图书在版编目（CIP）数据

杀死柏拉图/苏瓷瓷著.--上海：上海文艺出版社,2019
ISBN 978-7-5321-7026-5

Ⅰ.①杀… Ⅱ.①苏… Ⅲ.①短篇小说－小说集－中国－当代
Ⅳ.①I247.7
中国版本图书馆CIP数据核字(2019)第119227号

发 行 人：陈 徵
责任编辑：徐晓倩
封面设计：钱 祯

书　　名：	杀死柏拉图
作　　者：	苏瓷瓷
出　　版：	上海世纪出版集团　上海文艺出版社
地　　址：	上海绍兴路7号　200020
发　　行：	上海文艺出版社发行中心发行
	上海市绍兴路50号　200020　www.ewen.co
印　　刷：	上海盛通时代印刷有限公司
开　　本：	787×1092　1/32
印　　张：	9.75
插　　页：	5
字　　数：	194,000
印　　次：	2020年2月第1版　2020年2月第1次印刷
ＩＳＢＮ：	978-7-5321-7026-5/I.5618
定　　价：	58.00元
告 读 者：	如发现本书有质量问题请与印刷厂质量科联系　T:021-37910000